Michael Wagner

Still ruft der See

Der 70er-Jahre Krimi

LV.Buch

Prolog

Die Sonne stand an diesem strahlenden Frühsommertag schon einige Zeit am Himmel, als das Leben in dem idyllischen Tal erwachte.

Die Bauern fuhren auf ihre Felder, die meisten mit Traktoren, einige noch mit Pferde- und Ochsenfuhrwerken. In den kleinen Betrieben nahmen die Arbeiter ihre Tätigkeit auf, die Kinder und Jugendlichen schlenderten herumalbernd und lachend zur Schule. Der Berufsverkehr auf den Straßen wurde stärker, während der dunkelrote Schienenbus wie an jedem Tag seine Route abfuhr, gemächlich ratternd und an den unbeschrankten Übergängen schrill hupend.

Schon bald würde es all dies nicht mehr geben. Häuser, Höfe und Fabriken, Straßen und Brücken, Schienen und Eisenbahntunnel - alles würde in einem gewaltigen Stausee verschwinden.

Und während die Menschen im Tal anderswo ein neues Zuhause fanden, würden ihre Geheimnisse hierbleiben.

Kleine und große Geheimnisse. Gute und böse.

Kapitel 1

Theo Kettling hatte keine Lust, noch länger hierzubleiben. Wie immer, wenn er bei einem Konzert der Hill Cats mit dem Auf- und Abbau half, zog sich der Auftritt dazwischen unerträglich in die Länge. Und wie immer nützte seine Ungeduld nichts, denn wie lange so ein Gig dauerte, das bestimmte nicht er, sondern die Band und bestenfalls noch das „Zugabe" brüllende Publikum.

Eigentlich mochte er diese Abwechslungen von seinem Alltag sehr. Mochte es, mit Sabine und ihren Jungs loszufahren, zu helfen, das technische Gerät in die Halle und auf die Bühne zu schaffen, und dann lauten und ehrlichen Rock 'n' Roll zu genießen – nicht selten von einem „Logenplatz" direkt neben der Bühne aus. Doch wie in vielen anderen Dingen war Theo trotz seiner 43 Jahre auch hier wie ein kleines Kind: Schnell wurde es langweilig, es war zu laut, das Stehen strengte ihn an, und er hatte ganz einfach keine Lust mehr.

Als die ersten Takte des beinahe schon sakral anmutenden Orgel-Intros von „A Whiter Shade of Pale" erklangen, wäre er am liebsten vor Freude in die Luft gehüpft – wenn er noch die Kraft dazu gehabt hätte. Der Song war nämlich die allerletzte Zugabe der Hill Cats und damit auch das letzte Stück des Abends.

Seit mehr als viereinhalb Stunden harrte er nun hier aus. Hatte zuerst den Auftritt der heimischen Blaskapelle erdulden müssen, anschließend die Darbietungen einer Schlagertruppe, die sich auf das Covern beliebter Hits von Michael Holm, Vicky Leandros, Roy Black und Co. spezialisiert hatte, und dann sechs Stücke von teilweise mehr als zehn Minuten Länge einer ziemlich durchgeknallten Krautrockband aus Erlangen, ehe die Hill Cats die Bühne auch nur betreten hatten.

Nach der langen Anreise von Lüdenscheid im Sauerland, nicht unerheblichen Alkoholgenüssen mit den Bandmitgliedern und dem Aufbau der Bühne war er zwischenzeitlich so müde gewesen, dass er beinahe im Stehen eingeschlafen wäre, zumindest aber vergessen hatte, wo er hier überhaupt war.

Dann war es ihm wieder eingefallen: Das schmucke Gebäude, in dessen Saal er und die vielen anderen um ihn herum sich befanden, hieß Strandkurhaus und stand in Chieming, einem der Haupt-Touristenorte am „bayerischen Meer", dem Chiemsee. Vor einem Jahr, 1974, hatte die Gemeinde das mit hohem finanziellen und bautechnischen Aufwand errichtete Gebäude eingeweiht. Um den Tourismus weiter anzukurbeln und den Gästen noch mehr bieten zu können, waren darin unter anderem ein Hallenbad, ein Restaurant, Leseräume und eben der großzügige Saal untergebracht worden, in dem nun das Konzert stattfand.

Der Veranstaltungskalender des Strandkurhauses war jetzt, während der Sommersaison, gut gefüllt. Die Bandbreite des Unterhaltungsangebots reichte von den beliebten „Lord Extra"-Shows – bunten Showabenden, an denen Unmengen von Kleinpackungen der Leichtzigarette unter das Volk gebracht wurden, sodass man schließlich vor lauter Qualm kaum noch die Hand vor Augen sah – über Volksmusikabende bis hin zu Auftritten von Schlagerinterpreten, deren Stücke zwar schon längere Zeit nicht mehr in den Hitparaden vertreten waren, die aber große Namen trugen. Namen, die den Veranstaltungssaal mit Touristen und musikbegeisterten Einheimischen füllten. Erst kürzlich war die Sängerin Manuela zu Gast gewesen und hatte „Schuld war nur der Bossa Nova" und andere in die Jahre gekommene Hits zum Besten gegeben.

Anders als im Falle solcher Veranstaltungen, für die erkleckliche Eintrittsgelder erhoben wurden, war für den Einlass in das heutige Konzert lediglich die Entrichtung eines Unkostenbeitrags in Höhe von zwei Mark notwendig gewesen. Ein recht hübsches Sümmchen aus dem Kulturhaushalt der Gemeinde und vier Combos, die man für eine vergleichsweise geringe Gage engagieren konnte, hatten dies möglich gemacht. Auf diese Weise wollte man auch finanziell schwächer gestellten Urlaubsgästen oder aber solchen, die aus Prinzip und Begeisterung gern jeden Pfennig zweimal umdrehten, den Besuch einer attraktiven Kulturveranstaltung ermöglichen – attraktiv für möglichst viele, daher wohl der etwas gewagte Mix aus ziemlich gegensätzlichen Stilrichtungen.

Nachdem der letzte Akkord unwiderruflich verklungen war, die Bandmitglieder sich – gottlob – nicht zu einer weiteren, vom Publikum lautstark geforderten Zugabe hatten hinreißen lassen, und der Saal sich zu leeren begann, setzte auf der Bühne geschäftiges Treiben ein. Die Musiker der Schlagertruppe, der Krautrockband und natürlich Sabine und ihre Kollegen von den Hill Cats hatten alle Hände voll zu tun, aus dem Geraffel von Kabeln, Mikros und Effektgeräten ihre jeweiligen Utensilien zu selektieren und in den unter der Bühnenkonstruktion bereitstehenden Kisten zu verstauen. Theo tat so, als beteiligte er sich mit Feuereifer an der Aktion; tatsächlich hatte er nicht den Hauch einer Ahnung, welche der für ihn undefinierbaren Gegenstände den Hill Cats gehörten und welche nicht.

Dann ging es ans Schleppen. Ans Hieven. Ans Asten.

Theo krempelte die Ärmel hoch, was angesichts des schweren Geräts, das vor ihm stand, auf Außenstehende wirken musste, als schickte Sammy Davis, Jr. sich an, einen Faustkampf mit Bud Spencer auszutragen. Das Verfrachten der nicht gerade leichten Verstärker von Fender, Vox und Leslie – Letzterer mit skurril anmutenden Drehhörnern für einen möglichst orchestralen Sound der Hammondorgel – war eine Aufgabe, die erfahrenen Hafenarbeitern zu Gesicht gestanden hätte. Die Krönung aber war auch dieses Mal wieder das Wegschaffen der Hammond M 100; dieses Tastenmonstrum schien mehr zu wiegen als ein Spähpanzer.

Nachwuchsbands wie die Hill Cats hatten selten einen eigenen Tourbus. Stattdessen erfüllten meist irgendwelche zweckentfremdeten Handwerkerfahrzeuge aus dem Verwandten- oder Bekanntenkreis diesen Zweck. So kam es, dass die Gruppen on the road nicht „Heartbreakers“, „Silver Shadows“ oder „Poisoned Carots“ hießen, sondern „Landschaftsbau Eiserfeldt“, „Fleischerei Kasopke“ oder, wie im Fall der Hill Cats, „Sanitär & Heizung Erwin Ölgenkämper Nachf.“

Als endlich auch die Orgel im Gas-Wasser-Scheiße-Ford-Transit verstaut war, fühlte sich Theo – obgleich sein Anteil an dem Schwertransport mehr als überschaubar gewesen war –, als bräche sein Rücken durch. Und als ob die letzten Stunden nicht schon kräftezehrend genug gewesen wären, drängten die männlichen Mitglieder der Band darauf, noch zum Hafenfest mit Feuerwerk in der Nachbargemeinde Seebruck zu fahren. Die Empfehlung dafür war von den Musikern der örtlichen Blaskapelle gekommen. „A Schweinsgaudi is des jed's Moi", hatten die Kollegen zu berichten gewusst. Auf das Feuerwerk könne man zwar getrost verzichten, die Sauferei aber sei ganz einfach ein Hit, den man sich nicht entgehen lassen dürfe.

Sabine und Theo, die beide schlagkaputt waren, entschieden nach endlos erscheinenden Diskussionen, die Jungs nicht auf die feuchtfröhliche Veranstaltung zu begleiten, sondern zur Pension zu fahren und sich dort – vielleicht nach einem letzten Absacker – schlafen zu legen.

So trennte man sich am Parkplatz des Strandkurhauses. Während sich die Musiker mit dem Gas-Wasser-Scheiße-Transporter und einem zweiten „Tournee-Truck", dem uralten Opel Blitz einer Schreinerei, auf den Weg nach Seebruck machten, fuhren Theo und Sabine in deren Mini Cooper zum vier Kilometer entfernt liegenden ehemaligen Hof, der von den Besitzern vor einigen Jahren zur großzügigen und recht komfortablen Pension mit Gastwirtschaft umgebaut worden war.

Als die beiden das in unmittelbarer Nähe zum See liegende Anwesen erreichten, leuchteten trotz der fortgeschrittenen Uhrzeit an vielen Tischen in dem ebenso großen wie hübschen Garten noch Teelichter. Die ausdauernden Gäste nutzten den herrlich milden Sommerabend im August, um unter freiem Himmel das ein oder andere Bier zu trinken.

Theo und Sabine nahmen an einem der freien Tische Platz, woraufhin sofort die Wirtin herbeigeeilt kam und ihren Gästen aus dem Sauerland jeweils ein großes Bier servierte. Theo hatte inzwischen gelernt, dass es hier in Oberbayern im Grunde nur große Biere gab und dass er während des Aufenthalts am Chiemsee auf sein gewohntes Pils würde verzichten müssen, weil man hier entweder ein „Helles" trank oder aber ein Weißbier. In einem für ihn befremdlich anmutenden Moment der Weltoffenheit hatte Theo, nachdem sie zur Mittagszeit ihren Zielort erreicht und hier im Garten einige erfrischende Biere genossen hatten, ein Weißbier probiert, war sich aber bereits nach dem ersten Schluck zweifelsfrei sicher gewesen, in diesem Leben nie mehr zu der bajuwarischen Spezialität greifen zu wollen. Seither hielt er sich an das Helle des Hofbräuhauses Traunstein, von dem nun eine Flasche vor ihm stand, während Sabine am intensiven Weizenmalz-Geschmack Gefallen gefunden hatte und gerade wenig erfolgreich damit beschäftigt war, das nahezu infernalisch schäumende Weißbier unfallfrei in ihr Glas zu befördern.

„Des dats't scho lerna, wennst des nachste Moi do bisd", rief die Wirtin heiter, als sie mit einem großen Handtuch zum Aufwischen des Biersees herbeigeeilt kam und dabei auch gleich noch Theos Obstler mitbrachte.

Theos Wunsch nach einem Herrengedeck hatte die Wirtin am Nachmittag zuerst nicht einordnen können. Das Ganze war aber, wie sich schnell herausstellte, kein größeres Problem gewesen: „A Bier und a Schnapserl dazua – des kriagn ma scho hi." Allein auf den eigentlich obligatorischen Korn hatte Theo verzichten und stattdessen mit dem deutlich regionstypischeren Obstler Vorlieb nehmen müssen.

Sabine und er saßen einige Zeit schweigend da und genossen erschöpft die angenehm ruhige Stimmung in dem sich immer mehr leerenden Garten. Nach und nach gab ein Tisch nach dem anderen der Wirtin einen Wink. Die Gäste bezahlten ihre Getränke und machten sich auf den Heimweg oder gingen auf ihre Zimmer.

Sabine entledigte sich ihrer modischen Bühnenschuhe – hohe Plateausandalen mit Korkabsatz – und legte ihre Füße mit einem tiefen Seufzer auf Theos Oberschenkel.

Hätte er gewusst wie, er hätte die Zeit angehalten. Hätte die ganze Welt angehalten. Auf den großen roten AUS-Knopf gedrückt und alles stillstehen lassen, um diesen einen Moment, in dem er, der gesellschaftliche Versager, der seit einer missglückten Bandscheibenoperation vor sechs Jahren Frührentner war, neben dieser wundervollen jungen Frau sitzen durfte, Bier trinkend und den zirpenden Grillen lauschend, für immer zu bewahren. Er wäre bereit, sein gesamtes Leben noch einmal zu leben, nur um nach 43 Jahren diesen einen Moment ein zweites Mal genießen zu können.

Sabine, dessen war er sich bewusst, konnte sich ihre Männer aussuchen und machte von diesem Privileg wenn auch nicht inflationär, so doch immer mal wieder Gebrauch. Vermutlich würde sie irgendwann in der Nacht in das Bett des Hill Cats-Gitarristen wechseln, mit dem sie offenbar eine lockere Beziehung pflegte, doch das war Theo egal. Oder zumindest fast.

Jetzt gerade gehörte Sabine quasi ihm. Es reichte ihm, dass sie neben ihm saß, ihre Füße auf seinen Schoß gelegt hatte und ihm von Zeit zu Zeit ein Lächeln schenkte. Ihr Lächeln, das für ihn mit nichts, mit absolut gar nichts zu vergleichen war. Es mochte sein, dass Sabine bei der Auswahl ihrer Liebhaber nicht immer wählerisch war – die Menschen aber, denen sie vertraute, deren Gegenwart sie schätzte und die sie Freunde nannte, wählte die attraktive junge Frau mit den rotblonden Haaren sehr genau aus. Theo war sich sicher, dass man sie an den Fingern einer Hand abzählen konnte – und er selbst gehörte dazu!

Er kannte Sabine schon, seit diese ein Kind gewesen war. Ihren Eltern gehörte der Kiosk, der ganz in der Nähe seiner Wohnung in Lüdenscheid lag und in dem er täglich mindestens einmal vorbeischaute. Morgens trank er dort eine Tasse Kaffee, zu sonstigen Tageszeiten gern auch mal ein oder zwei Flaschen Bier, rauchte dazu die eine oder andere Zigarette, und manchmal nahm er noch eine Illustrierte oder ein paar Süßigkeiten mit nach Hause. Besonders wenn Sabine ihren Eltern im Kiosk half und hinter dem Verkaufstresen stand, zog sich Theos Aufenthalt schon mal ordentlich in die Länge. Es gab kaum ein Thema, über das sie sich nicht in epischer Breite unterhalten konnten, auch wenn ihr großes gemeinsames Interesse, die Musik, immer zu den längsten und spannendsten Diskussionen führte.

Sabine war gerade dabei, ihren Traum von einem Leben als Meereszoologin zu verwirklichen, sie befand sich mitten im Hauptstudium an der Uni in Kiel. Doch im Moment waren Semesterferien; die Vorlesungen des Wintersemesters begannen erst in der zweiten Oktoberwoche, weshalb sie nicht nur regelmäßig im Kiosk aushelfen, sondern auch mit ihrer Rockband Hill Cats auf Tour sein konnte.

In Lüdenscheid und Umgebung waren die Hill Cats eine feste Größe. Sabine und ihre Jungs spielten zu allen möglichen Festivitäten auf, hatten mittlerweile ihre zweite Single veröffentlicht und schickten sich langsam, aber sicher an, auch überregional eine gewisse Bekanntheit zu erlangen. Die Buchung der Band durch das Chieminger Kulturamt war der beste Beweis dafür.

Weil Sabine, die mit ihrer betörenden Stimme und ihrem Charisma der unbestrittene Star der Band war, nur allzu gut wusste, dass Theo öfter, als ihm lieb war, nichts mit sich anzufangen wusste, hatte sie ihm nach kurzer Überzeugungsarbeit bei den Jungs vor einiger Zeit angeboten, die Hill Cats den Sommer über zu ihren Auftritten zu begleiten und beim Auf- und Abbau zu helfen. Die Stimmung unter den Musikern sei eigentlich ganz dufte, und so sei er wenigstens unter Leuten und käme mal auf andere Gedanken. Anders als zu Hause, wo ihm ja doch nur die Decke auf den Kopf falle. Auf diese Weise hatte Theo in den letzten Monaten so manche kleine und auch größere Veranstaltungshalle in der näheren und ferneren Umgebung seiner Heimatstadt kennengelernt, und nun hatte er es sogar bis nach Oberbayern geschafft.

Als rückenkranker Roadie war das ein zweischneidiges Schwert, doch Momente wie dieser entschädigten ihn für die Plackerei. Und wenn er die stille Zweisamkeit mit Sabine schon nicht für immer festhalten konnte, so wünschte Theo sich doch, dass sie zumindest noch einige Minuten währen würde.

Der Wunsch allerdings blieb unerfüllt. Stattdessen trat die Tochter der Wirtin mit zwei großen und mehr als gut gefüllten Tellern aus dem Haus. Sie steuerte direkt auf Theo und Sabine zu.

„D‘ Mama hod heit an Wurschtsalat für die Fremden gmocht, und es is no a Haufa do. Sie hod gmoant, ihr schauts hübsch verhungert aus und kinnts gwiss no wos vertrong. Essts as zsamm!" Ohne eine Reaktion abzuwarten, stellte sie ihnen die beiden Teller vor die Nase, legte Besteck daneben und verschwand wieder im Haus.

Wohl weil er durch das für ihn so romantische Zusammensein mit Sabine für nichts anderes empfänglich gewesen war, hatte Theo keinerlei Hungergefühl verspürt, doch nun stellte er fest, dass die Wirtin mit ihrer Einschätzung richtig lag. Mit großem Appetit stopfte er den Wurstsalat in sich hinein, und auch Sabine verdrückte die gewaltige Portion inbrünstig und in rekordverdächtiger Zeit.

Als die beiden gerade aufstehen und auf ihre Zimmer gehen wollten, betrat ein Paar mittleren Alters den Garten, ebenfalls Pensionsgäste, wie Theo und Sabine von einer Begegnung am frühen Nachmittag wussten. Einer Begegnung, die zwar nett, aber auch ein wenig befremdlich gewesen war. Sowohl Theo als auch Sabine hatten nämlich das Gefühl gehabt – nein, sie waren sich beinahe sicher gewesen –, die Frau von irgendwoher zu kennen. Nur woher, das konnten sie trotz langen Überlegens nicht sagen.

Der Mann und die Frau blickten sich um, wechselten dann einige Worte miteinander und kamen zögernd auf Sabine und Theo zu.

„Stört es Sie, wenn wir uns noch einen Moment dazusetzen?", fragte der Mann nach einer kurzen Begrüßung höflich.

Sabine und Theo warfen sich unentschlossene Blicke zu, was den beiden natürlich nicht entging.

„Oh, Entschuldigung, Sie wollten bestimmt gerade …"

„Ach, Quatsch – ist schon in Ordnung. Klar trinken wir noch

ein Bierchen mit Ihnen!“, entschied Sabine.

Die Tochter der Wirtin, die dazu übergegangen war, die nicht mehr besetzten Tische im Garten abzuräumen und sauber zu wischen, nahm die Bestellung auf und brachte nach kurzer Zeit ein Helles für Theo, zwei Weißbiere für Sabine und den Mann sowie ein Glas Mineralwasser für die Frau.

„Oh, das sieht aber traurig aus“, sagte Sabine, nachdem die Wirtstochter wieder gegangen war. „Mögen Sie kein Bier?“

„Ach … nein“, setzte die Frau stockend an, „das ist für mich nicht so …“

„Meine Frau muss starke Medikamente einnehmen, die sich mit Alkohol nicht gut vertragen“, antwortete ihr Mann und warf ihr einen gleichermaßen liebe- wie sorgenvollen Blick zu.

Für zwei oder drei Sekunden breitete sich ein etwas betretenes Schweigen zwischen ihnen aus, das Sabine mit ihrer lebensfrohen und unbekümmerten Art jedoch schnell zu beenden wusste. „Na, egal ob Bier oder Mineralwasser – Prösterchen!“

Alle tranken einen Schluck aus ihren jeweiligen Gläsern. Nach den diversen Bieren und Schnäpsen, die er über den Tag verteilt zu sich genommen hatte, brachte Theo den weiteren Alkohol nur mit Mühe hinunter.

„Woher kommen Sie?“, fragte der Mann, nachdem er sein Weißbierglas abgestellt und sich über den Mund gewischt hatte. „Von der Sprache her tippe ich mal, dass es nicht weit von uns entfernt sein kann.“

„Lüdenscheid“, antwortete Sabine ebenso knapp wie wahrheitsgemäß, während sie aus der vor ihr auf dem Tisch liegenden

Schachtel eine Marlboro zutage förderte, sie sich in den Mund steckte und anzündete. Der Mann mit einer Roth-Händle und Theo mit einer seiner geliebten Krone-Zigaretten taten es ihr gleich. Nur die Frau rauchte nicht; vielleicht musste sie wegen der Einnahme ihrer Medikamente auch darauf verzichten.

„Na sehen Sie, hatte ich doch recht! Wir wohnen gar nicht weit weg – in Neu-Listernohl am Biggesee."

„Und früher in Listernohl im Biggesee." Die Frau sagte das sehr zögerlich und leise, doch die Spur eines Lächelns huschte über ihr sonst so ernstes Gesicht, woraus Theo schloss, dass sie einen kleinen Scherz zu der Unterhaltung beisteuern wollte. Da er aber keine Ahnung hatte, was mit dem Hinweis gemeint sein könnte, und auch Sabine nur fragend in die Runde blickte, war er dankbar, dass der Mann für Aufklärung sorgte.

„Listernohl fiel damals dem Bau der Biggetalsperre zum Opfer. Für uns Bewohner wurde ein neuer Ort gebaut, Neu-Listernohl, und das alte Dorf liegt nun unten auf dem Grund des Sees."

Jetzt erinnerte sich Theo. Das Ganze war vor etwa zehn, vielleicht auch vor zwölf oder fünfzehn Jahren immer mal wieder Thema in den Medien gewesen. Nicht nur der Ort, aus dem diese beiden stammten, sondern insgesamt vierundzwanzig Dörfer und Weiler waren dem Projekt Biggesee zum Opfer gefallen, mehr als zweitausendfünfhundert Menschen mussten umgesiedelt werden. Als alle weg waren, hatte man das Tal geflutet. Entstanden war ein fast neun Quadratkilometer großer Stausee, der die Flüsse Bigge, Lenne und Ruhr regulierte und die Wasserversorgung der Menschen im Ruhrgebiet sicherstellte.

Der Mann, der sich zwischenzeitlich als Georg Reimer und seine Frau als Ute vorgestellt hatte, erzählte nun aus eigener Erfahrung, wie sich der Exodus seinerzeit vollzogen hatte. Theo wurde dabei mehr und mehr klar, dass er völlig falsche und zudem reichlich naive Vorstellungen von dem Prozedere gehabt hatte. Es war nämlich nicht so gewesen, dass das ganze Dorf an einem oder zwei Wochenenden in die Retortensiedlung Neu-Listernohl umgezogen war. Stattdessen hatte sich die Umsiedlung über bald fünf Jahre hingezogen. Immer wenn wieder mal ein Haus fertiggestellt worden war, zogen die jeweiligen Eigentümer dort ein, woraufhin das alte Gebäude abgerissen und eingeebnet wurde, bis am Ende keines mehr übrig war.

Das Ehepaar Reimer war relativ spät an der Reihe gewesen und im Sommer 1965 in das neue Eigenheim eingezogen.

„Ich muss mal kurz ... bin gleich wieder da“, sagte Ute Reimer mit brüchiger Stimme, erhob sich und schritt langsam und mit apathisch wirkendem Gang in Richtung der Toilette im Erdgeschoss der Pension.

„Sie müssen wissen“, sagte ihr Mann und verzog halb bedauernd, halb entschuldigend das Gesicht, „meine Frau ist sehr krank.“

„Darf ich fragen, was sie hat?“, wollte Sabine wissen.

„Depressionen. Eine schlimme Sache. Sie hat schon beinahe ihr ganzes Leben damit zu kämpfen, mal weniger, mal mehr. Zwischendurch war sie sogar fast ganz gesund.“ Er legte die Stirn in Falten und seufzte tief. „Aber vor ein paar Jahren, da fing es wieder an, und es wurde schlimmer als je zuvor.“ Georg Reimer starrte auf das Etikett der Bierflasche vor ihm auf dem

Tisch, so als stünde dort die Lösung des Problems. „Die Ärzte können da nur wenig tun. Sie nimmt zwar starke Medikamente, aber wenn es ihr wirklich schlecht geht, helfen selbst die nicht mehr."

Ebenso langsam, wie sie gegangen war, kehrte Ute Reimer zurück und setzte sich an den Tisch. Sie war eine zierliche Frau und ausgesprochen blass, wie Theo fand.

„Na, habt ihr euch über unseren hübschen neuen Ort unterhalten?", erkundigte sie sich. „Sie müssen wissen, es ist herrlich dort. Alles ist so schick und modern."

Da war es wieder, dieses kurze Lächeln. Wie ein zaghaft aufflackerndes Licht, das gegen die Dunkelheit in ihrer Seele anzukämpfen schien, aber schon nach wenigen Augenblicken wieder erlosch.

„Ich muss auch noch mal schnell verschwinden", sagte Georg Reimer, stand auf und streichelte seiner Frau im Gehen beruhigend über den Arm.

In der Sekunde, da ihr Mann nicht mehr zu sehen war, verschwand die Apathie aus Ute Reimers Gesicht und machte einem ängstlichen Ausdruck Platz. Fast schon hektisch sah sie sich um, blickte zu den leeren Tischen und dann in die Dunkelheit, so als vermutete sie dort jemanden.

„Was haben Sie? Was ist denn los?" Sabine sprach mit leiser und möglichst beruhigender Stimme.

„Böse Menschen! Sie sind hinter uns … nein, hinter mir her." Ute Reimer lehnte sich nach vorn und flüsterte nun so leise, dass sie kaum noch zu verstehen war: „Es gibt keinen Ort auf der Welt, an dem ich vor ihnen sicher bin. Auch nicht hier."

Sabine sah die Frau irritiert an, holte dann kurz und tief Luft, als wollte sie etwas erwidern, schwieg aber. Sicher suchte sie nach einer angemessenen Entgegnung und fand keine. Auf Theo wirkte sie denn auch irgendwie erleichtert, als der Ehemann von der Toilette zurückkehrte und sich wieder an den Tisch setzte.

Prompt verschwand der Ausdruck von Angst aus Ute Reimers Gesicht, und die Apathie stellte sich wieder ein – gelegentlich unterbrochen durch Anflüge von etwas, das Theo entfernt an Heiterkeit erinnerte. Es war wie ein Mechanismus: Immer dann, wenn jemand etwas Lustiges sagte, wenn gelacht wurde, huschte für Bruchteile von Sekunden ein Lächeln über das Gesicht der Frau, doch sofort danach versteinerten ihre Züge wieder, kehrte Traurigkeit in ihre Augen zurück.

Als sie ausgetrunken hatten, erschien die Tochter der Wirtin – offenbar hatte sich die Chefin selbst schon zurückgezogen – und drängte darauf, nun kassieren zu können. „So, i moan, es red‘s morgn weida", sagte sie, während sie die leeren Gläser auf das Tablett abstellte. „Schee langsam mecht i iatz ins Bett. Und des schaut a so aus, wia wenn's eh bald a gscheit's Weda gab."

Tatsächlich war schon seit einiger Zeit entferntes Donnern zu hören, das genau wie das Wetterleuchten langsam näherkam.

Mit dem Hinweis, es wäre doch schön, wenn man sich beim morgigen Frühstück noch mal sähe, wünschten Theo, Sabine und die Eheleute Reimers einander eine gute Nacht und zogen sich in ihre Zimmer zurück.

Als Theo im Bett lag, gelang es ihm noch einige Sekunden lang, sich gedanklich in den Moment zurückzuversetzen, als er allein mit Sabine am Tisch unten im Garten gesessen hatte. Er genoss das schwebend leichte Gefühl, das diese Erinnerung in ihm hervorrief, und schlief herrlich sanft und mit einer für ihn absolut ungewöhnlichen Zufriedenheit ein.

Als Theo erwachte, hatte er das Gefühl, viele Stunden tief geschlafen zu haben. Tatsächlich war es aber kaum eine Dreiviertelstunde gewesen, wie er beim Blick auf seine alte Gruen-Curvex-Armbanduhr feststellte.

Draußen heulte der Wind, zerrte an den Fensterläden und es zuckten Blitze über den Himmel; Graupelkörner schlugen lärmend gegen die Fensterscheiben. Unter all das Donnern, Klappern und Heulen mischte sich auf einmal die Stimme von Georg Reimer. Theo konnte sie zuerst gar nicht zuordnen, weil sie so hell und ängstlich klang, dass sie kaum wiederzuerkennen war.

„Hilfe ... wo ist hier ein Telefon?"

Theo stürmte im Schlafanzug in den Korridor – nahezu zeitgleich mit Sabine, die im Zimmer schräg gegenüber untergebracht war und nur einen Slip sowie ihr verwaschenes Lieblings-T-Shirt mit dem Konterfei von Jimi Hendrix anhatte. Sie hatte es schon bei ihrem Auftritt im Strandkurhaus getragen und vor dem Zubettgehen offenbar gar nicht erst ausgezogen.

Georg Reimer trug ebenfalls nur einen Pyjama und rang aufgeregt nach Luft.

„Meine Frau ist verschwunden", rief er verzweifelt. „Sie ... sie ist suizidgefährdet. Sie wird sich etwas antun!"

Kapitel 2

Die Stimmung am Frühstückstisch passte zum Wetter. Nach dem heftigen Gewitter in der Nacht hatte es einen Temperatursturz gegeben. Das Thermometer zeigte vierzehn Grad, und laut Wetterbericht sollten es im Laufe des Tages nicht mehr als siebzehn werden. Zudem hatte es vor einer Stunde wieder angefangen zu nieseln, sodass die Wirtin statt im Garten im Frühstückszimmer der Pension eingedeckt hatte.

Theo Kettling biss lust- und appetitlos in sein Brötchen beziehungsweise seine „Semmel", wie man hier sagte, Sabine nippte nachdenklich an ihrem Kaffee und knabberte von Zeit zu Zeit wie ein übermüdetes Eichhörnchen an einer Scheibe Käse, die sie zuvor zusammengerollt hatte.

Georg Reimer saß regungslos neben ihnen, den Kopf in den Händen vergraben. Ihm machte die Situation verständlicherweise am stärksten zu schaffen. Während Sabine und Theo um drei Uhr zu der Erkenntnis gelangt waren, dass es nichts brachte, den Einsatzkräften von Feuerwehr und Rotem Kreuz noch länger beim Absuchen des Ufers zu helfen, und selbiges von da an den Profis überlassen hatten, weil die mit ihren Scheinwerfern und geländegängigen Fahrzeugen viel bessere Erfolgsaussichten hatten, war er selbst noch bis halb sechs mit draußen gewesen. Zu diesem Zeitpunkt hatte die Einsatzleitung in einer Lagebesprechung festgelegt, den Suchradius nochmals zu erweitern, und dafür zusätzliche Kräfte angefordert. Außerdem sollte neben den bereits anwesenden Beamten auch ein Team von sechs Polizeitauchern seine Arbeit aufnehmen.

Wäre es angesichts seiner deutlich überschaubareren Probleme nicht so unpassend und pietätlos gewesen, hätte Theo gerne ein ähnlich leidendes Gesicht wie Georg Reimer aufgesetzt. Sein Magen rebellierte, und er war hundemüde, weil nach der Aufregung in der Nacht kaum noch an Schlaf zu denken gewesen war. Außerdem verspürte er ein überaus unangenehmes, dumpf pochendes Kopfbrummen. Immerhin hielten sich seine Rückenschmerzen einigermaßen in Grenzen, weil er sich gegen sechs aus der Pension geschlichen und einen kurzen Spaziergang unternommen hatte. Zu Hause in Lüdenscheid machte er das an beinahe jedem Morgen, auch bei Wind und widrigstem Wetter. Wenn er nicht länger liegen konnte, stand er auf, zog sich an und unternahm einen mehr oder weniger ausgedehnten Marsch durch die langsam erwachende Stadt. Seiner Bandscheibe tat dies ebenso gut wie seinem labilen Nervenkostüm, danach fühlte er sich stets deutlich besser. Wenn er nach Hause kam, legte er sich noch einmal ins Bett, und meist gelang es ihm – anders als heute Morgen –, noch eine oder zwei Stunden Schlaf zu finden.

Eigentlich hatten sie geplant, direkt nach dem Frühstück in Richtung Lüdenscheid aufzubrechen. Nach kurzer Beratschlagung entschieden sich Sabine und Theo aber dafür, noch bis elf Uhr zu warten, um Georg Reimer ein wenig seelischen Beistand zu leisten.

Als um zwanzig nach zehn die zusätzlich angeforderten Kräfte bereitstanden, verabschiedeten sie sich mit einer tröstenden Umarmung von dem Mann aus Neu-Listernohl, der sich mit Tränen in den Augen in eines der Einsatzfahrzeuge setzte und mit dem Suchtrupp davonfuhr.

In der Zwischenzeit waren auch die Jungs der Band von den Toten auferstanden. Ziemlich angeschlagen an ihren Kaffeetassen nippend – offenbar war es beim Seehafenfest heiß hergegangen – saßen sie im Frühstücksraum und machten sich dann mit den beiden Kleinbussen auf den Weg ins Sauerland. So verpassten sie den nach Aussage der Wirtin traditionellen Spätvormittags-Imbiss, bestehend aus bayerischen Weißwürsten mit süßem Senf und Brezeln.

Sabine und Theo hatten eigentlich überhaupt keinen Hunger, um aber nicht unhöflich zu wirken, teilten sie sich eine Weißwurst und eine Brezel, ehe auch sie ihre Rechnung beglichen, sich von der Wirtin und ihrer Tochter verabschiedeten, ihre Reisetaschen in den Mini Cooper luden und die Heimreise antraten.

Während Sabine und Theo bald nachdem sie München hinter sich gelassen hatten an den sich scheinbar endlos aneinanderreihenden Hopfenfeldern der Holledau entlangfuhren, glitten rund hundertfünfzig Kilometer entfernt zwei Schlauchboote gemütlich und für das Auge fast unmerklich die Alz hinab.

Nach dem schlechten Wetter mit einer Vielzahl von Regenschauern am Morgen war es nun mit Temperaturen um achtzehn Grad und bedecktem Himmel zwar wenig hochsommerlich, aber zumindest trocken. Und die drei Freunde, von denen zwei neben den Booten schwammen, hatten den Fluss beinahe für sich allein.

Die Alz bildete den Abfluss des Chiemsees. Sie verließ das bayerische Meer am nördlichsten Punkt in Seebruck und hatte auf den ersten Kilometern kaum Strömung, sodass sie sich hervorragend für diese Art von Bade-Bootstouren eignete.

Bernhard, Stefan und Sepp hatten die beiden Schlauchboote vor Beginn der Fahrt wie üblich miteinander vertäut. Das große war der Passagierdampfer und wurde momentan nur von Bernhard okkupiert, der auf dem rot-weißen Kunststoff vor sich hin döste. Das kleine Kinderschlauchboot diente als Transportschiff für den Getränkekasten, in dem gekühlte Fanta, Cola und Waldmeisterlimonade bereitstanden. Stefan war es sogar gelungen, eine Flasche Traunsteiner Bier aus dem elterlichen Keller zu schmuggeln, und die drei Jungs hatten sich vorgenommen, den Inhalt kurz vor Erreichen des Flussstrandbades in Truchtlaching brüderlich zu teilen. Anschließend, so war es geplant, wollten sie die Flasche in der Alz versenken, und jeder würde sich einen Pfefferminz-Kaugummi in den Mund stecken, damit niemand Verdacht schöpfte.

Sepp und Stefan kabbelten sich im Wasser und tauchten von Zeit zu Zeit unter dem Boot hindurch, das sie dabei so gut es ging nach oben stießen, sodass Bernhard in schöner Regelmäßigkeit nach links oder rechts kullerte und für einige Sekunden aus seinem Halbschlaf gerissen wurde. Das war jedes Mal wieder lustig, und es herrschte eine prächtige Stimmung.

Was dann kam, war weit weniger amüsant. Die Leiche lag bäuchlings vor ihnen im Wasser, sie hatte sich in den verworrenen Ästen eines in den Fluss ragenden Baumes verfangen und war als solche zuerst gar nicht zu erkennen.

Sepp schwamm daher neugierig auf das hellblaue Bündel zu, um es genauer zu inspizieren. Als er es erreicht hatte und daran zog, drehte sich die Tote um.

Bei dem Anblick, der sich ihm bot und den er sein Leben lang nicht mehr vergessen würde, stieß er einen spitzen und unwirklich klingenden Schrei aus.

Kapitel 3

Die Essensauswahl auf der weißen, mit Hardanger-Stickerei verzierten Tischdecke erinnerte an ein kalt-warmes Buffet, das den Gästen zur Feier eines runden Geburtstages oder einer Hochzeit kredenzt wurde – nur dass sich nicht zig Teilnehmer einer Party daran bedienten, sondern lediglich Sabine, Theo Kettling und Lieselotte Larisch, in deren Küche man zum Abendbrot zusammensaß.

Vor drei Jahren hatten sich Theo und die pensionierte Schulrektorin durch einen Zufall kennengelernt. Damals war kurz zuvor Theos Nachbar ermordet worden, und Lieselotte Larisch hatte eine Beobachtung gemacht, die für die Aufklärung des Falls von entscheidender Bedeutung gewesen war. Mit sehr überschaubarer Fachkompetenz, dafür aber umso mehr Geduld – zumindest bei Lieselotte Larisch – und ein wenig Unterstützung durch Kommissar Zufall hatten die beiden schließlich den Mörder entlarvt, und als sie ihn der Polizei übergaben, war Sabine ebenfalls dabei gewesen.

Vor einem Jahr dann, 1974, waren zwei Schulfreunde von Theo auf der Heimfahrt von einem Klassentreffen tödlich mit dem Auto verunglückt. Lieselotte Larisch war von Beginn an der Meinung gewesen, dass es sich dabei nicht um einen Zufall handeln könne, sondern – „Und ich fresse einen Besen, wenn ich mich irre!“ – etwas anderes dahinterstecken müsse. Also hatten sie erneut zusammen ermittelt und dieses Mal auch Sabine mit ins Boot geholt, die mit ihrer forschen und stets unverzagten Art wesentlich dazu beigetragen hatte, dass es ihnen am Ende gelungen war, die Wahrheit herauszufinden.

Nachdem er dabei allerdings dem Tod ins Auge sehen musste und erst in allerletzter Sekunde gerettet worden war, hatte Theo den Entschluss gefasst, fortan intensiver zu leben. Und obwohl dies für diejenigen, die Theo kannten, einen ähnlichen Klang wie „trocken baden" hatte, war es ihm – zwar nur in Ansätzen und auf allerniedrigstem Niveau – tatsächlich gelungen.

Das war das Positive daran. Das Negative war, dass er seit dem Angriff auf sein Leben – er wäre damals fast erwürgt worden – in schöner Regelmäßigkeit massive Probleme mit dem Schlucken hatte und sich, wenn es mal wieder besonders schlimm war, darauf konzentrieren musste, nicht zu würgen. Sowohl sein Haus- als auch der HNO-Arzt vertraten die Ansicht, dass die Beschwerden eigentlich längst hätten verschwunden sein müssen, und zumindest Ersterer hatte schon mehrfach vorsichtig den Verdacht geäußert, die Gründe dafür könnten aufgrund des traumatischen Erlebnisses ja möglicherweise psychischer Natur sein. Ebenso die mal mehr, mal weniger ausgeprägte Heiserkeit sowie die anfangs auf Theo durchaus befremdlich wirkende Veränderung seiner Stimme. An die hatte er sich inzwischen allerdings nicht nur gewöhnt, es gefiel ihm sogar, dass er nun ein wenig so klang wie John Wayne, wenn dieser seinen Feinden empfahl, doch möglichst zügig das Weite zu suchen, wollten sie nicht riskieren, von blauen Bohnen durchsiebt den gottverdammten Geiern in irgendeiner gottverdammten Wüste als willkommener Fraß zu dienen.

Wie üblich hatte Lieselotte Larisch mal wieder mehr als reichlich aufgetischt, und wie üblich konnte man den Eindruck gewinnen, sie habe sich zum Ziel gesetzt, ihre Gäste so lange und ausgiebig zu mästen, bis diese einen ebenso ausladenden Körperumfang wie sie selbst aufwiesen. Sabine, die zur Abwechslung mal eine edle blaue Bluse zu einem – zumindest von Theos Warte aus – atemberaubenden Minirock trug, schien die gehaltvollen Mahle allerdings vermisst zu haben. Sie verdrückte ihr riesiges Zwiebel-Knoblauch-Kotelett in Biersoße sowie vier von Lieselotte Larischs unnachahmlichen Kartoffelknödeln mit fast befremdlich wirkendem Eifer. Wie die meisten von Lieselotte Larischs kalorienreichen Spezialitäten entstammte auch dieses Rezept ihrer sudetendeutschen Heimat. Nicht einmal die überaus deftige oberbayerische Küche konnte da mithalten, und das sollte schon etwas heißen.

Obgleich alle drei nach dem gesundheitlich fragwürdigen Mahl pappsatt waren, ließen sich weder die beiden Damen noch Theo lumpen und verputzten als Dessert insgesamt sechzehn Mohnschluschken. Ein kulinarisches Highlight, das seine Wurzeln ebenfalls im Sudetenland hatte. Lieselotte Larisch hatte in ihrem Leben vermutlich schon tausende Male Mohnschluschken zubereitet, und Theo und Sabine teilten ihre unverbrüchliche Begeisterung für die verführerische, süße Mehlspeise.

Nach dem Gelage saßen alle drei bis oben hin vollgefressen und daher ziemlich indolent in der guten Stube des alten Bauernhauses in Rölvede, einer kleinen Siedlung auf Schalksmühler Gemeindegebiet. Lieselotte Larisch hatte das ebenso schlichte wie großzügige Gebäude nach ihrem Eintritt in den Ruhestand vor einigen Jahren gekauft.

Auf Theos Füßen lag wie üblich Cleo, Lieselotte Larischs Deutsche Dogge. Früher hatte er ein eher ambivalentes Verhältnis zu dem mehr als stattlichen Tier gehabt; seit dem Mordangriff auf ihn aber sah er gerne über dessen kaum kontrollierbares Temperament und die dauernde Unbeherrschtheit hinweg. Cleo nämlich war es gewesen, die sich damals auf den Angreifer gestürzt und Theo damit das Leben gerettet hatte.

Seitdem ließ er sich bei der Begrüßung durch die sich mannshoch aufbäumende Hündin anstandslos überwältigen und schaffte es sogar, seinen Würgereiz in den Griff zu bekommen, wenn sie ihn mit ihrer unfassbar großen Zunge ableckte. Auch wenn Cleo plötzlich aufsprang und ihm spielerisch in die Hand zwickte, störte ihn das nicht, zumal Lieselotte Larisch mit ihrem ultimativen und vielfach erprobten herrischen Schrei sofort wieder für Ordnung sorgte.

Außerdem durfte er rauchen, ohne dass Lieselotte Larisch ihm eine Gardinenpredigt gehalten oder ihn zumindest strafend angesehen hätte. Theo vermutete, dass er nur deshalb davon verschont geblieben war, weil auch Sabine sich eine Zigarette angesteckt hatte.

Nach insgesamt mindestens fünf dem Essenskoma geschuldeten Minuten gemeinsamen Schweigens, war es Sabine, die Lieselotte Larisch von den Erlebnissen in Oberbayern berichtete. Da sich die musikalischen Vorlieben der Gastgeberin vorwiegend auf volkstümliches Gedudel und bestenfalls noch auf deutsche Schlager beschränkten, ging es dabei weniger um den Auftritt der Hill Cats als vielmehr um ihre Bekanntschaft mit dem Ehepaar Reimer sowie den tragischen Unfalltod der Frau. Sabine und Theo hatten gestern auf der Rückfahrt vom Chiemsee im Radio gehört, dass in der Alz eine weibliche Leiche gefunden worden war, und eins und eins zusammengezählt. Die Meldung in den Nachrichten auf Bayern 3 hatten sie gerade noch verstehen können, ehe der Empfang hinter Aschaffenburg immer schlechter geworden war.

Lieselotte Larischs Augen wurden zum Ende der Erzählung hin immer größer und leuchteten regelrecht. Um den bei ihr anscheinend entstandenen Eindruck, die Selbsttötung könnte eventuell etwas anderes als ein tragisches Unglück sein, nicht noch weiter zu erhärten, fügte Sabine rasch hinzu, dass die Frau „wirklich sehr depressiv" gewesen sei und zudem unter Verfolgungswahn gelitten habe: „Sie hat sich von ‚bösen Menschen' bedroht gefühlt."

Noch während sie die Worte aussprach, schien Sabine zu ahnen, dass sie diese Ergänzung besser nicht gemacht hätte, denn Lieselotte Larischs Neugier war nun erst recht geweckt.

„Wisst ihr noch, was sie genau gesagt hat?"

Sabine überlegte einen Moment und antwortete dann: „Dass böse Menschen hinter ihr her sind. Und dass sie vor denen nirgendwo sicher ist."

„Noch nicht einmal am Chiemsee."

Lieselotte Larisch und Sabine sahen Theo an, der daraufhin eine Präzisierung vornahm. „Sie hat gesagt, dass sie nicht einmal am Chiemsee vor denen sicher ist. Na ja, so ähnlich jedenfalls. Sie hat gesagt ‚auch nicht hier', und meinte wohl ‚auch jetzt und hier bin ich nicht vor denen sicher'."

Lieselotte Larisch lehnte sich zurück und nahm ihre typische Grübelhaltung ein: Sie starrte zur Zimmerdecke, verdrehte die Augen, schob die Zungenspitze aus dem Mund, verdrehte wieder die Augen und so weiter und so fort.

„Sie brauchen sich gar keine Hoffnungen auf einen neuen Kriminalfall machen, die arme Frau ist ganz einfach krank gewesen", sagte Sabine in einem halb belehrend, halb gleichgültig klingenden Tonfall, wobei sie von Theo durch eifriges Kopfnicken unterstützt wurde.

„Aber wo denkt ihr hin? Nichts liegt mir ferner, als auch nur einen Gedanken ans Kriminalisieren zu verschwenden!"

Nach einer vielsagenden Pause fügte Lieselotte Larisch mit mitfühlender Miene hinzu: „Trotzdem sollten wir zur Beisetzung von Frau Reimer fahren – ihr Mann und die Angehörigen werden für ein wenig Zuspruch sicher dankbar sein."

Kapitel 4

Anscheinend herrschte unter den Menschen in Neu-Listernohl ein großer Zusammenhalt. Obwohl der gesamte Ort nur etwa tausendzweihundert Einwohner zählte, hatten sich mindestens vierhundert Seelen zur Beerdigung von Ute Reimer eingefunden. Das war jedenfalls das Ergebnis von Theo Kettlings grober Schätzung. Mit hochgerecktem Kopf hatte er die Zahl der Trauergäste zweimal überschlagen. Zusammen mit Lieselotte Larisch und Sabine war er am Morgen um halb neun zu dem knapp fünfzig Kilometer entfernt liegenden Ort aufgebrochen. Sie waren überzeugt gewesen, bei einer so frühen Abfahrt noch einen Platz in der Friedhofskapelle zu bekommen, mussten vor Ort aber feststellen, dass sie doch zu spät dran waren.

Unterwegs hatte es sich schon abgezeichnet, denn nach einem Unfall auf der Sauerlandlinie zwischen den Anschlussstellen Meinerzhagen und Drolshagen-Wegeringhausen waren sie in einen Stau geraten und steckten dort nahezu eine Dreiviertelstunde lang fest. Als der Verkehr wieder lief, hatte Lieselotte Larisch auf überaus engagierte Art und Weise versucht, mit besonders rasantem und gewagtem Fahren zumindest einen Teil der verloren gegangenen Zeit wieder reinzuholen. Da das Ergebnis des für Theos Nerven zermürbenden Unterfangens allerdings recht bescheiden ausgefallen war, mussten die drei nun mit einem Stehplatz im Außenbereich der Kapelle vorliebnehmen.

Vor deren Eingang stand ein Tischchen und darauf ein eingerahmtes Foto der Verstorbenen.

„Ich kenne das Gesicht von irgendwoher“, flüsterte Lieselotte Larisch Sabine ins Ohr.

„So ging es Theo und mir auch, als wir der Frau am Chiemsee begegnet sind. Das ist echt total komisch.“

Obgleich sie nicht bei den anderen Trauergästen in der Kapelle waren, verpassten sie nichts Wesentliches von dem, was der Pfarrer sagte. Es war allerdings manchmal schwierig, dem Gehörten einen Sinn zuzuordnen, weil die Lautsprecheranlage, mit der die Begräbnisfeier nach draußen übertragen wurde, die Stimme des Geistlichen mit permanenten Piep- und Knackgeräuschen übertönte. Theo fühlte sich beim Zuhören merkwürdig entrückt, was allerdings eine Nachwirkung von Lieselotte Larischs fahrerischen Kapriolen sein mochte. Womöglich war aber auch der laut durch ihr DAF 66 Coupé schallende Don Kosaken-Chor Serge Jaroff, der mithilfe des einst sündhaft teuren Becker-Mexico-Autoradios sowie einer eingelegten Polydor-Kassette allerhand russische Volkslieder zum Besten gab, schuld daran. Nun war das feuerrote Coupé – wie üblich schief – auf dem Friedhofsparkplatz abgestellt.

Dass die Beisetzung von Ute Reimer mehr als zwei Wochen nach deren Tod stattfand, war der Notwendigkeit einer am rechtsmedizinischen Institut der Ludwig-Maximilians-Universität in München durchgeführten Obduktion geschuldet. Außer der Todesursache Ertrinken hatte selbige aber keine nennenswerten Ergebnisse geliefert. Hinweise auf eine wie auch immer geartete Fremdeinwirkung hatten jedenfalls gänzlich gefehlt. So stand es in den Lüdenscheider Nachrichten, deren Redakteuren das Schicksal der Frau aus dem nicht direkt benachbarten Neu-Listernohl immerhin eine einspaltige Meldung wert gewesen war.

So wie bei Beisetzungen allgemein üblich, skizzierte der Pfarrer in seiner Trauerrede den Lebenslauf der Verstorbenen. Theo, und vermutlich nicht nur er, konnte sich dabei des Eindrucks nicht erwehren, dass dies ausgesprochen kompakt und irgendwie lieblos erfolgte. Entweder, so schloss er, war das Leben von Ute Reimer weitgehend frei von Höhepunkten oder zumindest Erwähnenswertem gewesen. Oder aber es handelte sich dabei um Dinge, die in eine Trauerrede einfach nicht hineingehörten. Auch Lieselotte Larisch schien das zu bemerken, und als der Pfarrer in einem Nebensatz dann auch noch andeutete, es gebe einen dunklen Schatten, der auf der Familie laste, drehte sie ihren Kopf zur Seite und bedachte Theo und Sabine mit einem vielsagenden Blick.

Nachdem der lange Trauerzug den Weg zur Grabstelle zurückgelegt hatte und der Sarg mit der sterblichen Hülle von Ute Reimer in die Gruft hinabgelassen worden war, machte sich der Großteil der Trauergesellschaft grüppchenweise auf den Weg in den Ort, wo in einem Café in unmittelbarer Nähe des Marktplatzes das obligatorische Kaffeetrinken stattfand.

Auf den eingedeckten Tischen standen bereits Teller und Servierplatten mit den dazugehörigen Backwaren bereit. Der zumindest im Sauerland traditionell nach Beerdigungen gereichte trockene Hefekuchen mit Streuseln verströmte zusammen mit dem frisch aufgebrühten Kaffee einen wohligen Duft, was den

Trauergästen nach dem Ausharren aus äußerst unschönem Anlass den Anflug eines Lächelns auf die Gesichter zauberte.

Nachdem sie das Bild vor sich auf dem Tisch durch Zurechtrücken von Tassen, Tellern und Besteck in eine perfekte Ordnung gebracht hatte, tat sich Lieselotte Larisch, noch bevor die Bedienung ihr Kaffee eingeschenkt hatte, an dem Sauerländer Beerdigungskuchen gütlich.

Auch Sabine und Theo hauten trotz des wie üblich üppigen Frühstücks im Bauernhaus ordentlich rein, wobei Letzterer so viel Gefallen an den süßen Streuseln fand, dass er das dadurch ausgelöste Kratzen an seiner empfindlichen Kehle weitestgehend ausblenden konnte. Nach zwei Stück Kuchen – bei Sabine waren es drei und bei Lieselotte Larisch fünf – tat er es den meisten der männlichen Trauergäste gleich und bestellte ein Pils.

Als die Flut der Beileidsbekundungen etwas abebbte und die ersten Gäste das Café bereits wieder verließen, sahen sie ihren Moment gekommen und setzten sich zum Witwer an den Tisch.

„Oh, das ist aber schön, dass Sie auch ..." Georg Reimer wirkte angenehm überrascht. Ein Lächeln fiel auf sein trauriges Gesicht, als er Sabine und Theo die Hand gab und sich gleich danach mit Lieselotte Larisch bekannt machte.

Im Gegensatz zu Lieselotte Larisch, die Sabine am Morgen einen skeptischen bis strafenden Blick zugeworfen hatte, weil diese zwar ganz in schwarz, aber mit einem sehr körperbetont geschnittenen Pullover und einem Leder-Minirock zur Trauerfeier erschienen war, nahm der Witwer offenbar keinen Anstoß an der kecken Garderobe.

„Wie geht es Ihnen?“, wollte Sabine wissen und gelangte wohl im selben Moment zu der Einsicht, dass ihre Frage unter den Umständen wenig angemessen war. „Ach, ‘tschuldigung, das war jetzt blöd von mir.“

„Nein, es ist schon in Ordnung.“ Georg Reimer setzte ein nachsichtiges Lächeln auf. „Ich kann wirklich nicht sagen, dass es mir gut geht, aber es ist schön, dass heute so viele liebe Menschen gekommen sind, um Ute die letzte Ehre zu erweisen.“

Es folgten einige belanglose Floskeln, bevor Lieselotte Larischs Geduld erschöpft war.

„Entschuldigen Sie meine Neugier, Herr Reimer, aber Theo und Sabine haben mir erzählt, dass Ihre Frau sich bedroht fühlte. Bedroht von ‚bösen Menschen‘.“

Hatte Lieselotte Larisch erwartet, der Angesprochene würde überrascht reagieren, so hatte sie sich getäuscht.

„Ach das, ja. An diesem Gedanken hat sie wie eine Besessene festgehalten.“ Georg Reimer klang müde, und Theo bekam den Eindruck, als hätten die Ängste seiner Frau nicht nur ihr eigenes, sondern auch sein Leben gänzlich bestimmt.

„Ist es denn völlig ausgeschlossen, dass an diesem Gedanken irgendetwas dran war?“

Ehe Georg Reimer antworten konnte, trat eine größere Gruppe von Trauergästen zum Kondolieren auf ihn zu, sodass die drei sich aus Höflichkeit entschuldigten und einen anderen Tisch in dem mittlerweile von Zigarettenqualm vollgeräucherten Café aufsuchten.

Den Platz in der hinteren rechten Ecke des Raumes schien Lieselotte Larisch nicht zufällig gewählt zu haben. Gleich nachdem sie sich niedergelassen hatten, begann sie ein Gespräch mit der dort ebenfalls sitzenden Frau in den Fünfzigern, die sich als recht mitteilsam entpuppte, und Theo hatte bald keinen Zweifel mehr daran, dass Lieselotte Larisch den Besuch hier im südlichsten Teil des Sauerlands als Ermittlungsreise ansah.

Seit ihrer Jugend sei sie schwer depressiv gewesen, die liebe Ute, berichtete ihre Tischnachbarin bereitwillig. Trotzdem habe sie Georg Reimer geheiratet, was ja nun wirklich allerhand gewesen sei, denn es bestehe doch absolut kein Zweifel daran, dass zwangsläufig auch der Ehepartner unter so etwas zu leiden habe und oft mit den Nerven runter sei.

„Jahrelang stand es wirklich schlimm um sie, aber dann ging es ihr auf einmal besser."

„Wissen Sie noch, wann das war?" Lieselotte Larisch, die, abgefüllt mit Kaffee und Beerdigungskuchen, schon Mühe gehabt hatte, die Augen offen zu halten, war wieder hellwach.

„Ja, das weiß ich sogar genau. Sie war gerade aus dem alten Ort hierher nach Neu-Listernohl gezogen. Anscheinend tat ihr der Tapetenwechsel gut. Sie schwärmte immer davon, wie schön neu und hübsch alles sei, und dass sie das Gefühl habe, ihre traurige Vergangenheit im alten Listernohl gelassen zu haben."

Die Frau legte eine Pause ein und blickte mit ernstem Gesicht auf ihren Teller, von dem sie mit Zeigefinger und Daumen einige übrig gebliebene Krümel des Beerdigungskuchens auflas und sie sich in den Mund steckte. „Es ist so traurig, dass sie ihr Glück nicht festhalten konnte. Irgendwann ist sie dann genauso abrupt wieder in schwere Depressionen verfallen. Schlimm. Ganz schlimm."

Sie wischte ihre Finger an der Serviette ab, legte ihre Unterarme auf die Tischplatte und setzte wohl mehr an sich selbst gerichtet nach: „Als ob die Sache mit ihrer Schwester damals nicht schlimm genug gewesen wäre."

„Was war denn mit der Schwester?" Lieselotte Larischs Augen wurden groß.

Die Frau hob den Kopf, blickte zuerst die Fragestellerin, dann Sabine und Theo an und erhob sich eilig von ihrem Platz. „Ich muss mal meinen Mann suchen. Der vertreibt sich sonst die Zeit mit einem Herrengedeck nach dem anderen, und ich kann wieder zusehen, wie ich ihn nach Hause bekomme."

Kapitel 5

Am nächsten Morgen blickten Lieselotte Larisch und Sabine ausgesprochen träge aus dem Fenster im Wohnzimmer des Bauernhauses und beobachteten die Vögel, die in dem hübschen Vorgarten die Sonne zu genießen schienen.

Theo Kettling war nicht einmal dazu wirklich in der Lage. Wie nach jedem Frühstück bei Lieselotte Larisch konnte er sich vor lauter Völlegefühl und peinigendem Zwicken und Zwacken im Magen kaum rühren. Er überlegte kurz, ob er die Gastgeberin nicht vielleicht bitten sollte, die Auswahl künftig etwas einzuschränken, kam aber schnell zu dem Entschluss, dies besser sein zu lassen, da sonst die große Gefahr bestünde, dass – ob durch Zufall oder, wahrscheinlicher noch, aus purer Boshaftigkeit – genau die Speisen entfernt würden, die er besonders gern aß. Speziell im Fall der einfach unvergleichlichen selbst eingelegten sauren Rolle wäre der Verlust extrem tragisch, weshalb Theo sich dem allgemeinen Schweigen anschloss.

Nach einigen Minuten löste sich das Gruppenkoma langsam auf, und es entwickelte sich ein Gespräch, in dem es um die bei der Beerdigung am Vortag gewonnenen Eindrücke ging. Während Sabine und Theo die Ansicht vertraten, es gebe absolut keine validen Hinweise darauf, dass Ute Reimers Tod nicht aus freien Stücken erfolgte oder irgendetwas daran nicht mit rechten Dingen zugegangen sei, wodurch man nun vielleicht Veranlassung hätte, zu ermitteln, schien Lieselotte Larisch wenig überraschend anderer Meinung zu sein.

„Das ist aber schon auffällig: Erst sagt der Pfarrer in seiner Trauerrede, es liege ein dunkler Schatten auf der Familie der Verstorbenen, und dann macht beim Kaffeetrinken diese Frau eine nebulöse Andeutung, dass es irgendetwas Schlimmes mit der Schwester gegeben habe – nur um sich auf meine Nachfrage, was denn da gewesen sei, in Schweigen zu hüllen. Genau wie die meisten anderen auch."

Lieselotte Larisch hatte im Café am Neu-Listernohler Marktplatz noch bei weiteren Trauergästen mehr oder weniger diplomatisch versucht, etwas über das Schicksal von Ute Reimers Schwester herauszubekommen. Allerdings waren die zuvor keineswegs abweisenden, sondern im Gegenteil sehr freundlichen Gesprächspartner jedes Mal ganz wortkarg geworden und hatten dann, so als wäre die Verwendung dieser Formel vorher ausgegeben worden, in mehreren Fällen sehr bestimmt gesagt: „Lassen Sie die Toten ruhen!", ehe sie sich umdrehten und gingen.

„Aber das heißt doch nun wirklich nicht, dass diese schlimme Sache, die da wohl vorgefallen sein muss, etwas mit der anderen schlimmen Sache, nämlich mit dem Ertrinken von Frau Reimer zu tun hat", widersprach Sabine, nahm sich, obgleich sie zweifellos noch immer zum Bersten voll war, aus der auf dem Wohnzimmertisch stehenden Etagere eine Weinbrandbohne und schob sie sich derart lasziv in den Mund, dass Theo trotz seines lethargischen Allgemeinzustandes für einen Moment der Atem stockte.

„Keineswegs, meine Liebe, keineswegs. Ich meine ja nur, dass man versuchen sollte, herauszubekommen, was mit der Schwester geschehen ist. Ganz einfach nur so – weil einem das Schicksal anderer Menschen halt nicht gleichgültig ist."

Sabine und Theo blickten sich mit einem schiefen Lächeln an, ahnten sie doch, dass es schwierig, vermutlich sogar aussichtslos sein würde zu versuchen, Lieselotte Larisch davon abzuhalten, Ermittlungen anzustellen, wo es eigentlich gar nichts zu ermitteln gab.

Immerhin stimmte sie zu, dass es wenig Sinn machte, direkt noch mal nach Neu-Listernohl zu fahren, um dort vielleicht doch noch etwas über die Sache mit der Schwester zu erfahren. Wenn schon die Trauergäste im Café, die ja eigentlich sehr redselig gewesen waren, es kategorisch abgelehnt hatten, Näheres darüber zu erzählen, dann dürfte dies bei den meisten, eventuell sogar bei allen Einwohnern des Dorfes der Fall sein.

Auch der Gedanke, Georg Reimer danach zu fragen, wurde gemeinschaftlich verworfen. Den Trauernden zur Befriedigung der eigenen Neugier – wobei es sich streng genommen ja nur um Lieselotte Larischs Neugier handelte – so kurz nach seinem schweren Verlust damit zu belästigen, das wäre, so war man sich einig, völlig unangemessen.

„Aber wo wollen wir sonst ansetzen, und welche Info benötigen wir zuerst, um uns dann irgendwie vortasten zu können?“, fragte Sabine.

„Zuallererst benötigen wir den Namen der Schwester. Wenn wir den haben, sind wir schon einen kleinen Schritt weiter.“

„Also das kann ja nun wirklich kein Problem sein. Da rufen wir einfach beim Einwohnermeldeamt an, und gut ist“, tönte Theo, um Lieselotte Larisch in die Parade zu grätschen. Die aber grätschte völlig unbeeindruckt und um ein Vielfaches souveräner zurück.

„Da haben Sie mal wieder nicht bis zum Ende gedacht, Theo.“ Sie zog die Augenbrauen hoch wie so oft, wenn sie etwas für falsch oder unangemessen hielt, und versetzte ihr Gegenüber dadurch in die Lage eines leistungsschwachen Schülers, der gerade zurechtgewiesen wurde. „Erstens ist die Schwester anscheinend nicht mehr unter den Lebenden und somit auch nicht gemeldet, sonst würde man uns kaum beschwören, die Toten ruhen zu lassen. Und zweitens würde man uns ohnehin nichts sagen, da wir als Privatpersonen nicht befugt sind, solche Informationen einzuholen.“

Theo verschränkte beleidigt die Arme vor der Brust und ärgerte sich über die Maßregelung sowie – noch mehr – über sich selbst, da er mit seiner in der Tat nicht durchdachten Idee höchstselbst die Angriffsfläche hierfür geliefert hatte.

Das nachfolgende Schweigen währte nicht lange. Theo und Sabine schreckten auf, sogar Cleo gab ein verstörtes Bellen von sich, als Lieselotte Larisch mit der flachen Hand auf den Tisch schlug. In aller Regel bildete dies das akustische Zeichen für einen ihrer Geistesblitze, und auch dieses Mal war es nicht anders.

„Ich habe eine bessere Idee!“, rief sie laut, sprang auf und sprintete in die Diele, wo sie aus dem Telefonschränkchen ein kreisrundes Kunststoffteil von vielleicht acht Zentimetern Durchmesser ans Tageslicht beförderte, das mit einem etwa eineinhalb Meter langen Kabel verbunden war. Anschließend griff sie sich noch den mit einem Brokatmantel umhüllten Fernsprecher und kam eiligen Schrittes, jedoch gewissenhaft darauf achtend, dass sie nicht auf das Kabel trat, zurück ins Wohnzimmer.

Das futuristisch anmutende kieselgraue Teil, das Sabine mit großen Augen anstarrte, war Theo bereits bekannt. Sie hatten es bereits bei den Ermittlungen im Fall von Theos ermordetem Nachbarn benutzt. Damals war es Lieselotte Larisch gelungen, sich fernmündlich einige wichtige Informationen zu erschwindeln, und Theo hatte unter Zuhilfenahme dieses Mithörapparats die Gespräche live verfolgen können. Entsprechend routiniert hängte er der verdutzt dreinblickenden Sabine das Wunderwerk der Technik ans Ohr und rückte dann mit seinem Kopf ganz nah an ihren, um von dem Telefonat, das Lieselotte Larisch nun führen würde, ebenfalls etwas mitzubekommen.

Obwohl diese die Wählscheibe mit ihren dicken Fingern in erstaunlicher Geschwindigkeit betätigte, erkannte Theo, dass es sich bei der gewählten Nummer um die Telefonauskunft handelte.

Nach wenigen Sekunden meldete sich eine der Stimme nach zu urteilen lustlose Mitarbeiterin der Deutschen Bundespost, die Lieselotte Larisch auf deren Wunsch hin nach kurzem Suchen die Rufnummer der katholischen Kirchengemeinde Neu-Listernohl mitteilte, deren Pastor gestern die Trauerfeier für Ute Reimer abgehalten hatte. Theo registrierte erstaunt, dass Lieselotte Larisch die Nummer des Pfarrbüros gar nicht notierte, sondern sich die mit Vorwahl immerhin neunstellige Ziffernfolge merken konnte.

Sie wählte erneut, und nach dreimaligem Tuten wurde am anderen Ende der Hörer abgenommen. Auch hier meldete sich eine Frau, dieses Mal schon recht betagt klingend, aber deutlich freundlicher als die Dame von der Post. Lieselotte Larisch gab sich als Lieselotte Schiller aus – das war traditionell ihr Deckname bei konspirativen Ermittlungen – und teilte ihrer Gesprächspartnerin mit, sie rufe vom Sauerländischen Gebirgsverein an. Man habe erfahren, dass Ute Reimer tragischerweise verstorben sei, und müsse die Arme nun als langjähriges Mitglied aus der Kartei streichen.

„Die Regularien machen es erforderlich, dass ich auch den Mädchennamen vermerke, doch den weiß ich nicht. Da können Sie mir doch bestimmt helfen?"

Mit der Bitte um einen Moment Geduld sowie der Ankündigung, sie sei gleich wieder am Apparat, legte die Frau am anderen Ende den Hörer zur Seite und blätterte, wie den Geräuschen im Hintergrund zu entnehmen war, die Seiten eines Aktenordners durch.

„Sind Sie noch da?"

„Ja natürlich, meine Liebe."

„Der Name ist Nelling – Ute Nelling, verheiratete Reimer."

Als Lieselotte Larisch sich bedankt und das Gespräch beendet hatte, sahen die drei einander irritiert an.

„Nelling, Nelling ... Auch den Namen kenn ich von irgendwoher", sagte Sabine verwundert. Und Lieselotte Larisch entgegnete zeitgleich mit Theo: „Ich auch."

Eine ganze Zeit lang saßen sie danach schweigend in Lieselotte Larischs Wohnzimmer, weil jeder für sich darüber nachdachte, wo ihm das Gesicht von Ute Reimer in der Vergangenheit begegnet sein könnte. Oder in welchem Zusammenhang er beziehungsweise sie diesen keineswegs häufigen Nachnamen, Nelling, schon einmal gehört hatte. Doch keiner von ihnen hatte auch nur die Spur einer Idee, und so erklärte Lieselotte Larisch die anstrengende Grübelei schließlich für beendet.

„Es hat keinen Zweck, wir kommen einfach nicht darauf. Letztlich spielt es ja auch keine Rolle, wir lassen uns davon nicht beirren, sondern forschen weiter, was es mit dem Schicksal der verstorbenen Schwester auf sich hat."

„Aber wie? Nützt es uns denn überhaupt was, dass wir jetzt ihren Mädchennamen kennen?"

„Aber natürlich nützt uns das etwas, meine liebe Sabine!" Lieselotte Larisch sagte das mit einer auf Theo wenig authentisch wirkenden Mischung aus Überraschung und Empörung, die wohl dazu diente, geistige Überlegenheit zu demonstrieren. „Es liegt doch auf der Hand, wie wir nun weitermachen. Wir fahren zur örtlichen Tageszeitung. Ich denke, das müsste die Westfalenpost in Olpe sein. Eine ehemalige Kollegin hat sich vor vielen Jahren an eine Schule in Olpe versetzen lassen. Ich war dort einige Male zu Besuch, und diese Zeitung hatte sie abonniert. Na, wie auch immer – wir fahren also hin, nehmen uns die Archivausgaben vor und suchen die Todesanzeige der Schwester von Frau Reimer – beziehungsweise die von einer Frau namens Nelling. So viele Meldungen mit dem Nachnamen wird es nicht geben, und mit etwas Glück finden wir in der Annonce einen Hinweis darauf, was passiert ist."

Theo stöhnte leise auf, ihm schwante Übles. Schon einmal hatte er zusammen mit Lieselotte Larisch in einer Zeitungsredaktion gigantisch große und schwere Archivbände nach einer Sterbeanzeige durchsucht. Er erinnerte sich nur zu gut daran, wie stupide diese Arbeit gewesen war, allerdings musste er sich auch eingestehen, dass sie damit letztendlich Erfolg gehabt hatten. Nach einer halben Ewigkeit hatten sie die Annonce gefunden und daraus wertvolle Hinweise zur Aufklärung des Falls ziehen können.

Lieselotte Larisch klatschte mit wachsendem Tatendrang in die Hände und forderte in beinahe militärischem Ton: „Schnell, schnell, Kinder – vor uns liegt eine spannende Ermitt… äh, Ausflugstour!"

Sehr zu Theos Leidwesen hatte sich Lieselotte Larischs Ungeduld mal wieder mehr als deutlich in ihrer Fahrweise niedergeschlagen, sodass er nun zitternd und mit feuchten Händen dem Fond des vor dem Verlagshaus schief eingeparkten DAF entstieg. Auch Cleo war von den fahrerischen Darbietungen ihres Frauchens nicht unbeeindruckt geblieben. Immer wieder hatte sie gejault oder verstört gebellt und war schließlich zu allem Überfluss auch noch von erstaunlich starken Blähungen heimgesucht worden, was die Fahrt nicht angenehmer gemacht hatte.

Das Ermittlerteam betrat samt Hundebegleitung das Gebäude der Westfalenpost in der Bahnhofstraße in Olpe und fand sich in der Geschäftsstelle mit angeschlossener Anzeigenabteilung wieder. Zwei Frauen mittleren Alters, wie sie durchschnittlicher nicht hätten sein können, begrüßten die Ankömmlinge mit einem unbestimmten „Guten Morgen", das weder freundlich noch unfreundlich und auch nicht nennenswert dynamisch oder besonders transusig vorgetragen wurde. Nachdem ihnen eine der Damen mitgeteilt hatte, dass das Archiv in der Redaktionsetage zu finden war, stiegen Lieselotte Larisch, Sabine und Theo mit Cleo über eine alte, laut knarzende Holztreppe hinauf in den ersten Stock. Dass ihnen nach ihrem Eintritt in den etwa zehn mal acht Meter großen Raum erst einmal die Luft wegblieb, lag nicht, wie man annehmen könnte, an den mit dem Aufstieg verbundenen Anstrengungen, sondern vielmehr am enorm dichten Zigarettenqualm, der ihnen entgegenschlug. Sechs von den acht Schreibtischen waren besetzt, und nur einer der anwesenden Redakteure hatte gerade keine Zigarette angezündet.

Nachdem Lieselotte Larisch auf Nachfrage des nächsten zur Eingangstür sitzenden Redakteurs ihr Anliegen vorgetragen hatte, wies dieser auf eine unscheinbare weiße Tür am hinteren linken Ende des Redaktionsraums. „Da drin finden Sie alle Ausgaben der letzten was weiß ich wie viel Jahrzehnte. Sie können sich die Bände aus dem Regal nehmen und sich an einen der beiden freien Tische dort hinten setzen.“ Er wies auf die unbelegten Schreibtische in der Redaktion.

Ein vortrefflicher Plan, allerdings leichter gesagt als getan. Der lange, aber höchstens einen Meter breite Raum hinter der weißen Tür war beinahe zur Gänze mit den Regalen für die schweren Archivbände vollgestellt und der Weg dazwischen schmal. Völlig aussichtslos, dass Lieselotte Larisch dahinter gepasst hätte. So blieb ihr nur, Theo und Sabine mit dem Heraussuchen der beeindruckend großen und in schwarze Pappe gebundenen Archivbände zu beauftragen.

„Ich denke, das laufende Jahr lassen wir weg. Das Ganze scheint mir irgendwie schon etwas länger zurückzuliegen. Besorgt uns mal alle Bände von 1970 bis 1974. Das sollte vorerst reichen.“

Nachdem sie sich mit der Systematik in dem klaustrophobisch engen Verlies vertraut gemacht hatten, begannen Theo und Sabine, die insgesamt zwanzig überaus schweren Bücher der gewünschten Jahre aus den Regalen zu befördern und durch den schmalen Gang in den Redaktionsraum zu bugsieren. Dass nicht wenige Bände an der falschen Stelle standen, weil sie vom letzten Nutzer aus Zeitnot oder Bequemlichkeit einfach irgendwo eingeräumt worden waren, wo gerade Platz war, erschwerte die Ausführung des Auftrags zusätzlich. Beide reckten und streckten sich, ächzten und schnaubten und kamen sich beim Suchen und Finden immer wieder gegenseitig in die Quere.

Nach sechs oder sieben Minuten eifrigen Gerangels war es endlich geschafft, und nachdem Lieselotte Larisch auf dem zur Verfügung gestellten Schreibtisch für etwas Ordnung gesorgt hatte, fand darauf stapelweise alles Platz, was von 1970 bis 1974 im Biggetal und der großen weiten Welt passiert war.

Bevor es an die eigentliche Arbeit ging, flüchtete Theo erst mal in Richtung Toilette. Er hatte schon in Rölvede ‚gemusst', sich ob Lieselotte Larischs brutalem Vorwärtsdrang aber nicht getraut, vor der Abreise noch auszutreten und den Außeneinsatz damit mutwillig zu verzögern.

Als er erleichtert zurückkehrte, waren beide Damen so in ihren jeweiligen Archivband vertieft, dass sie ihn keines Blickes würdigten. Theo nahm sich das ihm zugedachte Buch und begann ebenfalls zu blättern, ohne jedoch eine auch nur ansatzweise vergleichbare Begeisterung für die langweilige Recherchearbeit aufbringen zu können.

Nach fünf oder zehn Minuten, vielleicht aber auch nach zwanzig oder dreißig – Theo hatte über dem Lesen öder Sterbeannoncen sein Zeitgefühl verloren – kam ein klein gewachsener, untersetzter Redakteur mit freundlicher Miene auf sie zu und erkundigte sich, nachdem er einen großen Schluck Kaffee aus seinem Henkelbecher zu sich genommen hatte: „Wonach suchen Sie denn? Vielleicht kann ich Sie ja unterstützen."

„Wir sind auf der Suche nach einer ganz bestimmten Sterbeanzeige, die wir für ... für Nachforschungen im privaten Bereich benötigen."

„Wenn Sie mir den Namen verraten, kann ich oder einer meiner Kollegen Ihnen vielleicht helfen", bot der Mann Lieselotte Larisch an. „Ich meine, wir leben hier auf dem Land, da ist es nicht so anonym wie in der Stadt. Man kennt viele Menschen persönlich und kann sich auch noch an den einen oder anderen Verstorbenen erinnern."

„Es geht um die Todesanzeige einer gewissen Frau Nelling – die Schwester der kürzlich ums Leben gekommenen Ute Reimer, Sie haben vielleicht davon gehört."

Theo fiel ein, dass ihr gesamtes Vorhaben vermutlich zum Scheitern verurteilt war, sollte die Schwester von Ute Reimer vor ihrem Tod geheiratet und den Namen des Ehemanns angenommen haben. Er grübelte intensiv darüber nach, ob Lieselotte Larisch und Sabine das bedacht hatten, als er merkte, wie sonderbar still es um ihn herum geworden war.

Es war wie in einem Wildwest-Film, fand Theo. Wie in einer dieser Szenen, in denen der Mann am Klavier von einer Sekunde zur anderen aufhört zu spielen und alle Gespräche schlagartig verstummen.

Und noch etwas war genau so: Die Gesichter der Anwesenden wirkten jetzt regelrecht feindselig, während die mit solcherlei düsteren Blicken Bedachten einander irritiert und fragend ansahen.

Dann endlich brach der Mann mit der Kaffeetasse das Schweigen. „Marion Nelling? Sie meinen Marion Nelling?"

„Äh … ich glaube …" Selbst Lieselotte Larisch zeigte sich von der so schlagartig veränderten Stimmung verunsichert. „Ja, so hieß sie wohl … Marion, genau."

„Hören Sie!" Das Gesicht des Redakteurs verdüsterte sich noch etwas mehr. „Falls das als Witz gedacht ist, darf ich Ihnen versichern, dass hier niemand darüber lachen kann. Und ich als Listernohler am allerwenigsten."

„Aber … es war wirklich keineswegs unsere Absi…"

„Ich denke, es ist besser, wenn Sie jetzt gehen."

Sabine holte tief Luft und wollte wohl etwas Deeskalierendes beisteuern. Doch sie kam nicht dazu.

„Sofort!"

Mit gesenkten und abgesehen von Cleo hochroten Köpfen verließen die Besucher das Zeitungsgebäude und blieben anschließend bedröppelt und noch immer fragende Blicke austauschend vor dem Eingang stehen.

Lieselotte Larisch fand als Erste ihre Sprache wieder. „Kommt, lasst uns ein Restaurant suchen – auf diesen Schreck können wir alle eine kleine Stärkung gebrauchen", ordnete sie an und setzte sich in Bewegung.

Sie bogen in die Franziskanerstraße ein, schlenderten an den Schaufenstern verschiedener Geschäfte entlang, und nach vielleicht zweihundert Metern entdeckte die Chefin ein Café, das sehr gepflegt und einladend wirkte.

Der gute Eindruck setzte sich im Inneren fort. Alles sah völlig makellos und modern aus – entweder war das Café neu, oder es war erst kürzlich einer gründlichen Sanierung unterzogen worden. Da es eigentlich eher die Zeit für einen Mittagssnack als für Kaffee und Kuchen war, traf es sich gut, dass auch kleine herzhafte Gerichte angeboten wurden.

In ungewohnter Einigkeit bestellten alle drei eine Cola und eine westfälische Kartoffelsuppe, woraufhin selbst Cleo, die erstaunlich brav neben dem Tisch lag, von der freundlichen Bedienung neben einer Schale mit Wasser einen Imbiss in Form eines kalten Wiener Würstchens kredenzt bekam.

Erst nach dem Genuss des sehr schmackhaften Essens widmeten sie sich wieder dem merkwürdigen Erlebnis in der Zeitungsredaktion.

„Heilige Maria und a Stückla Josef, was war denn da vorhin los?“ Lieselotte Larischs Stimme verriet ihre immer noch vorhandene Irritation.

„Das frage ich mich auch schon die ganze Zeit“, sagte Sabine ratlos. „Was ist denn so furchtbar schlimm daran, nach einer Traueranzeige zu suchen?“

„Denken Sie an das, was der Redakteur gesagt hat.“ Lieselotte Larisch setzte ihre Theo mittlerweile so vertraute Ermittlermiene auf, die frappierende Ähnlichkeit mit der von Erik Ode alias Herbert Keller hatte, wenn er als „Der Kommissar“ im Zweiten Deutschen Fernsehen komplexe Überlegungen zu seinen kniffligen Fällen anstellte. „Er hat gesagt, wenn das als Witz gemeint sei, könne man in der Redaktion nicht darüber lachen."

Sie legte eine ihrer typischen Kunstpausen ein, ehe sie weitersprach. „Wenn es die von uns gesuchte Anzeige gäbe, hätte er uns sicherlich gesagt, wo wir sie finden, und uns vielleicht noch nahegelegt, dass wir das, was darinsteht, lesen und dann das Weite suchen sollen. Nein, ich bin fest davon überzeugt, dass es gar keine Todesanzeige gibt."

„Also lebt sie noch", mutmaßte Sabine, bekam allerdings keinen Zuspruch von Lieselotte Larisch.

„Das wäre die falsche Schlussfolgerung. In ihrem Heimatort geht man ziemlich sicher davon aus, dass die Frau nicht mehr lebt. Nur fehlt womöglich der Beweis dafür, sprich: der Leichnam." Sie blickte Sabine über den Rand ihrer Brille hinweg an. „Und was bedeutet das?"

Da die Gefragte augenscheinlich keine Antwort parat hatte, fixierte Lieselotte Larisch Theo und zeigte mit dem Finger auf ihn.

Nun war es wieder mal so weit: Lieselotte Larisch ließ die Schulrektorin raushängen, und er, Theo, war wie schon viele Male zuvor das Opfer. Nach der eben erlebten Aufregung im Zeitungsgebäude verspürte er einen aufsteigenden Ärger in sich, der rasend schnell anwuchs, und er hatte Mühe, einen Schreikrampf zu unterdrücken.

Vielleicht weil Sabine den sich anbahnenden Zoff bemerkt hatte, entschärfte sie die Situation, indem sie auf Lieselotte Larischs Frage nun doch noch einen Tipp abgab. „Vermisst. Sie wird vermisst. Und keiner weiß, was mit ihr geschehen ist."

Offenbar war diese Mutmaßung genau das, was Lieselotte Larisch hatte hören wollen.

„Ganz recht, meine Liebe. Und weil man es für abwegig hält, dass sie einfach ... wie soll ich sagen ... abgehauen ist, um irgendwo ein neues Leben zu beginnen, geht man davon aus, dass Marion Nelling nicht mehr lebt."

„Entführt!", platzte Theo heraus.

„Äh ... wie meinen?", fragte Lieselotte Larisch.

„Hm?", machte Sabine.

„Entführt. Sie könnte entführt worden sein. Immer mal wieder haben die Entführer ein Lebenszeichen von ihr geschickt und Geld gefordert. Weil das aber nicht bezahlt wurde oder die Übergabe schiefging, hat man die Geisel umgebracht. Folglich gab es fortan kein Lebenszeichen mehr, man zog die entsprechenden Schlüsse, und jetzt ist sie halt tot, aber trotzdem weiter verschwunden." Theo blickte Lieselotte Larisch in scheinbarer Überlegenheit süffisant an. Er war der Meinung, eine wenn auch nicht ganz zweifelsfreie, so doch zumindest hochinteressante These präsentiert zu haben, und in der Tat schien Lieselotte Larisch seinem Modell für einen Moment recht aufgeschlossen gegenüberzustehen; das war ihrem Gesicht deutlich anzusehen.

Nach einigen Sekunden des Überlegens aber bügelte sie Theos Wortbeitrag sehr zu dessen Missfallen in dem für sie so typischen Bulldozer-Stil ab. „Das kann ich mir beim besten Willen nicht vorstellen. Von einer solchen Sache hätte man doch irgendetwas gehört oder gelesen, erst recht, wenn es sich hier im Sauerland abgespielt hat. Ich kann mich aber absolut nicht erinnern, dass da in den letzten zehn, zwanzig Jahren etwas gewesen wäre. Oder seht ihr das anders?"

Sabine schüttelte mit grüblerischer Miene den Kopf, während Theo sich zu einem ganz leise gebrummten „Nee“ hinreißen ließ. Widerwillig musste er sich eingestehen, dass Lieselotte Larisch mal wieder recht hatte. So eine Entführung wäre von den einschlägigen Medien ganz sicher aufgegriffen und ausgeschlachtet worden.

„Ich schlage vor, wir fahren jetzt einfach zu Georg Reimer und fragen ihn – unangemessen oder nicht“, erklärte Sabine.

„Nein, meine Liebe, das machen wir nicht. Ich weiß etwas Besseres … und viel Professionelleres. Passt auf, jetzt könnt ihr was lernen!“ Lieselotte Larisch winkte die Bedienung herbei und zahlte nicht nur die gesamte Rechnung, sondern gab auch noch ein ungewohnt großzügiges Trinkgeld. Dann verließ sie mit ihrem Gefolge das Café und stürmte zu einer Telefonzelle auf der anderen Seite der Straße.

Zu dritt zwängten sie sich hinein, was vor allem aufgrund des Körperumfangs der Chefermittlerin gar nicht so einfach war. Nachdem sie sich so sortiert hatten, dass selbst Cleo noch mit hineinpasste, warf Lieselotte Larisch umständlich zwei Groschen ein und begann zu wählen. Trotz ihrer freudig-hektischen Bewegungen vor der Drehscheibe erkannte Theo, dass es erneut die Nummer der Auskunft war. Die letzte Ziffer fehlte noch, als sie plötzlich innehielt.

„Ach, warum so umständlich? Dafür habe ich jetzt wirklich keine Geduld.“ Sie knallte den Hörer auf die Gabel, nahm ihn sofort wieder hoch und wählte, einmal mehr wild an der Drehscheibe reißend, die Ziffern eins, noch mal eins und null.

„Um Himmels willen, Frau Larisch …“ Theo rutschte das Herz in die Hose. Noch viel mehr als vor verärgerten Redakteuren fürchtete er sich nämlich vor Beamten der Polizei, er bekam schon beim bloßen Anblick von Uniformierten einen stark beschleunigten Puls.

Bevor er aber irgendwelche ohnehin nutzlosen Versuche unternehmen konnte, Lieselotte Larisch davon zu überzeugen, unverzüglich wieder aufzulegen, hatte diese schon einen Gesprächspartner am anderen Ende der Leitung.

Auch ohne Mithörapparat konnten Theo und Sabine – indem sie ihre Ohren möglichst nah an den Hörer drückten – verstehen, was gesagt wurde.

„Polizeinotruf, guten Tag."

„Aaah, gut dass Sie drangehen! Sie werden nicht glauben, wen ich gerade gesehen habe …"

„Wer spricht denn da überhaupt? Jetzt nennen Sie mir erst mal Ihren Namen und Ihren Wohnort."

Die Stimme des Mannes am anderen Ende der Leitung klang ernst, aber eigentlich nicht unsympathisch, fand Theo.

„Schiller aus Lü… aus … äh, Frankfurt."

„Und wen haben Sie bitte schön gesehen, Frau Schiller?"

„Die Nelling. Marion Nelling."

Am anderen Ende blieb es kurz still, bevor der Mann nachhakte. „Sind Sie sich da sicher?"

„Nun ja, die Geschichte ist jetzt schon lange her, und Menschen verändern sich. Aber … doch, ja, ich bin mir ziemlich sicher, dass sie es war."

„Hm, das wäre ja wirklich ein Ding. Wo haben Sie sie denn gesehen?" Nun schwang eine ordentliche Portion Neugier in der

Stimme des Mannes mit. Gleichzeitig machten Theo und Sabine immer größere Augen.

„Na, hier bei uns in Frankfurt – mitten in der Stadt. Vielleicht wird ja jetzt doch noch alles gut."

„Soll das ein Witz sein? Gut wird da überhaupt nichts mehr, dafür ist viel zu viel passiert. Wann und wo war das denn genau? Die Innenstadt in Frankfurt besteht ja nicht aus einer einzigen Straße."

Lieselotte Larisch machte eine Pause, die für Theos Geschmack eine Idee zu lang ausfiel.

„Äh … heute Vormittag in der Fußgängerzone. Mittendrin. Wie heißt sie denn noch gleich … Irgendetwas Kurzes mit Z …" Hilfesuchend sah Lieselotte Larisch erst Sabine und dann Theo an, doch weder sie noch er wusste, welchen Namen die Einkaufsmeile in der hessischen Metropole hatte. „Ach Gott, man wird ja so vergesslich im Alter. Sagen Sie, wie war denn eigentlich noch der Stand in dieser traurigen Angelegenheit? Man hat ja Ewigkeiten nichts mehr gehört von Marion Nelling."

Nun machte auch der Polizist am anderen Ende der Leitung eine Pause. Als er wieder sprach, fragte er auffallend langsam: „Kann es vielleicht sein, dass Sie gar nichts gesehen haben? Dass Sie nicht nur nichts gesehen haben, sondern auch nichts wissen und bloß bei uns anrufen, um etwas herauszufinden?"

Man sah Lieselotte Larisch an, dass sie nach einer glaubwürdigen Antwort suchte. Es fiel ihr aber auf die Schnelle nichts ein, und sie kapitulierte.

„Vielleicht hab ich mich getäuscht. Wiederhören!" Noch ehe die überlaut ausgerufene Abschiedsformel beendet war, hatte sie den Hörer zurück auf die Gabel geknallt.

„Ja, sind Sie denn verrückt geworden, Frau Larisch?", echauffierte sich Theo. „Wir kriegen einen Riesenärger, wenn die Polizei herausfindet, dass wir den Notruf gewählt haben, um sie auszuhorchen!"

„Ach, Theo, Sie olle Schissbuxe. Wie wollen die denn wissen, wer sie angerufen hat und von wo? So schnell haben die wohl kaum eine Fangschaltung installiert."

Sabine, die ob Lieselotte Larischs ungewohnt flottem Spruch mit der Schissbuxe gerade noch laut gelacht hatte, wurde wieder ernst. „Ich bin mir nicht sicher, ob es bei der Notrufnummer nicht generell so eine Schaltung gibt."

Jetzt war auch in Lieselotte Larischs Blick ein Anflug von Sorge zu erkennen. „Hm ... da könnten Sie recht haben, meine Liebe. Wir sollten uns zügig zum Auto begeben und von hier verschwinden."

Hurtig entstiegen sie der Telefonzelle und gingen mit schnellen Schritten zum DAF, wobei es diesmal Theo war, der – überaus ungewöhnlich – das Tempo forcierte. Vor seinem geistigen Auge sah er immer wieder, wie die Polizei ihn, Lieselotte Larisch und Sabine verhaftete und einsperrte, und das verlieh ihm die Dynamik eines Hundert-Meter-Sprinters. So hatte er ausnahmsweise auch nichts dagegen, dass Lieselotte Larisch gewohnt schnell und riskant durch den Ort und dann in Richtung der Bundesstraße 54 fuhr, wo sie den Autobahnzubringer zur Auffahrt auf die Sauerlandlinie nutzte. Auf der Fernstraße reduzierte sich ihre fahrerische Angriffslust deutlich, und sie reihte sich schließlich zwischen zwei langsam fahrenden Lkw ein.

Theo kannte das schon. Es gab nur einen einzigen Grund, der Lieselotte Larisch davon abhalten konnte, halsbrecherisch zu fahren: Immer dann, wenn sie über Gebühr grübelte, wenn sie in Gedanken eine heiße Spur verfolgte und bemüht war, die einzelnen Fäden zusammenzuflechten, schlich sie förmlich über die Straßen und wurde von der Teufelsfahrerin zum Verkehrshindernis.

Zwei oder drei Minuten lang kam kein Wort über ihre Lippen, und auch Sabine und Theo schwiegen.

Schließlich aber begann Lieselotte Larisch doch zu sprechen. Ganz leise und wohl mehr zu sich selbst.

„‚Es ist viel zu viel passiert, als dass jetzt noch alles gut werden könnte', hat er gesagt." Sie starrte auf den Schriftzug Stückgut Schnelldienst Süddeutschland, der auf der Plane des vorausfahrenden Sattelschleppers prangte. Doch Lieselotte Larisch schien durch die Buchstaben hindurchzusehen, und Theo hatte keinen Zweifel daran, dass sie mit ihren Gedanken bei der Schwester der Ertrunkenen war.

Wie zur Bestätigung dessen murmelte sie: „Wer bist du, Marion Nelling? Und welches merkwürdige Geheimnis umgibt dich?"

Kapitel 6

Gestern war es mal wieder so weit gewesen. Lieselotte Larisch hatte zur Nachbesprechung des in der Zeitungsredaktion Erlebten bei Rouladen mit Backobstfüllung in Specksoße und Knödeln eingeladen. Theo Kettling hatte sich auf die deftige böhmische Spezialität gefreut – und auf einen zumindest halbwegs entspannten Abend mit der Gastgeberin und Sabine.

Doch es war ganz anders gekommen: Nach einem fünf- bis zehnminütigen, von Kauen und Schmatzen begleiteten Gespräch über einige eher unkritische Themen hatten sie aus irgendeinem Grund, den Theo nicht mehr nachzuvollziehen vermochte, das Thema Nordsee gestreift. Ab da war nur noch das Zurücklegen einiger weniger Gehirnwindungen in den Köpfen der Frauen nötig gewesen, bis diese sich wie schon unzählige Male zuvor beinahe exzessiv an der angeblichen Schönheit und Anmut der Ostfriesischen Inseln hochgezogen hatten.

Lieselotte Larisch war regelmäßige Wangerooge-Urlauberin und quasi ein Hardcorefan dieses knapp acht Quadratkilometer großen Eilands, während Sabines Vorliebe eher der Nachbarinsel Spiekeroog galt, auf der sie schon als Kind häufig mit ihren Eltern zu Gast gewesen war und der sie bis heute die Treue hielt, wenngleich die Periodik der Besuche ein wenig größere Abstände aufwies.

Es spielte aber im Grunde gar keine Rolle, von welcher der sieben Inseln die Rede gewesen war; die Diskussionen und

Schwärmereien waren eh immer die gleichen. Es ging um unfassbar schöne Sonnenuntergänge, um das herrliche Gefühl, mit nackten Füßen durch den feinen Sand zu laufen, um Fischsuppe, Fischfrikadellen, Fischragout und Fischbrötchen, und natürlich waren auch diesmal wieder die alten Dönekes von den Fährüberfahrten bei hohen Windstärken zum Besten gegeben worden, gipfelnd in den erstaunlich realistischen Beschreibungen von nicht seefesten und deshalb über der Reling hängenden Passagieren, die mit ihren Mageninhalten die Möwen gefüttert hatten.

Als obligatorische Krönung der haarsträubend langatmigen Ausführungen war Theo am Ende wie üblich die Vorhaltung gemacht worden, er sei als jemand, der noch nie dort oben Urlaub gemacht habe, ganz einfach ein maritimer Banause, und es müsse doch fürchterlich für ihn sein, bei diesem herrlichen Thema niemals mitreden zu können.

Exakt dieser Gedanke war es wohl gewesen, der bei Lieselotte Larisch zu der Schnapsidee geführt hatte, eine gemeinsame Schiffstour zu unternehmen, auf deren praktische Umsetzung sie auch heute Morgen noch mit Nachdruck bestanden hatte. Wenn man es schon nicht hinbekomme, zu dritt die hinreißende Nordsee zu besuchen, dann müsse doch wenigstens eine Schifffahrt auf dem Biggesee drin sein. Das habe sie schon gedacht, als sie gemeinsam zur Beerdigung von Ute Reimer nach Neu-Listernohl gefahren seien, wo sie sich ja quasi am Ufer der gewaltigen Talsperre befunden hätten. Vor lauter Beschäftigung mit dem Fall habe sie diesen Gedanken dann aber irgendwie wieder vergessen, und damit dies kein weiteres Mal passiere oder das herrliche Spätsommerwetter wieder schlechter werde, gelte es, keine Zeit zu verlieren, und sich gleich heute auf den Weg zum Schiffsanleger am Biggedamm zu machen.

Sabine, die dem Vorhaben am Abend zustimmend gegenübergestanden hatte, schien über Nacht doch ein wenig die Lust verloren zu haben. Möglicherweise war ihr ja aufgegangen, dass sich das Gefühl Nordsee mit tosenden Wellen und salzhaltiger Luft nicht so einfach auf eine zehn Jahre alte Talsperre im Südsauerland übertragen ließ. Durchaus ein wenig bockig machte sie ihr Mitkommen davon abhängig, dass dieses Mal sie in ihrem Mini Cooper die Chauffeurin des Trios wäre. Lieselotte Larisch hatte – ganz sicher aus rein taktischen Erwägungen – eingewilligt, ebenso wie Theo, der sich freute, dadurch zwei nervenzerfetzende Fahrten in Lieselotte Larischs DAF umgehen zu können.

Wie trügerisch dieser Gedanke gewesen war, merkte er, als Sabine nun überaus rasant und nahezu sämtliche Verkehrsregeln ignorierend in Richtung Autobahn bretterte, um dort alles aus dem immerhin 76 PS starken Kleinwagen britischer Fertigung herauszuholen.

Vor Fahrtantritt war noch rasch Cleos Sabberdecke aus Lieselotte Larischs Wagen auf der Rückbank in Sabines Cooper ausgelegt worden, und nun lümmelte die Dogge wie sonst im DAF auf Theos Oberschenkeln und ruinierte das Erscheinungsbild seiner nagelneuen und sündhaft teuren Lois-Jeans durch gefühlt zwei Wassereimer abgesonderten lauwarmen Hundespeichel.

Dass er überhaupt bereit und in der Lage gewesen war, sich eine Hose für neunundsiebzig Mark zu kaufen, hatte seinen Ursprung in einem eigentlich traurigen Ereignis im Spätherbst des vergangenen Jahres. Theos Großtante Gertrud war dreiundneunzigjährig gestorben, und da sie keine Kinder gehabt hatte und der Ehemann ihr schon lange vorausgegangen war, hatte Theo, ihr unbestrittener Lieblingsneffe, zu dem sie stets ein auf distanzierte Weise inniges Verhältnis gehabt hatte, ihr gesamtes Vermögen geerbt.

Theo, der sie während ihrer letzten Lebensjahre unterstützt hatte, damit sie in ihrem Häuschen am Loher Wäldchen wohnen bleiben konnte und nicht etwa ins Altersheim gehen musste, hatte damit gerechnet, eine hohe fünfstellige, vielleicht sogar niedrige sechsstellige Summe vermacht zu bekommen. Als dann aber zwei Wochen nach dem Tod der alten Dame das Schreiben vom Nachlassgericht im Briefkasten gelegen hatte, war ihm abwechselnd kalt und heiß geworden. Das schmucke Haus am Loher Wäldchen bekam er in Windeseile und zu einem überaus stolzen Preis verkauft, und zusammen mit dem Geld, das Gertrud auf ihren drei Sparbüchern gehabt hatte, war Theo von heute auf morgen zwar kein Millionär geworden, aber doch immerhin deutlich vermögender als ein halber.

War er anfangs noch der festen Überzeugung gewesen, es würde fortan durchaus angenehm sein, das Geld mit vollen Händen ausgeben zu können, so belehrte ihn das Leben schon nach kurzer Zeit eines Besseren.

Es war nicht nur furchtbar anstrengend gewesen, nach kostspieligeren Alternativen für die üblichen und vertrauten Konsumartikel zu suchen, Theo hatte sich auch zunehmend unwohl dabei gefühlt. Die hochpreisigen Lebensmittel, von denen er die meisten im alteingesessenen Feinkostladen an der Knapper

Straße gekauft hatte, konnten ihn nicht begeistern. Sie hatten bestenfalls erträglich geschmeckt, einige waren sogar ungenießbar gewesen. Und in den absurd teuren Klamotten aus dem exquisiten Modegeschäft in der unteren Wilhelmstraße war er sich völlig verkleidet vorgekommen.

Geradezu katastrophal waren aber seine Versuche zu nennen, in gebührender Regelmäßigkeit kulturell hochtrabenden Veranstaltungen beizuwohnen. In der Frankfurter Allgemeinen Zeitung – die hatte er neu abonniert, weil für gut situierte Persönlichkeiten ja überhaupt kein anderes Informationsmedium infrage kam – hatte er gelesen, dass das Schauspielhaus Bochum, und hier besonders die Kammerspiele, die wohl streitbarsten, zweifellos aber wichtigsten Interpretationen klassischer sowie zeitgenössischer Werke aufführte.

Nachdem er zweimal im Zuschauerraum eben jener Kammerspiele gesessen und sich solcherlei streitbare und wichtige Interpretationen angesehen hatte, waren seine kulturellen Bedürfnisse mindestens für die nächsten zwanzig Jahre befriedigt gewesen.

Im ersten Stück mit dem Titel „Wer hat Angst vor Virginia Woolf?“ hatten sich die Protagonisten permanent angeschrien und beleidigt, und im zweiten – wie es hieß, hatte Theo schon wieder vergessen – waren von den Schauspielern fast zwei Stunden lang Kohlköpfe in den verschiedensten Größen über die Bühne gerollt worden.

So hatte er, ungesund gestresst und erschöpft, nach nur wenigen Wochen den Entschluss gefasst, das Dolce Vita den Schönen und wirklich Reichen aus den Klatschspalten zu überlassen, und eine Zentnerlast war von ihm abgefallen.

Nun konnte er wieder Theo Kettling sein. Zum Abendessen nahm er ein Brot mit Käse oder Wurst zu sich oder „kochte" sein an Einfachheit kaum zu überbietendes Leibgericht: Spaghetti mit darüber geschüttetem Tomatenketchup.

Die teuren, aber verstörend hässlichen Designerklamotten hatte er der Kleiderkammer des DRK gegeben, und statt nach Bochum zu fahren, um rollende Kohlköpfe zu bestaunen, setzte er sich wieder mit Bier, Kartoffelchips und Kinder Schokolade vor den Fernseher, um seine Lieblingskrimiserien zu schauen.

Die langweilige FAZ hatte er auch wieder abbestellt und durch die altbekannten und bodenständigen Lüdenscheider Nachrichten ersetzt.

Dauerhaft geändert hatte sich in seinem Leben nur – und das war das letztendlich Schöne an seiner veränderten finanziellen Situation –, dass er kein schlechtes Gewissen mehr bekam, wenn er Geld von seinem nun übervollen Konto abhob. So fuhr er meist Taxi statt zuvor Bus, und wenn ihm wirklich mal etwas so richtig gefiel, dann kaufte er es, ganz ohne nachzudenken, ob er es sich leisten konnte. Denn er konnte es sich leisten. Immer. Schluss, aus, Nikolaus.

Und so war es eben auch bei dieser modisch-sportiven Jeans gewesen. Dass das gute Stück nun mit Hundespeichel vollgesabbert war, stellte für Theo abgesehen von der Herausforderung, seinen Würgereiz zu unterdrücken, ein ausschließlich ästhetisches Problem dar. Den Fleck zu entfernen, würde äußerst zuverlässig seine enorm leistungsfähige Waschmaschine besorgen. Die war nämlich ebenfalls neu. Das schmucke Miele-Hausgerät wusch nicht nur flüsterleise, sondern hatte auch einen Schnellschleudergang und ein besonders großes Fassungsvermögen, das Theo freilich nie auch nur annähernd ausschöpfte. Tausenddreihundertfünfzig Mark hatte er dem Verkäufer des Elektrofachgeschäfts in der vorderen Werdohler Straße dafür bar in die Hand gedrückt.

Als Theo, Lieselotte Larisch und Sabine ihr Ziel erreichten, standen auf dem großzügigen Parkplatz unterhalb des Biggedamms für einen Wochentag schon vergleichsweise viele Fahrzeuge. Sabine visierte eine freie Lücke in der mittleren Reihe an und stellte den Mini Cooper schwungvoll und entgegen Lieselotte Larischs Gewohnheit gerade darin ab.

Der Weg auf den Damm führte zunächst über eine Brücke, dann durch ein kleines Wäldchen und stieg dabei ziemlich steil an. Oben angekommen, musste vor allem Lieselotte Larisch erst einmal ordentlich durchschnaufen. Als sie ihre Atmung wieder halbwegs im Griff hatte, starrte sie ebenso wie Sabine andächtig auf den künstlichen, aber wunderschönen See mit seiner völlig glatten, von der warmen Spätsommersonne beschienenen Oberfläche. Theo hingegen hatte keinen rechten Blick für diese Schönheit, weil er von Cleo abgelenkt wurde, die sich wie üblich mit ihm kabbeln wollte.

Nachdem die Hündin von ihrer Besitzerin zur Ordnung gerufen worden war, konnte es weitergehen. Sie wandten sich nach rechts und schlenderten über den Staudamm der riesigen Talsperre, von deren Ende es nicht mehr weit bis zur Anlegestelle war, an der schon mindestens vierzig Menschen auf das Schiff warteten. Die wenigsten schienen erholungssuchende Ausflügler zu sein. Direkt vor der Absperrung scharrten dreizehn unternehmungslustige Frauen mittleren Alters mit den Hufen. Jede von ihnen war mit zwei bis drei Flachmännern bewaffnet, aus denen sie unisono tranken, wann immer ein lautstark bis grölend dargebrachter Trinkspruch ertönte, gefolgt von der vielstimmig artikulierten Formel: „Olé, olé, olé, Kegeldohlen Bottrop sind okay!“

Mit gebührendem Sicherheitsabstand von vielleicht fünfzehn Metern stand eine weitere, etwa doppelt so große Gruppe am Seeufer, die gegensätzlicher nicht hätte sein können. Offenbar handelte es sich um eine Hochzeitsgesellschaft. Die hübsche junge Braut trug ein mit Rüschen geradezu übersätes Kleid in strahlendem Weiß, ihr frisch angetrauter Gatte einen dunkelblauen und sicherlich in Handarbeit gefertigten Anzug, der jedem Mitglied eines europäischen Königshauses zur Ehre gereicht hätte. Die Hochzeitsgäste schienen sich der Bedeutung und feierlichen Erhabenheit dieses ganz besonderen Tages im Leben zweier Menschen ebenfalls bewusst zu sein. Auch sie glänzten ausnahmslos durch enorm stilsichere Garderoben.

Einige weitere Fahrgäste, die keiner der beiden Gruppen zuzuordnen waren, blickten voller Bewunderung auf die so anmutig wirkende Gesellschaft mit der schönen Frau in Weiß in der Mitte, und vor allem Lieselotte Larisch tat es ihnen gleich.

Die Klappe im Bug des mittlerweile eingetroffenen Schiffes wurde geöffnet und verwandelte sich in einen recht großzügigen und ebenen Eingang. Kaum dass die Kette zur Seite genommen wurde, sprinteten die Keglerinnen kreuz und quer zwischen den aussteigenden Fahrgästen an Bord, ganz vorneweg die, die von allen das lauteste Kommando geführt hatte und offenbar die Anführerin der grob wirkenden Bande war. Durch das Unterdeck eilten sie nach hinten zur Treppe und gelangten als Erste auf das Oberdeck, das allerdings zum größten Teil mit einer weiteren Kette abgesperrt war. Hier hatte man bereits die Kaffeetafel für die Hochzeitsgesellschaft eingedeckt.

Zwar verzichteten die Keglerinnen auf eine Erstürmung, in einem Akt roher Gewalt wurde dem bereitstehenden Marmorkuchen jedoch – natürlich durch die Anführerin höchstselbst – mindestens die Hälfte seiner bauchigen Stücke entrissen. Die Elstern spurteten johlend zurück auf das kleine Zwischendeck, wo sie sich den erbeuteten Kuchen in den Mund stopften und mit einem mächtigen Schluck aus dem Flachmann nachspülten.

Lieselotte Larisch, Sabine, Theo und die übrigen ‚neutralen' Passagiere ließen unterdessen vorne am Eingang den Mitgliedern der Hochzeitsgesellschaft den Vortritt. Dann passierten sie ebenfalls das Unterdeck, gingen mit leicht eingezogenen Köpfen an den Elstern vorbei und postierten sich, während die Hochzeitsgäste ihre mit Namenskärtchen auf den Tischen versehenen Plätze einnahmen, in dem schmalen, nicht abgesperrten Bereich auf dem Oberdeck zwischen Festgesellschaft und Keglerinnen-Gesindel.

Das dreiköpfige Musikensemble, das die Fahrt begleitete und sich mit seinen Instrumenten, einer Violine, einer Bratsche und einem Cello, am Bugende des Oberdecks niedergelassen hatte, begann zu spielen. Das „Intermezzo Cavalleria rusticana" von Pietro Mascagni erklang, und nachdem das Schiff abgelegt hatte und sich gemächlich in Richtung Schnütgenhof bewegte, ging zunächst alles eine Weile lang gut.

Dann aber, nach zwei oder drei Minuten, vielleicht waren es auch fünf oder sechs, verspürte die Chefelster, die wohl Uschi hieß oder jedenfalls von ihren Untergebenen so genannt wurde, dem Anschein nach eine gewisse Langeweile. Diesem Zustand routiniert Abhilfe schaffend, sorgte sie mit der laut und aggressiv in Richtung der Hochzeitsgesellschaft gerufenen Aufforderung „Sauft ma lieber 'n ordentlichen Schnaps, ihr dämlichen Fatzken da oben!" für eine wachsende Gewaltbereitschaft in ihrem Lager.

Die Hochzeitsleute taten so, als hätten sie die Provokation überhört, schauten demonstrativ nicht in die Richtung der Elstern und setzten ihre Unterhaltungen scheinbar unbeirrt fort.

Sollten sie gehofft haben, dadurch die Situation zu beruhigen und in wenigen Augenblicken wieder Frieden zu haben, so wurden sie sicher gründlich enttäuscht. Von diesem Moment an sahen sie sich nämlich einem regelrechten Bombardement aus unflätigen Bemerkungen ausgesetzt. Die Bandbreite reichte von „etepetetige Arschgeigen" über „verkleidete Wildsäue" bis hin zu „schleimscheißende Bambusratten". Im bizarren Zusammenspiel mit den einsetzenden Klängen von „Air" aus Johann Sebastian Bachs Suite Nr. 3 in D-Dur bildeten die Hassäußerungen eine höchst fremdartig wirkende, bewusstseinserweiternde Symphonie.

Lieselotte Larisch, Sabine und Theo warfen sich kopfschüttelnd Blicke zu, und Letzterer fragte sich mit wachsender Sorge, wie lange das hier noch gut gehen mochte, ehe irgendeine Kleinigkeit die Situation völlig eskalieren ließe.

Die Antwort darauf erhielt er wenige Momente später. Nachdem Uschi brüllend behauptet hatte, die Braut sehe aus wie eine in den Ventilator geflogene Gans, ach was, eher wie ein aufgeplatzter Windbeutel, war beim Vater derselben das Maß ganz offensichtlich voll, und sämtliche Sicherungen brannten durch. Er griff nach dem in einer silbernen Vase auf dem Tisch stehenden Brautstrauß, befand dann aber wohl, dass dieser als Schlagwaffe eher ungeeignet war, und schritt auf den Cellisten des Musikerensembles zu – so schnell und entschlossen, dass der Mann schlagartig aufhörte zu spielen und sich die Hände vor das Gesicht hielt.

Die Schutzmaßnahme war indes gar nicht nötig, der Vater der Braut hatte es lediglich auf den Streichbogen abgesehen, den er dem verdutzten Mittvierziger mit einem zügig ausgeführten Griff entriss und sodann überaus entschlossen und mit fuchsteufelswilder Miene das Oberdeck entlangeilte.

Lieselotte Larisch, Sabine und Theo sprangen erschrocken zur Seite und stellten entsetzt fest, dass sich von Seiten der Treppe mindestens genauso wild entschlossen auch Uschi dem Oberdeck näherte. Genau wie der Brautvater hielt sie einen Gegenstand in der Hand, der als Kampfinstrument weitgehend ungeeignet schien, aber wohl nichtsdestotrotz als solches Verwendung finden sollte. Es war eine hastig aus der Provianttasche herausgekramte Schachtel Mon Chéri.

Theo, der wie die anderen mit offenem Mund dastand und – vermutlich ebenfalls nicht als Einziger – den Moment wie in Zeitlupe wahrnahm, überlegte fieberhaft, ob es irgendeine Möglichkeit geben mochte, die interkulturelle Keilerei noch zu verhindern.

Gerade als er sich, all seinen Mut bündelnd, den beiden Kontrahenten in den Weg stellen wollte, kam Cleo ihm mit dem unverbrüchlichen Gerechtigkeitsempfinden einer eigenwilligen

Dogge zuvor. Die Hündin hatte schon seit einigen Minuten halb bellende, halb knurrende Geräusche in Richtung der provozierenden Kegelclubchefin abgesondert. Nun war ihre Geduld endgültig erschöpft, und sie biss Uschi beherzt ins Sprunggelenk.

Die Alpha-Elster sank mit einem schmerzerfüllten Laut zu Boden. Zwar gelang es Lieselotte Larisch mit einem herrischen Schrei und entschlossenem Ziehen an der Leine, ihr kurzfristig, aber folgenschwer außer Kontrolle geratenes Haustier von seinem Opfer wegzulenken, doch konnte sie nicht verhindern, dass der Vater der mittlerweile völlig aufgelösten Braut mit dem Streichbogen auf die wehrlose Uschi einprügelte.

Nachdem es Lieselotte Larisch, Sabine, Theo und einigen anderen beherzt einschreitenden Fahrgästen gelungen war, den Mann festzuhalten, erfolgte der Startschuss für einen wilden Austausch aller nur denkbaren Wurfobjekte zwischen den Kegelfurien und den Hochzeitsgästen. Geschirr, Besteck, Gläser und Flaschen, Flachmänner und Damenschuhe, aber auch allerhand Essbares in Form von Kuchen, Torte und Schnittchen flog in die jeweils andere Richtung.

Hin und wieder war ein schmerzbedingter Aufschrei eines beziehungsweise einer Getroffenen zu hören, doch im heldenhaften Kampf gegen den Feind biss man bereits nach wenigen Augenblicken die Zähne zusammen, blendete die Pein aus und nahm umgehend wieder am Gefecht teil. In aller Eile wurden die im gegnerischen Feld gelandeten Geschosse der feindlichen Partei inspiziert. Waren diese für eine Weiterverwendung noch geeignet, wurden sie postwendend zurückgeschleudert, andernfalls zweckentfremdete man in großem Erfinderreichtum irgendeinen noch unbenutzten, ursprünglich für friedliche Zwecke produzierten Gegenstand und feuerte diesen unter Aufbietung der letzten Kräfte in die feindlichen Linien.

Längst hatte sich Uschi unter Schmerzen und mit blutendem Knöchel aus der neutralen Zone am Oberdeck die Stufen hinabgleiten lassen und versuchte, verwundet auf dem Boden des kleinen Zwischendecks hockend, ihre aufopferungsvoll kämpfenden Kameradinnen so gut wie möglich zu unterstützen.

Theo, der wie die anderen in der Schusslinie stehenden Fahrgäste immer wieder den Kopf einziehen musste, um als Unbeteiligter nicht ebenfalls körperlichen Schaden davonzutragen, fühlte sich an die Ausführungen seiner Lehrerin Ilse Osthoff erinnert, die ihren Schülern im Geschichtsunterricht in bunten Bildern die Seeschlacht von Gravelines geschildert hatte. Mit dem allerdings recht wesentlichen Unterschied, dass hier und jetzt keine verfeindeten Flotten gegeneinander kämpften, sondern sich das gesamte Gefecht an Bord eines einzigen Schiffes abspielte.

Alle zwei Sekunden rumste und klirrte es, immer wieder stießen Getroffene durch Mark und Bein gehende Schmerzensschreie oder wenigstens übelste Verwünschungen aus. Lieselotte Larisch, die es so gar nicht mochte, wenn geflucht wurde, verzog immer wieder entsetzt das Gesicht, um schließlich selbst ein zutiefst resigniert klingendes „Heilige Maria und a Stückla Josef" auszurufen. Einzig Sabine gelang es, einigermaßen gelassen zu bleiben, sie fand sogar noch Gelegenheit, sich eine ihrer Marlboros in den Mund zu stecken und anzuzünden.

Endlich näherte sich die MS Bigge dem Anleger „Am Schnütgenhof", wo oben an der Straße vier Streifen- sowie zwei Krankenwagen zu sehen waren, deren Besatzungen schon bereitstanden, die meuternden Fahrgäste in Empfang zu nehmen.

Theo, Sabine und Lieselotte Larisch waren als Letzte an der Reihe. Zuerst waren die Elstern vernommen worden – freilich ohne Uschi, die mit ihrem von Cleo angebissenen Fußgelenk direkt ins Krankenhaus nach Attendorn gebracht worden war. Die noch immer wütenden und ordentlich alkoholisierten Frauen waren, nachdem die Beamten ihre Aussagen aufgenommen hatten, von diesen wie eine Gruppe gewaltbereiter Fußballfans durch den Hintereingang der Attendorner Polizeiwache nach draußen geführt und zum Bahnhof gefahren worden, und die Beamten hatten sich erst wieder auf den Rückweg gemacht, als alle „Damen“ im Zug saßen und dieser sich in Bewegung setzte.

Danach waren die Mitglieder der Hochzeitsgesellschaft an der Reihe gewesen und hatten aus ihrer Sicht geschildert, wie sich der Konflikt hochgeschaukelt hatte, was während des Scharmützels passiert war, wer Blessuren davongetragen hatte und so weiter und so fort. Dabei war es vor allem der Braut in ihrem fleckenübersäten und zerrissenen Kleid schwergefallen, sich vor lauter Schluchzen halbwegs verständlich zu artikulieren.

Am Ende schließlich, als es in der Wache endlich wieder ruhig geworden war und weder Hasstiraden noch Klagewehen durch die Räumlichkeiten hallten, wurden Lieselotte Larisch, Theo und Sabine angehört.

Während Letztere ziemlich sachlich und frei von großen Emotionen zu berichten wusste, was auf dem Schiff passiert war, fiel es Theo schwer, sich auf die Befragung zu konzentrieren und befriedigende Antworten zu geben. Zu groß war sein Respekt – im Grunde genommen war es eher eine subtile Furcht – vor den Polizisten.

Zweifellos am beschwerlichsten aber war für die diensthabenden Beamten die Vernehmung von Lieselotte Larisch. Ebenso wie Theo verspürte sie eine tiefe Abneigung gegen Polizisten. Anders als bei ihm war es aber keine übergroße Ehrfurcht vor dem Auge des Gesetzes, sondern vielmehr ein festsitzender Groll, der sich nach einem für sie wohl traumatisierenden Erlebnis in den Räumlichkeiten der Lüdenscheider Polizeiwache im Zusammenhang mit den Vorfällen um die Ermordung von Theos Nachbarn drei Jahre zuvor eingestellt hatte.

So verlief das Gespräch mal stark unterkühlt, dann wieder hitzig emotional, wobei es meist Lieselotte Larisch war, die aufbrausend wurde. Für den mit Abstand größten Aufreger sorgte am Ende eine Anzeige gegen sie wegen Körperverletzung. Der Hund habe die Vorsitzende der Elstern nun mal gebissen, da beiße die Maus keinen Faden ab, weshalb das Ganze in keinster Weise verhandelbar sei.

Auch Lieselotte Larischs unzählige Male gebetsmühlenartig vorgebrachter Hinweis, die Oberelster sei im fraglichen Moment im Begriff gewesen, einen körperlichen Angriff auszuüben, weshalb Cleo ja wohl nicht nur richtig, sondern sogar sehr vorbildlich gehandelt habe, vermochte es nicht, den Polizisten zu überzeugen, von der Anzeige abzusehen.

Schließlich rief die immer wütender werdende Schulrektorin im Unruhestand lautstark aus, es sei ja wohl mehr als bedenklich, dass ein bundesdeutscher Polizist nicht annähernd so viel Gerechtigkeitssinn und Verantwortungsbewusstsein habe wie ihre Hündin, und schickte ein „und noch weniger Hirn“ hinterher, wonach sie sich durchaus glücklich schätzen konnte, dafür nicht noch eine weitere Anzeige, diesmal wegen Beleidigung, zu kassieren.

Als die drei Hobbydetektive die Wache verlassen durften – Lieselotte Larisch schnaubend vor Wut, Theo immer noch nervlich angespannt und Sabine als Einzige weitgehend ruhig und vor sich hin pfeifend –, warfen sie im Vorbeigehen einen Blick in einen draußen vor dem Eingang platzierten Schaukasten, dessen Inhalt wohl schon längere Zeit nicht mehr ausgetauscht worden war. Die Plakate und Zettel darin waren größtenteils von der Sonne ausgeblichen und durch in den Kasten eingedrungene Feuchtigkeit ganz wellig geworden.

Der mit Abstand erbarmungswürdigste Aushang befand sich unten rechts. Eine Reißzwecke hatte ihren Dienst versagt, sodass die Überschrift des alten Fahndungsplakates nicht mehr zu lesen war. Die Gesichter der gesuchten Personen aber konnte man noch erkennen. Zwischen den Portraits zweier Männer blickte ihnen das Gesicht einer Frau entgegen.

Theo, Sabine und Lieselotte Larisch blieben stehen. Sie beugten sich mit ihren Köpfen so nah wie möglich an die schmutzige Glasscheibe heran.

Dann dauerte es noch einen kurzen Moment, bis sie alle drei realisierten, warum ihnen Ute Reimer so merkwürdig bekannt vorgekommen war. Und warum sie den Eindruck gehabt hatten, den Namen der Schwester, Marion Nelling, schon einige Male zuvor gehört zu haben.

Kapitel 7

Marion Nelling war nicht nur die Schwester von Ute Reimer. Sie war ihre Zwillingsschwester – und sie war Jahre zuvor eine der von der Polizei meistgesuchten Frauen in der Region und weit darüber hinaus gewesen. Gemeinsam mit Wolfgang Saale und Klaus Bilinsky, auf dem Fahndungsplakat rechts und links von ihr abgebildet, hatte sie eine hochkriminelle Vereinigung gebildet. Das Trio verübte Anfang der sechziger Jahre vier Banküberfälle, bei denen insgesamt fünf Menschen ums Leben gekommen waren.

Das waren die Fakten, die Lieselotte Larisch, Sabine und Theo Kettling anhand des Fahndungsplakats und aus dem Gedächtnis zusammenbekommen hatten, weil die Raubserie seinerzeit immer wieder Thema in den Medien gewesen war. Lieselotte Larisch war jedoch wild entschlossen, mehr herauszufinden.

So statteten die drei nun gleich am Montagmorgen – das Wochenende über waren sie sehr zu Lieselotte Larischs Verdruss zur Untätigkeit verdammt gewesen – den Lüdenscheider Nachrichten einen Besuch ab. Den Mitarbeitern dort waren Theo und Lieselotte Larisch bereits bekannt, weil sie das LN-Archiv schon mehrfach für Recherchearbeiten genutzt hatten, und nach der peinlichen Vorstellung in der Redaktion der Westfalenpost wollten sie sich dort lieber nicht mehr blicken lassen.

Mit den Worten „Bedient euch selbst, ihr wisst ja, wo ihr die Bücher findet" erteilte ein ausgiebig an seiner Zigarette ziehender Lokaljournalist dem Rechercheteam Generalvollmacht. Und als sie mit fünf großen und schweren Ordnern aus dem Archivraum zurückkehrten, hatte die freundliche Redaktionssekretärin drei Henkelbecher mit Kaffee auf einem verwaisten Schreibtisch für sie bereitgestellt, während Cleo gerade das letzte Stück Wurststulle hinunterschlang, das ein tierliebender freier Mitarbeiter großzügig von seinem Frühstück abgetreten hatte.

Mit dem aromatischen und herrlich kräftigen Kaffee gestaltete sich das erneute Durchwühlen alter Zeitungsausgaben ein wenig erträglicher, fand Theo. Zumal es auch dieses Mal wieder Lieselotte Larisch und Sabine waren, die mit Engagement zu Werke gingen, während er nur so tat, als würde er konzentriert und gewissenhaft mitarbeiten. Trotz eines besonders ausgedehnten Gesundheitsmarsches am frühen Morgen machte das lange Sitzen seinem Rücken zu schaffen, weshalb er zwischendurch aufstand und sich im Waschraum der Toilette zwei Spalt-Tabletten einverleibte.

Nach zwei Stunden und fünfzig Minuten waren genügend Artikel gefunden, ausgewertet und erörtert worden, um ein umfassendes Bild vom „Wirken“ der berüchtigten Bankräuber zu zeichnen.

Wolfgang Saale, Klaus Bilinsky und Marion Nelling hatten 1962 ihren ersten Banküberfall in einer Sparkassenfiliale in Hilchenbach verübt und dabei einen Kassierer erschossen. Sie waren unerkannt entkommen. 1963 hatten sie die Filiale der Deutschen Bank in Olpe überfallen; wieder war ein Bankangestellter erschossen worden, wieder gelang es ihnen, unterzutauchen. Im Laufe des folgenden Jahres, 1964, gingen dann zwei Überfälle auf das Konto der Bande, einer im April und einer im Oktober. Beim ersten in der Sparkasse Schmallenberg hatte es, obgleich die Täter wieder mit großer Entschlossenheit und Brutalität vorgegangen waren, keine Toten oder Verletzten gegeben. Dennoch war es der Polizei dank einer neuartigen Fotoüberwachung der Filiale endlich gelungen, die Identitäten der Räuber zu ermitteln. Eine Fahndung wurde eingeleitet, jedoch ohne Erfolg.

Der darauffolgende letzte Überfall war dann der mit Abstand schlimmste und dramatischste gewesen. Dass mit hundertsiebzigtausend Mark die größte Geldsumme der Serie hatte erbeutet werden können, war nur Nebensache. Was die Gemüter erhitzte, war der Umstand, dass dieses Mal gleich drei Todesopfer zu beklagen gewesen waren.

Zunächst hatte alles so ausgesehen, als könnte es erneut ohne Blutvergießen ablaufen. Die Angestellte hinter dem Schalter der Dresdner Bank in Gummersbach hatte die beiden Plastiktüten wie verlangt mit Geld gefüllt und wollte sie Wolfgang Saale gerade übergeben, als Klaus Bilinsky mitbekam, dass der Leiter der Filiale den Alarmknopf drücken wollte. Er hatte ihn mit einem Schuss in den Kopf niedergestreckt und kurz danach eine Angestellte getötet, die ihrem Chef zu Hilfe geeilt war. Sekunden später hatte er völlig die Nerven verloren und einen dritten Menschen erschossen, eine weibliche Geisel, die nach dem gerade Erlebten hysterisch zu schreien begonnen hatte.

Die Lüdenscheider Nachrichten hatten Wolfgang Saale, Klaus Bilinsky und Marion Nelling als „anarchistische Subjekte" bezeichnet, die „dringend gefasst und unschädlich gemacht" werden müssten. Eine Wortwahl, die Theo an die Berichterstattung im Zusammenhang mit der Roten Armee Fraktion erinnerte, deren Bekämpfung während der letzten Jahre eines der am hitzigsten diskutierten Themen in den Medien und der Öffentlichkeit gewesen war.

Die Bankräuber waren erneut untergetaucht. Doch einer weit verbreiteten und seinerzeit auch von den Lüdenscheider Nachrichten favorisierten Theorie zufolge hatte es nach diesem letzten Überfall Spannungen zwischen den drei Kriminellen gegeben. Zwar war so viel Geld wie nie zuvor erbeutet worden, doch es waren auch drei Menschen zu Tode gekommen. Das mochte Wolfgang Saale, vor allem aber Marion Nelling, die bei den Überfällen zwar stets bewaffnet gewesen war, aber nie geschossen hatte, einfach zu viel gewesen sein und hatte möglicherweise zum Bruch des Trios geführt.

Sieben Monate später jedenfalls hatte Marion Nelling eine Art Abschiedsbrief an ihre Familie geschrieben. Die Nellings hatten den Brief der Polizei übergeben, ob aus Überzeugung oder um den nervenaufreibenden Nachstellungen der Nachbarn und aufdringlichen Sensationsreportern zu entkommen, und die hatte ihn über die Medien öffentlich gemacht.

Es ist vorbei. Ich bin sehr bald an einem Ort, an dem ihr mich nie mehr finden werdet. An dem mich niemand jemals wiederfinden wird!

Darunter Marions Vorname als Unterschrift; das war alles.

Zusätzlich bekräftigt durch das Gutachten eines Polizeipsychologen, hatte weitgehend Einigkeit bestanden, dass die Nachricht als Abschied aus dem Leben zu deuten sei. Und damit war auch die zweifelhafte Karriere der Bankräuberbande zu Ende gegangen, es hatte danach jedenfalls keine Überfälle mehr gegeben.

Was mit Wolfgang Saale und Klaus Bilinsky geschehen war, wusste niemand. Es war durchaus möglich, dass sie ebenfalls Suizid begangen hatten, wahrscheinlicher erschien es jedoch, dass sich beide – einzeln oder gemeinsam – ins Ausland abgesetzt hatten, um vor dem Zugriff der deutschen Behörden sicher zu sein.

Lieselotte Larisch schlug mit der flachen Hand auf den Tisch und verkündete großmütig, Sabine und Theo zu einem zweiten Frühstück einzuladen. So könne man sich ein wenig stärken und dabei in Ruhe erörtern, was mit den Informationen aus den alten Zeitungen nun anzufangen sei.

Im Kaufhaus Krause ganz am unteren Ende von Lüdenscheids Einkaufsmeile, der für Fahrzeuge aller Art gesperrten Wilhelmstraße, gab es in der oberen Etage ein hübsches Restaurant, von dessen umlaufender Außenterasse man das bunte Treiben auf dem Sternplatz beobachten konnte, der einstigen Verkehrs-Hauptschlagader der Stadt, die längst ebenfalls zur Fußgängerzone umfunktioniert worden war. Obgleich die Sonne sich an diesem Tag einfach nicht zeigen wollte, war die Temperatur von etwa siebzehn Grad doch geeignet, um draußen zu sitzen – zumindest, wenn man wie Lieselotte Larisch, Sabine und Theo Strickjacke beziehungsweise Pullover trug. Alle drei bestellten ein großzügiges Frühstück, das der freundliche Ober im strahlend weißen Hemd und schwarzer Bundfaltenhose in rekordverdächtiger Zeit servierte.

Da eine Diskussion mit Lieselotte Larisch über die im Verlagsgebäude der Lüdenscheider Nachrichten mühsam zusammengetragenen Informationen sowie ein aus Sicht der Pädagogin ganz sicher absolut notwendiges Nachfassen ohnehin nicht zu umgehen war, ging Sabine kauend und schmatzend in die Offensive. Oder versuchte es jedenfalls.

„Also, nüchtern betrachtet ist es doch so, dass …“

„Ich weiß, was Sie sagen möchten, meine Liebe. Dass nämlich die kriminelle ‚Karriere‘ der Marion Nelling ein großes Unglück war – für die Opfer und ihre Angehörigen wie auch für ihre eigene Familie. Und dass es zwar höchst bedauernswert ist, wenn auch noch die Schwester mit ihrer Depression Grund zur Sorge gibt und sich unter dem Einfluss dieser schlimmen Krankheit schließlich das Leben nimmt. Dass es aber, so furchtbar das alles auch sein mag, nun mal Familien gibt, denen ein solch doppeltes Maß an Unglück widerfährt.“

Sabine sah erst Lieselotte Larisch, dann Theo an, und in ihrem Gesicht war zu lesen, dass es in der Tat exakt das war, was sie gedacht hatte.

„Äh … ja, so ungefähr jedenfalls.“ Sie grübelte kurz. „Ich meine, wir wissen jetzt, warum niemand mit uns über die Schwester von Frau Reimer reden wollte. Aber damit hat es sich dann auch. Ich denke, es macht eigentlich keinen großen Sinn, jetzt noch weiter nachzuforschen, da es wohl weiter nichts zu finden gibt.“

„Vermutlich haben Sie ganz recht, Sabine.“

Wie bitte? Theo war sich beinahe sicher, dass Lieselotte Larischs Zustimmung rein kommunikationspsychologische Gründe hatte. Und er lag mal wieder richtig mit seiner Einschätzung, denn umgehend folgte das Aber.

„Doch bevor wir alle Aktivitäten komplett einstellen, sollten wir ein letztes Mal nach Neu-Listernohl fahren. Den Biggesee und das Schiff lassen wir dieses Mal ganz konsequent links liegen und versuchen, direkt mit Bewohnern des Ortes ins Gespräch zu kommen. Es wäre doch gelacht, wenn wir nicht jemanden finden, der auf das allgegenwärtig scheinende Schweigegelübde pfeift."

Sie lehnte sich zurück und sah zur Decke hinauf. „Ich kann mich einfach des Eindruckes nicht erwehren, dass an dieser Sache etwas zum Himmel stinkt …"

Kapitel 8

Am Freitagvormittag, den fünften September um siebzehn Minuten nach elf klingelte Theo Kettlings Telefon. Es war der Anruf, den er seit zwei langen Wochen so sehr herbeigesehnt hatte wie keinen anderen jemals zuvor.

Eine der geplanten Maßnahmen, um künftig intensiver zu leben, war im vergangenen Jahr die Anschaffung eines motorisierten Fahrzeugs gewesen. Sein geliebtes Bonanzarad, zu dem er eine kurze, aber enorm innige Beziehung gehabt hatte, war bei dem Mordanschlag auf ihn irreparabel beschädigt worden, und in Ermangelung eines Führerscheins war Theos Wahl zunächst auf ein Mofa gefallen. Für 699 Mark hatte er sich ein Mars-Mofa aus dem Quelle-Katalog bestellt, in orange und mit Ein-Gang-Vollautomatik, sodass er nicht kuppeln und schalten brauchte. Auch die restliche Ausstattung war nicht von schlechten Eltern gewesen: Teleskopfederung vorn und hinten, Nirosta-Schutzbleche, groß dimensionierte Trommelbremsen und ein 1,75-PS-Motor mit Wasserkühlmantel im Zylinder.

Obwohl Theo auch dieses Fahrzeug sehr gern gemocht, es ebenfalls fast schon geliebt hatte und stolz und glücklich gewesen war, damit zwar langsam, aber ganz ohne Kraftaufwand durch die Straßen der Bergstadt Lüdenscheid fahren zu können, hatte er noch einmal umdisponiert, nachdem er von Lieselotte Larischs ehemaligem Schüler Hans-Peter Bergscheid einen Hinweis erhalten hatte, der die Begeisterung für die Mars Luxus 25 in den Hintergrund rückte und letztlich der Startschuss für eine neue Ära der Motorisierung von Theodor Richard Kettling gewesen war.

Er kannte Hans-Peter erst seit wenigen Monaten, aber beide waren sich auf Anhieb sympathisch gewesen. Damals hatte Hans-Peter ihm geholfen, den Siphon in der Küche des Rölveder Bauernhauses auszutauschen, nachdem der zuvor herbeigerufene Theo eine halbe Stunde lang völlig ratlos vor der Spüle gestanden und nicht den Hauch einer Idee gehabt hatte, was zu tun war, um das Problem zu beheben. Sie waren ins Gespräch gekommen, und sein neuer Bekannter hatte den Vorschlag gemacht, er, Theo, könne doch dann und wann, wenn er Zeit und Lust habe, ein wenig bei ihm auf dem Bauernhof mithelfen. In einem landwirtschaftlichen Betrieb gebe es eigentlich immer etwas zu tun, und man müsse für diese Tätigkeiten weder Agraringenieur sein, noch benötige man ausgeprägte technische Fähigkeiten.

Seitdem war Theo schon einige Male auf dem Hof der Bergscheids im Schalksmühler Ortsteil Heedfeld gewesen und hatte bei ganz verschiedenen bäuerlichen Tätigkeiten mit angepackt. Es gab tatsächlich immer etwas zu erledigen, und entgegen seiner Erwartung handelte es sich bei den Dingen, die auf einem Hof so anfielen, nicht ausschließlich um die Sorte Schwerstarbeit, bei der seine Bandscheibe kapitulieren würde.

Irgendwann – Theo wusste gar nicht mehr, in welchem Zusammenhang – hatte Hans-Peter einfach nur so am Rande bemerkt, dass man zum Führen eines älteren Treckers nur einen Vierer-Führerschein benötige. Und für den wiederum sei nur eine einfache theoretische Prüfung nötig – ein paar simple

Rechts-vor-links- und sonstige Fragen, das sei alles.

Theo wäre damals nicht im Traum der Gedanke gekommen, statt auf zwei Rädern mit einem Traktor durch seine Stadt zu bollern. Das wäre ihm viel zu bizarr gewesen, da war das Mars-Mofa von Quelle doch deutlich angemessener.

Beim übernächsten Treffen aber, als sie in der alten und seit Jahren vernachlässigten Scheune gemeinsam für Ordnung sorgten, hatte Hans-Peter, als es in ihrem Gespräch um den Gebrauchswert und die Zuverlässigkeit von Treckern verschiedener Hersteller ging, darauf hingewiesen, dass es früher auch welche von Porsche gegeben habe. Und sogar welche von Lamborghini; die Marke sei im Übrigen bis heute als Hersteller landwirtschaftlicher Fahrzeuge aktiv. Früher habe Ferruccio Lamborghini jedenfalls ausschließlich Traktoren gebaut, ehe er sich privat einen Ferrari kaufte und damit angeblich so unzufrieden gewesen sei, dass er beschlossen habe, es besser zu machen und künftig ebenfalls Sportwagen zu fertigen.

Und schließlich hatte Hans-Peter noch etwas erzählt: Ein befreundeter Bauer aus Herscheid habe mal einen gehabt. Einen echten Lamborghini. Nach ein paar Jahren habe er sich aber einen Deutz zugelegt. Das sei ganz einfach sinnvoller gewesen, weil Ersatzteile italienischen Fabrikats hierzulande nicht gerade schnell und einfach zu bekommen seien. Den Lamborghini dürfte er aber trotzdem behalten haben, jedenfalls habe er, Hans-Peter, bis dato nichts Gegenteiliges gehört. Und auch wenn auf einem größeren Hof ein Schlepper in Reserve nie schaden könne, sei er ja möglicherweise bereit, das Fahrzeug zu einem vernünftigen Preis abzugeben.

Dann war alles ziemlich schnell gegangen: Hans-Peter hatte auf Theos plötzlich einsetzendes Drängen und Quengeln hin bei dem Bauern angerufen und erfahren, dass dieser für zweitausendzweihundert Mark bereit wäre, sich von dem „ollen italienischen Bock" zu trennen. Aus einem gewohnheitsmäßigen Automatismus heraus hatte Theo zunächst Nein gesagt und war auch nicht ins Wanken geraten, als der Landwirt noch am Telefon auf zweitausend Mark heruntergegangen war.

Erst als Hans-Peter und er nach dem Telefonat die Arbeit wieder aufnahmen, hatte er mit einer deutlichen Verzögerung realisiert, dass er sich finanziell inzwischen in einer völlig anderen Lage befand und zweitausend Mark für ihn nicht mehr dasselbe waren wie noch vor Kurzem. Er besaß nicht nur genügend Geld, er musste sich auch keine großen Gedanken mehr machen, ob er es für eine so verrückte Investition auf den Kopf hauen wollte.

Hans-Peter und Theo hatten alles stehen und liegen gelassen und sich umgehend auf den Weg nach Herscheid gemacht.

Als dort das Tor der alten Scheune geöffnet und die Plane von dem seit Jahren im Dornröschenschlaf befindlichen Fahrzeug heruntergezogen worden war, wäre Theo vor lauter Begeisterung beinahe in Ohnmacht gefallen. Vor ihm stand ein Traum in Orange und Blau. Ein trotz der Abdeckung ziemlich verstaubter und hier und da etwas rostiger Traum mit platten Reifen, aber es bestand nicht der leiseste Zweifel daran, dass der Trecker vor ihm seiner war.

Er hatte sich zwicken müssen. Schon sehr bald würde er, würde Theodor Richard Kettling Lamborghini fahren. LAMBORGHINI!

„Laufen wird er ja wohl noch." Hans-Peter Bergscheids Worte waren mehr Frage als Feststellung und für den Noch-Eigentümer des italienischen Nutzfahrzeugs offenbar Ansporn gewesen, unverzüglich den Beweis anzutreten, dass das gute alte Stück bei Bedarf wie ein junges Kätzchen zu fauchen verstand. Der Landwirt hatte sich den auf einer alten Werkbank liegenden Vierzehner-Maulschlüssel geschnappt, war nach draußen gegangen, hatte die Batterie seines Deutz-Schleppers aus- und anschließend in den Lamborghini eingebaut. Dann rollte er den Hydraulikschlauch vom Kompressor in der Milchkammer aus, stöpselte ein in der Schublade der Werkbank liegendes Manometer an und befüllte die Reifen mit Luft. Er setzte sich ans Steuer und zog vorsichtig an einem rechts am Armaturenbrett befindlichen Hebel. Eine Kontrollleuchte im Zentrum begann zu glühen, erst noch ganz schwach, dann immer heller. Schließlich zog er den Hebel ganz heraus, und es hörte sich kurz so an, als wollte der Motor seine Arbeit aufnehmen, ehe er wieder in seinen Dornröschenschlaf verfiel.

Vier- oder fünfmal ging das so, dann endlich erwachte der 1,8-Liter-Dieselmotor mit seinen zwei Zylindern und zweiunddreißig PS wieder zum Leben. Äußeres Anzeichen dafür war nicht nur das Ausstoßen einer gewaltigen Qualmwolke aus dem Auspuffrohr, sondern auch das Einsetzen eines satten und keineswegs gehörfreundlich nagelnden Betriebsgeräusches. Es hatte Theo zwar nicht sonderlich stark an einen Supersportwagen aus dem Hause Lamborghini erinnert, doch er meinte, auch hier das beinahe schon sprichwörtliche Temperament der italienischen Fahrzeugbaumarke und die Leidenschaft der Ingenieure aus Sant'Agata Bolognese herauszuhören.

Mit zwei hurtig um den Hof gefahrenen Runden hatte sich der Landwirt davon überzeugt, dass die Bremsen noch zogen und sich auch alle Gänge noch einlegen ließen, ehe er Theo das mittlerweile nicht mehr so ganz übel qualmende, aber noch laut vor sich hin grollende Gefährt für eine Probefahrt überließ.

Damit war der Moment gekommen, vor dem er sich die ganze Zeit gefürchtet hatte. Das Mars-Mofa war das einzige motorisierte Fahrzeug, das er je bewegt hatte, und es hatte eine Fliehkraftkupplung: Man musste nur Gas geben und bremsen, fertig. Hier aber würde er im Zusammenspiel mit Gas und Kupplung anfahren und schalten müssen, und mit ziemlicher Sicherheit ging das alles noch viel schwerer als bei einem Pkw. Wie sollte Theo das nur hinbekommen?

Bevor er noch mehr seiner sichtbaren Selbstzweifel generierte, hatte Hans-Peter ein laut ausgesprochenes Machtwort gesprochen. „Nun setz dich da oben hin und fahr los – du kannst das!"

Hans-Peter hatte recht behalten: Nachdem er die Kupplung des Schleppers viel zu schnell hatte kommen lassen, woraufhin selbiger einmal ordentlich nach oben gehüpft war, war Theo losgefahren und hatte acht erstaunlich flotte Runden um den Hof gedreht. Das Gefühl, das er dabei verspürte, war mit nichts zu vergleichen, was er bisher kennengelernt hatte. Am ehesten noch mit dem Empfinden als Sechsjähriger, als er erstmals ganz ohne die Hilfe seines Vaters Rad gefahren war. Er spürte die Vibrationen des Fahrzeugs, hörte die bollernden Geräusche des ungehobelt seinen Dienst verrichtenden Motors und war dabei eindeutig der Befehlshaber dieses technischen Wunderwerks aus den fünfziger Jahren.

Nach fünf weiteren genussvoll absolvierten Runden war Theo vom Fahrersitz gestiegen und hatte mit Hans-Peters Bekanntem die letzten Details verhandelt. Der Landwirt gab zu Protokoll, sowohl einen befreundeten Kfz-Mechaniker als auch einen Autolackierer an der Hand zu haben, und während Ersterer eine technische Prüfung und eventuell erforderliche Reparaturen am Fahrzeug vornehmen sollte, würde Letzterer sich um die Optik kümmern und die in die Jahre gekommene Rostlaube wieder in ein wahres Schmuckstück verwandeln. Insgesamt 500 Mark sollten dafür locker reichen, so seine grobe Schätzung.

Viel wichtiger als der finanzielle Aspekt aber war für Theo die Zeitfrage gewesen. Nachdem es zunächst geheißen hatte, der befreundete Mechaniker werde innerhalb der nächsten sechs oder acht Wochen bestimmt mal Gelegenheit finden, die Arbeiten auszuführen, war es Theo mit für ihn selbst fremdartiger Entschlossenheit gelungen, die benötigte Zeitspanne erst auf vier bis sechs Wochen und schließlich auf „etwa fünfzehn bis zwanzig Tage" zu drücken. So sehr hatte ihn der brennende Gedanke an seinen Lamborghini eingenommen.

Und nun war er endlich da, der ersehnte Anruf.

„Mein Kumpel hat den Schlepper gestern Abend gebracht, sieht richtig klasse aus, der olle Hobel", beschied ihn der Bauer am Telefon, und Theo musste, nachdem er sich vor Freude stotternd bedankt und aufgelegt hatte, eine ganze Zeit lang tranceartig zitternd neben dem Tischchen im Flur sitzen bleiben, unfähig, einen klaren Gedanken zu fassen.

Jetzt ging es ihm langsam etwas besser. Es gelang ihm zumindest notdürftig, seine Synapsen zu ordnen, und er bestellte bei der Taxizentrale am Bahnhof einen Wagen, der ihn nach Herscheid fahren würde.

Er hatte kaum aufgelegt und seine Jeans angezogen, da hörte er auch schon das Hupen des Fahrers und eilte hinaus.

Als alles erledigt war und Theo dem Verkäufer mit schüchtern-gönnerhafter Miene insgesamt zweitausendfünfhundert Mark in bar übergeben hatte, wurde ihm bewusst, dass er vor lauter Ekstase einen wichtigen Ermittlungstermin vergessen hatte. Zumindest vertrat Lieselotte Larisch die Ansicht, dass er wichtig sei. Zusammen mit Sabine und eigentlich auch ihm wollte sie unbedingt noch einmal von Rölvede nach Neu-Listernohl fahren, um sich dort auf die gewiss beschwerliche Suche nach jemandem zu machen, der bereit wäre, über die verstorbenen Schwestern Nelling ein wenig aus dem Nähkästchen zu plaudern.

Dass die Umsetzung dieses Vorhabens nicht gleich am Montag, im Anschluss an das Gespräch im Café des Kaufhauses Krause, oder spätestens am Dienstag hatte realisiert werden können, war einer über Tage bestehenden Unvereinbarkeit der Terminkalender von Lieselotte Larisch und Sabine geschuldet.

Theo überlegte: Er war ja nun beinahe auf halbem Weg. Und wie toll wäre es, wenn er mit seinem eigenen Ermittlerfahrzeug am Zielort auftauchen würde! Lieselotte Larisch und Sabine mochten noch eine Weile auf ihn warten, würden aber irgendwann ohne ihn fahren. Das verschaffte ihm genau den richtigen Vorsprung. Wenn er gleich losfuhr, dürfte er ungefähr gegen vierzehn Uhr in Neu-Listernohl eintreffen – ebenso wie die beiden. Und auch das Wetter war akzeptabel. Zwar dürfte die Sonne sich etwas öfter am Himmel zeigen, der Lamborghini war ja immerhin so etwas wie ein Cabrio, doch es fiel kein Regen, und es sah auch nicht so aus, als ob der Himmel am Nachmittag seine Pforten öffnen würde.

So lässig wie möglich stieg er auf sein neues Theo-Mobil und setzte es – erneut mit einem beeindruckenden Kupplungshüpfer – in Bewegung. Dann fuhr er, die Hand grüßend in Richtung des Bauern erhoben, vom Hof.

Theo hätte sich ob der Tatsache, dass er mit einem Lamborghini zum Ermittlungstermin erschienen war, doch etwas mehr Begeisterung gewünscht. Aber zumindest die Verwunderung seiner Co-Ermittlerinnen war riesengroß gewesen. Nachdem sie nahezu zeitgleich auf der dem Marktplatz von Neu-Listernohl gegenüberliegenden Parkfläche angekommen waren und Theo den Trecker gerade wie eine Eins neben dem gewohnt schief geparkten DAF abgestellt hatte, war den Damen die Kinnlade heruntergefallen, als sie ihn erkannten, und die beiden hatten erst einmal viele Sekunden lang ungläubig aus der Wäsche geschaut.

Inzwischen war ihre Sprachlosigkeit gewichen, und beide hatten beinahe synchron gefragt, wie er mit diesem „Monstrum“ denn bis hierher gekommen sei. Woraufhin Theo zugeben musste, nur die Hälfte der insgesamt etwa fünfunddreißig Kilometer auf eigener Achse zurückgelegt zu haben, ehe er stolz berichtete, dass der Lamborghini zwar als ein recht gemächliches Fortbewegungsmittel angesehen werden müsse, dafür aber selbst an der starken Steigung zwischen Lichtringhausen und Ebbelinghagen nicht langsamer geworden sei, und überdies tue ihm – anders als nach der Mitfahrt im DAF oder im Mini Cooper – trotz beinahe identischer Fahrzeit überhaupt nicht der Rücken weh. Der Sitz des Lambo sei einfach ein Gedicht.

Etwa eine Minute lang schaffte es Theo, von seiner neuen Liebe zu schwärmen, bevor Lieselotte Larisch der Verzückung ein Ende setzte und auf die Aufnahme der anstehenden Ermittlungsarbeiten drängte.

Zu deren Beginn schien sich die Skepsis, die Theo und vermutlich auch Sabine hatte, zu bestätigen: In einem halben Dutzend Läden und gastronomischen Betrieben stießen sie auf den gewohnten Listernohler Granit; zweimal war sogar wieder der mittlerweile hinlänglich bekannte Ausspruch „Lassen Sie die Toten ruhen!" zu vernehmen.

Aber dann hatten sie doch noch unerwarteten Erfolg. Der Inhaberin eines Haushaltswarengeschäfts mit einem geradezu abenteuerlich vielfältigen Produktsortiment war es anscheinend egal, dass alles, was irgendwie mit Marion Nelling zusammenhing, im Ort ein Tabuthema war – zumindest fast, denn immer nur dann, wenn gerade keine Kunden im Laden waren, redete sie, wie ihr der Schnabel gewachsen war, während ihre drei Gäste sie dabei unterstützten, eine gewaltige Warenlieferung von den ohnehin schon schmalen Gängen in die Regale zu räumen, was bei Augustine Kurzscheid, so der Name der Inhaberin, für zusätzliches Wohlwollen sorgte.

Lieselotte Larisch, Sabine und Theo beförderten Kochlöffel, Töpfe und Geschirr in unterschiedlichsten Ausführungen und Preisklassen in die Regale, verhalfen Barbie- und Big-Jim-Puppen auf ihre Plätze, wiesen Carrera-Autos in ihre Parkpositionen ein – Lieselotte Larisch in leicht schiefer Anordnung – und hievten Korn-, Rum- und Whiskyflaschen in die obersten Verkaufsablagen.

„Das waren beides nette und aufgeweckte Kinder, sowohl die Marion als auch die Ute", erzählte Augustine Kurzscheid, nachdem es ihr endlich gelungen war, eine schon recht betagte Kundin loszuwerden, die sie und die Hobbyermittler in nicht enden wollenden Ausführungen über ihre Krankengeschichte informiert hatte. „Und sie waren sich auch vom Wesen her sehr ähnlich – Zwillinge halt."

Sie machte eine kurze Pause, während der sie mit bedauernder Miene zu Boden blickte, rechts einen Karton mit Einwegservietten unter dem Arm, in der Linken drei Klobürsten, die sie zu einigen weiteren in das dafür vorgesehene Verkaufsbehältnis stellte.

„Als Jugendliche sind die beiden dann irgendwie auseinandergedriftet, in eine Richtung, die gar nicht gut war, weder bei Marion noch bei Ute. Während Marion furchtbar aufmüpfig wurde, sich mit ganz üblen Zeitgenossen abgab und richtig radikale Ansichten entwickelte, zog sich Ute immer mehr zurück, sagte fast gar nichts mehr, und wenn man ihr doch mal begegnete, zog sie ein Gesicht wie das Leiden Christi. Da fing das mit ihren Depressionen an – schlimm!"

Ein vielleicht siebenjähriger Junge betrat den Laden, in der Hand eine Zwei-Mark- und eine Fünfzig-Pfennig-Münze. Er steuerte zielstrebig den Rollständer mit den Zeitschriften neben der Kasse an, erblickte eine freie Stelle und musste sich ganz offensichtlich bemühen, seine Gesichtszüge nicht völlig entgleisen zu lassen.

„Was suchst du denn, Klausi?"

„Na, das neue YPS-Heft ... mit der Pistole des schwarzen Piraten mit Spezialkugeln und Zielscheibe drin." Im rechten Auge des Jungen glänzte eine Träne. Vermutlich wusste er schon, was Augustine Kurzscheid nun sagen würde.

„Das ist leider schon ausverkauft. Du kannst übermorgen noch mal vorbeischauen, vielleicht kriege ich noch welche nachgeliefert, ich glaub's aber eher nicht."

Der Junge schien ebenfalls keine große Hoffnung zu haben, sein heiß ersehntes Paket aus Comic und Gimmick zwei Tage später zu bekommen. Wortlos, mit gesenktem Haupt und schlurfendem Gang, verließ er das Geschäft, begleitet von den mitleidigen Blicken der Anwesenden.

„Und wie haben sich die Schwestern dann im Erwachsenenalter entwickelt?" Trotz aller Empathie für das Kind drängte Lieselotte Larisch auf eine Fortsetzung des Gesprächs, ehe der nächste Kunde das Geschäft betreten und eine erneute Unterbrechung verursachen würde.

„Na wie schon, von den Überfällen haben Sie ja sicher gehört. Aber wie es dazu kam? Marion war eines Tages verschwunden. Das war ein richtig dicker Hund, das kann ich Ihnen sagen. Niemand im Ort wusste, was los war." Um ihren Worten durch den Einsatz von Körpersprache mehr Gewicht zu verleihen, zog die redeselige Inhaberin des Ladens fragend die Schultern nach oben. „War sie einfach nur ausgestiegen und hatte sich gemeinsam mit ihren neuen ‚Freunden' heimlich in ein fernes Land abgesetzt? Oder war ihr etwas zugestoßen? Womöglich fiel sie einem Gewaltverbrechen zum Opfer und lag nun irgendwo im

Wald verscharrt? Es hätte ihr alles Mögliche passiert sein können. Nur mit einem hatte niemand gerechnet: Dass einmal in den Zeitungen und im Radio und im Fernsehen über sie berichtet werden würde, weil sie raubend und mordend durch die Gegend zieht."

Sie schob Theo und Sabine den nächsten Karton hin, in dem sich laut Aufschrift Wandkalender mit lustigen Tiermotiven für das kommende Jahr befanden. Bevor sie selbst den letzten auszupackenden Karton öffnete, richtete sie sich auf und schüttelte die müde gewordenen Arme aus.

„Immer wieder gab es Leute, die Stein und Bein schworen, sie irgendwo gesehen zu haben. Manche waren einfach nur völlig baff, andere riefen die Polizei, aber als die dann eintrudelte, war die angebliche Marion längst wieder verschwunden. Sie blieb ein Phantom, während der Überfälle und ebenso danach. Der Brief, den sie am Ende nach Hause schickte, war das einzige Lebenszeichen, das die Familie jemals von ihr erhalten hat."

„Und wie erging es der Schwester bei alldem?" Auch Liselotte Larisch hatte ihre Einräumarbeiten unterbrochen, um wieder zu Atem zu kommen.

„Hm ... das änderte sich dauernd. Mal ging es mit ihr bergauf, dann wieder steil bergab. Sie heiratete Georg. Er war sich sicher, dass er damit klarkommen würde, mit ihrer Krankheit. Und er ist ihr ja auch tatsächlich immer ein großer Halt gewesen. Na ja, so groß, wie ihre Depressionen es zuließen." Sie seufzte bedauernd. „Dann kam Marions Abschiedsbrief – adressiert übrigens an sie, an Ute. Das war dann wohl wirklich zu viel, damals erlitt sie einen schlimmen Zusammenbruch und musste sogar ins Sanatorium, gerade als der Umzug aus dem alten Haus in das neue hier in Neu-Listernohl anstand. Denn das war ja auch noch hinzugekommen: Listernohl verlassen zu müssen, das Dorf, das ja ihr ganzes Leben lang ihre Heimat gewesen war, und das nun versinken sollte – das erschien ihr unerträglich."

Der Inhalt von Augustine Kurzscheids Karton, ein beeindruckendes Konvolut von Gartenzwergen in verschiedenen Größen und Ausführungen, war nun in die Regale einsortiert, und wie zur Feier dieses erhabenen Augenblicks kramte sie eine Schachtel Ernte 23 aus ihrer Kitteltasche, um sich eine Zigarette anzuzünden. Sabine und Theo, die ebenfalls mit der Arbeit fertig waren, sahen darin eine Einladung, es ihr gleichzutun, und Lieselotte Larisch musste erst einmal ordentlich husten, bevor sie ihre Befragung fortsetzen konnte.

„Hat das denn etwas gebracht?"

„Was hat etwas gebracht?" Die Entspannung beim Rauchen hatte bei ihrer Gesprächspartnerin wohl zu einem kurzzeitigen Verlust der Konzentration geführt.

„Na, der Klinikaufenthalt. Ging es Frau Reimer danach etwas besser?"

„Oh ja, und wie das was gebracht hat." Die Aufmerksamkeit schien zurück zu sein. „Es ging ihr sogar viel besser. Nicht allein, dass es ihr im Sanatorium gelungen war, den Tod der Schwester zu akzeptieren und ihn anzunehmen, auch der Umzug in das neue Dorf tat ihr wahnsinnig gut. Von wegen unerträglich! Ein wahrer Segen war das für die Ute. Sie blühte regelrecht auf und freute sich, dass alles so schön neu und sauber und modern war. Sie ging wieder unter Menschen, und alle haben sich für sie gefreut."

Augustine Kurzscheid hatte einen Aschenbecher geholt und drückte ihren Zigarettenstummel darin aus. „Man konnte den Eindruck gewinnen, dass ihre schlimme Vergangenheit im alten Listernohl geblieben war. Tief unten auf dem Boden der Biggetalsperre. Sie war wirklich wie …"

„Sie war wie was?", hakte Lieselotte Larisch nach.

„Na ja, wie … ausgewechselt. Ja, das kann man ohne Übertreibung sagen."

Eine ganze Horde Schüler betrat lärmend den Laden. Der Unterricht war eigentlich schon längere Zeit vorbei; vielleicht hatten die sechs Jungen im Alter von etwa zehn Jahren gemeinsam nachsitzen müssen. Ihre wenig zurückhaltende Art und ihr äußerst loses Mundwerk waren jedenfalls kaum geeignet, diese Annahme zu entkräften. Einzig beim Anblick von Cleo hielten sie kurz inne und zeigten – weil sie den freundlich-verrückten Charakter der Hündin nicht kannten – Respekt vor deren beeindruckender Erscheinung.

Nachdem sie aus den großen, vorne mit einer kreisrunden Öffnung versehenen Gläsern neben der Kasse mit einer kleinen Schaufel eine beachtliche Menge an Anis-Pastillen, Knöterichen, Silberlingen mit Salmiakfüllung sowie Nappos und anderen Lakritz-Leckereien entnommen hatte, übergab Augustine Kurzscheid die knisternden Papiertütchen an ihre jungen Kunden und erhielt im Gegenzug insgesamt acht Mark vierzig von ihnen. Die Horde verließ den Laden, eine geradezu himmlische Ruhe kehrte ein, und Lieselotte Larischs hatte erneut freie Bahn für ihre Befragung.

„Aber das blieb nicht so. Der gute Gesundheitszustand von Frau Reimer war nicht von Dauer."

„Nein, irgendwann … wann war das eigentlich?" Augustine Kurzscheid überlegte einen Moment, ehe sie die Antwort auf ihre selbst gestellte Frage gab. „Es muss ein halbes oder dreiviertel Jahr danach gewesen sein, da ging es wieder los mit den Depressionen."

Nach kurzem Innehalten fügte sie mit betroffenem Blick hinzu: „Das ist doch Mist, so was! Warum kann eine Sache, wenn sie sich nach so langer Zeit zum Guten wendet, nicht einfach gut bleiben?"

Die Klage blieb sekundenlang unerwidert im Raum stehen. Dann blies Lieselotte Larisch zum Aufbruch, ehe sie – schon halb draußen – doch noch einen weiteren Aspekt zur Sprache brachte.

„Die arme Frau Reimer hat kurz vor ihrem Tod immer wieder gesagt, dass sie sich bedroht fühle – von, wie sie sich ausdrückte, bösen Menschen. Gegenüber Sabine und Theo hat sie das genau so geäußert."

„Weiß ich, weiß ich. Das war höchstwahrscheinlich alles Quatsch. Wirres Zeugs, das nur in ihrem Kopf existierte."

„Aber?" Lieselotte Larisch meinte wohl wie Theo, den Hauch einer Unsicherheit aus den Worten der Einzelhändlerin herausgehört zu haben.

„Na ja … ich meine, ihre Schwester war Teil einer hochkriminellen und gefährlichen Bande. Es gibt die ziemlich abwegige Theorie, dass Marion sich gar nicht umgebracht hat, sondern einen Teil des erbeuteten Geldes an sich genommen und sich damit aus dem Staub gemacht hat. Einen größeren Teil, als ihr eigentlich zustand. Oder dass sie den ganzen Zaster aus Schuldgefühlen heraus vernichtet hat, und die beiden Kerle guckten in die Röhre." Augustine Kurzscheid nestelte etwas verlegen am Saum ihres Kittels. Vermutlich war es ihr peinlich, eine Theorie zu zitieren, die vielleicht wenig wahrscheinlich klang.

„Und?", fragte Lieselotte Larisch.

„Und da war möglicherweise der Hass so groß, dass ihre Komplizen, wenn sie sich schon nicht an ihr rächen konnten, ihre Schwester ins Visier nahmen."

Augustine Kurzscheid schwieg, sie schien mit ihren Ausführungen fertig zu sein. Doch Lieselotte Larisch forderte eine Zugabe ein.

„Sie haben doch noch etwas auf Lager, Frau Kurzscheid. Nun aber los, raus damit!"

Wieder bearbeitete die Angesprochene zunächst stumm ihren Kittel, ehe sie Lieselotte Larischs Aufforderung nachkam. „Man fängt ja manchmal selbst schon an, Gespenster zu sehen. Immer wenn sich irgendwelche komischen Leute im Dorf herumtreiben, denkt man, vielleicht sind es ja Komplizen von denen. Oder sie sind es sogar selbst, haben sich vielleicht die Gesichter umoperieren lassen. In Amerika soll man das machen lassen können, haben sie neulich im Fernsehen gesagt. Und vor vier oder fünf Wochen, da fuhr mal wieder ein fremdes Auto durch den Ort, mit Fremden darin. Immer wieder fuhren sie kreuz und quer durch die Straßen und haben sich umgeschaut."

Sie klopfte einmal kräftig mit der flachen Hand auf ihren Oberschenkel, wie um die Richtigkeit ihrer Aussage zu bestätigen. Als weder Lieselotte Larisch noch Sabine oder Theo reagierten, ergänzte sie: „Das können natürlich auch irgendwelche zwielichtigen Gestalten gewesen sein, die das Dorf für spätere Einbrüche ausgekundschaftet haben. Wir hatten hier schon öfter mit Wohnungseinbrüchen zu tun – mit damals muss das nichts zu tun gehabt haben."

„Was waren denn das für Leute, die in dem Auto saßen? Ist Ihnen irgendwas an ihnen aufgefallen? Um was für ein Fahrzeug hat es sich gehandelt? Und haben Sie sich das Kennzeichen notiert?" Nachdem Augustine Kurzscheid ihre zwischenzeitliche Zurückhaltung wieder abgelegt hatte, wollte Lieselotte Larisch nun alles auf einmal wissen.

„Zwei Männer halt", entgegnete die Ladeninhaberin, „zwei Männer in mittleren Jahren. Das Nummernschild habe ich mir dooferweise nicht notiert, aber aus Hagen war es, HA, das weiß ich noch. Und ich weiß, dass es ein hellblauer Käfer war."

„Nicht schon wieder!", murmelte Theo verdrossen. Vor drei Jahren hatten er und Lieselotte Larisch einen ganz bestimmten VW Käfer finden müssen. Es war eine vor allem für Theo nervenaufreibende und kräftezehrende Suche nach der Nadel im Heuhaufen gewesen, weshalb sich Lieselotte Larisch ein verschmitztes Lächeln aufgrund seines Kommentars auch nicht verkneifen konnte.

Sabine lächelte nicht. Sie blickte erschrocken ins Leere, doch weder Theo noch Lieselotte Larisch bemerkten das.

Kapitel 9

Das Gefühl war ziemlich fremd für Theo Kettling. Gebraucht zu werden, eine mehr oder weniger wichtige Aufgabe zu erfüllen und dafür von anderen Wertschätzung zu erfahren, das passte – so sah er sich jedenfalls selbst – aus irgendwelchen Gründen nicht zu ihm.

Umso mehr genoss er diesen Moment. Genoss es, auf dem Lamborghini zu sitzen und Aushilfsbauer zu sein. Schließlich war es vor allem die Landwirtschaft, die Sorge dafür trug, dass die Versorgung der Bevölkerung mit Lebensmitteln sichergestellt war. Und er war an diesem schönen Montagmorgen ein kleines, aber deshalb ja nicht zwangsläufig unwichtiges Rädchen im Getriebe des landwirtschaftlichen Systems.

Hans-Peter hatte ihn am Wochenende angerufen und gefragt, ob er nicht Lust und Zeit habe, mit seinem Trecker mal etwas von den Dingen zu tun, für die das gute Stück seinerzeit gebaut worden war. Bevor das Wetter wieder schlechter würde, wolle er den dritten Schnitt machen, und dabei könne er etwas Unterstützung gut gebrauchen. Theo hatte keine Ahnung gehabt, was der „dritte Schnitt" war, sich nach kurzem Zögern aber schließlich getraut zu fragen und erfahren, dass es um das Heumachen ging – das dritte Mal Heumachen in diesem Jahr nach der Heumahd im Früh- und dem zweiten Schnitt im Spätsommer.

Vor lauter Aufregung und Angst, sich dumm anzustellen, hatte er in der Nacht kaum schlafen können. Am Morgen war er gleich nach seinem Gesundheitsmarsch in der Früh zum Hof der Bergscheids gefahren. Dort hatte Hans-Peter den Mähbalken des Lamborghini, der seinen Platz in der Scheune gefunden hatte, weil Theo ihn für das Fahren in der Stadt nicht benötigte, am Traktor befestigt.

Zusammen waren sie durch das halbe Dorf zum Feld gefahren, das sich oberhalb der Landstraße 561 zwischen dem Heedfelder Ortsausgang und der Grundschule Spormecke befand, der Schule, in der Lieselotte Larisch Rektorin gewesen war. Vorneweg Hans-Peter auf seinem neuen schweren Eicher-Schlepper und dahinter Theo mit dem im Vergleich niedlich wirkenden alten Lamborghini.

Vor Ort angekommen, hatte er noch eine kompakte Einweisung erhalten, und dann war es auch schon losgegangen. Während Hans-Peter mit dem oberen, hinter der Kuppe liegenden Teil beschäftigt war, hatte sich Theo das untere, an die Straße angrenzende Stück vorgenommen. Gleich mehrere Male war es dabei zu brenzligen Situationen gekommen, als er zum einen den Abstand zu den passierenden Autos und zum anderen den Abstand zu einigen Schulkindern auf ihrem Weg zur Spormecke gefährlich gering bemaß. Gottlob hatten sowohl die Kinder als auch Theo im letzten Moment geistesgegenwärtig reagiert. Denn auch wenn es mehr als unvernünftig war, die Hauptstraße als Schulweg zu nutzen, stellte dieser Fehler ja kaum eine Legitimation dar, sie durch das Verstümmeln mit einem Mähbalken zurechtzuweisen.

Mittlerweile war ein ganz ordentlicher Teil des Feldes gemäht, obschon aufgrund großer Überlegenheit von Gerät und Erfahrung natürlich Hans-Peter derjenige war, der die meiste Fläche geschafft hatte. Immer wenn sich die beiden mit ihren Traktoren begegneten, winkte Hans-Peter und lächelte Theo zu, was einerseits ganz sicher seinem stets freundlichen Wesen geschuldet war, andererseits aber auch daran liegen mochte, dass ihn Theos alles andere als perfekte Mähbild mit seinen Schlangenlinien amüsierte.

Während Theo also gerade darüber sinnierte, wie gut es sich anfühlte, etwas Sinnvolles zu tun, etwas, das anderen weiterhalf, blickte er zur Straße hinunter. Dort sah er einen hellblauen VW Käfer in sehr langsamer Fahrt auf die Bushaltestelle zurollen und anhalten. Auf die Entfernung konnte er keine Gesichter erkennen, doch er war sich ziemlich sicher, dass ein Mann auf dem Fahrersitz saß und neben ihm eine Frau.

Ein Käfer, blau … Was hatte Frau Kurzscheid am Freitag noch gleich gesagt? Erst kürzlich sei ein verdächtiges Auto durch die Straßen gefahren, mit zwei Insassen, die anscheinend etwas ausspioniert hatten. Ein hellblauer Käfer – so wie dieser da unten. Theo wurde auf einmal ganz blümerant, und er merkte nicht, dass er die Fahrspur längst verlassen hatte.

Großer Gott – hatten die beiden gerade zu ihm herübergeschaut? Ja, genau so hatte es gewirkt, der Mann und die Frau hatten ihn zeitgleich angesehen.

Langsam setzte sich der Volkswagen wieder in Bewegung und bog erst in die Kreisstraße in Richtung Schalksmühle ein und dann sofort auf den Parkplatz vor der Grundschule und dem Feuerwehrhaus. Dort wendete das Fahrzeug und fuhr, wieder auffällig langsam, zurück. Es fuhr unterhalb von Theo am Feld vorbei, und nun meinte er, wirklich ganz deutlich registriert zu haben, dass beide Insassen zu ihm aufschauten, bevor der Wagen kurz vor dem Ortseingang von Heedfeld aus seinem Blickfeld verschwand.

Theos Unbehagen weitete sich zu einer losen Panik aus, wie auf Knopfdruck intensivierten sich die Schmerzen in seinem Rücken, und ihm wurde abwechselnd heiß und kalt. Am liebsten wäre er so schnell wie möglich – im Höchsttempo, das der Lamborghini zuließ – nach Hause gefahren, um sich in seiner Wohnung, seiner zweiundsiebzig Quadratmeter großen Trutzburg in der Werdohler Straße 195 a zu verschanzen.

Es gelang ihm jedoch, dem enormen Drang, quer über das Feld auf die Straße zu fahren und die Flucht zu ergreifen, standzuhalten. Schaffte es sogar, sich einigermaßen zu beruhigen und seine Arbeit halbwegs ordentlich zu Ende zu bringen.

Nachdem er, zurück auf dem Bergscheid-Hof und nach endlos erscheinenden Diskussionen mit Hans-Peter, schließlich zwanzig Mark in Empfang genommen hatte – Theo konnte einfach keinen Sinn darin erkennen, Geld für seine landwirtschaftliche Unterstützung anzunehmen, da er doch bereits mehr als genug davon hatte –, wurde der Mähbalken wieder in der Scheune geparkt, und er machte sich auf den Heimweg. Der hellblaue Käfer war nicht noch mal aufgetaucht; wahrscheinlich waren das vorhin ganz normale Menschen gewesen, die sich verfahren oder eine bestimmte Adresse gesucht hatten. Alles war wieder gut.

Er näherte sich gemütlich der Diskothek Old Forester mit der davorliegenden Abzweigung zur Sauerlandlinie, als ihm ein wirrer Einfall kam. Die Autobahn! Obwohl er nie eine Fahrschule von innen gesehen hatte, wusste er natürlich, dass es verboten war, hier zu Fuß entlangzugehen, und es war auch verboten, die Fernstraße mit dem Rad zu befahren. Aber mit einem Traktor ... mit einem Lamborghini-Traktor – das musste ja wohl möglich sein!

Schon war er in Richtung Anschlussstelle Lüdenscheid-Nord unterwegs und freute sich wie ein Kind auf den Moment, in dem die Nadel des imaginären Tachometers in seinem Kopf – wie bei alten Treckern üblich, hatte der Lamborghini keinen – nach langem Anlauf tatsächlich die 25-km/h-Markierung überschreiten würde.

Als er die Bundesautobahn schließlich erreichte, merkte er allerdings schon beim Einfahren auf den Beschleunigungsstreifen, dass er ausnahmsweise wohl besser einmal etwas weniger Tatendrang an den Tag gelegt hätte. Zwar gab es genügend viele und auch ausreichend große Lücken im fließenden Verkehr, doch der Geschwindigkeitsunterschied zwischen Theos Lamborghini und den von hinten heranbrausenden Kleinwagen und Familienkutschen erschien so unwirklich groß, dass im Eiltempo ein mulmiges Gefühl in ihm aufstieg.

Aber es half ja nichts – auf dem Standstreifen zu fahren, war schließlich verboten. Mit einem beherzten Lenkeinschlag wechselte er nach links auf die rechte Fahrspur, und von diesem Moment an dauerte es nur noch wenige Sekunden, bis eine akustische Endlosschleife von quietschenden Bremsen und wildem Hupen in Gang gesetzt wurde. Im Fall, dass es zwischendurch mal zwei oder drei Sekunden lang ruhig war, hörte Theo vor panischer Hektik seinen eigenen Herzschlag in den Ohren. Krampfhaft umklammerte er das massive Lenkrad aus Stahl und zog, halb aus Scham, halb aus Angst, den Kopf ein.

In vermeintlicher Lichtgeschwindigkeit überholten ihn nach und nach die ausgebremsten Wagen, deren Fahrer ihn mit bösen Blicken und Schlimmerem bedachten. Endlich mal ein Auto, das normal überholt und nicht so ein blödes Theater veranstaltet, dachte Theo nach einer Weile – und realisierte im nächsten Augenblick, dass es sich bei dem Fahrzeug um einen grün-weiß lackierten Mercedes 220 der Polizei handelte, dessen Blaulicht nun eingeschaltet wurde. Gleichzeitig wurde von einem der Beamten eine Kelle aus dem heruntergekurbelten Fenster der Beifahrerseite gestreckt und auf und ab geschwenkt, wobei – für Theo leider wenig überraschend – die rote Seite ihm zugewandt war.

Mit einem Puls jenseits der Zweihundertergrenze tat er, wie ihm geheißen, und folgte dem Polizei-Mercedes auf den Standstreifen, wo man schließlich anhielt. Noch bevor der Fahrer des Dienstwagens, ein sehr dünner, rothaariger junger Mann von Mitte dreißig mit einer auffallend langen und schmalen Nase, ausgestiegen war, hörte – oder vielmehr sah – Theo ihn lautstark schimpfen.

„Ja, sind Sie von allen gu…“

„Äh … was?“

Theo hätte nie gedacht, dass der Verkehr auf einer Bundesautobahn eine Unterhaltung auf dem Standstreifen fast unmöglich machen konnte. Zumal der Polizist nun direkt neben ihm stand.

„Also entweder, Sie sind nicht ganz bei Trost, oder Sie wissen nicht, dass das Führen von Kraftfahrzeugen mit einer zulässigen Höchstge…“

Den Rest verstand Theo nicht, weil ein vorbeirasender Porsche 914 und ein dem schwäbischen Volks-Sportwagen im Abstand von höchsten fünfzehn Metern nachjagender BMW 2002 tii die Worte des Polizisten auffraßen. Er meinte „streng verboten“ und „strafbar gemacht“ herausgehört zu haben.

Der nächste Satz des Polizisten war noch schlechter zu verstehen, weil nun eine ganze Armada von schweren Lkw unter lautem Motorengeräusch an ihnen vorbeidonnerte. Das Wort „Bußgeld“ hörte Theo aber halbwegs deutlich, ebenso wie „drei Punkte“ und „fünfundsechzig Mark“.

Schnell zückte er seine Geldbörse, kramte die geforderte Summe heraus und überreichte sie dem Ordnungshüter mit untertäniger Geste.

Immerhin erhielt er im Gegenzug eine schnell und lieblos ausgefüllte Quittung sowie die herrisch dargebrachte Aufforderung, bis zur Ausfahrt Lüdenscheid hinter dem Streifenwagen herzufahren: „Auf dem Standstreifen!“

Theo fühlte sich wie ein krallen- und gebissloser Tanzbär, den man am Nasenring durch die Manege zog, als er hinter dem Polizeiwagen mit seinem grell flackernden Blaulicht herfuhr. Eine moderne, sich ganz langsam fortbewegende Peinlichkeit in zwei Teilen: vorne der Dompteur aus Untertürkheim, hinten das in Gefangenschaft befindliche Raubtier aus Sant'Agata Bolognese.

Endlich an der Ausfahrt angekommen, zog das Polizeiauto sportlich nach links auf die Fahrspur und das Blaulicht wurde ausgeschaltet, während Theo brav den rechten Arm ausstreckte, von der Sauerlandlinie abfuhr und nach rechts in die Brunscheider Straße abbog.

Erfreulich zügig beruhigte sich sein Puls, und als er den Schriftzug „Zum bösen Wolf" erblickte, fiel ihm ein, dass er kein Bier mehr hatte. Und auch kein Florida Boy. Der Getränkefahrer, der eigentlich jeden Freitag zu ihm kam und ihn mithilfe seiner laut durch das Treppenhaus rumpelnden Sackkarre ebenso zuverlässig wie komfortabel versorgte, hatte sich das Bein gebrochen und war mit dem Gips weder in der Lage, seinen alten Hanomag F 25 zu fahren, noch die schweren Getränkekästen in die Wohnungen oder Keller seiner Kunden zu befördern. Einen Ersatzfahrer gab es nicht; gemeinsam mit seiner Frau führte er einen kleinen Lebensmittelladen im Stadtteil Kalve, in dem sie alle anfallenden Arbeiten allein erledigten. Der Getränkeservice war Mitte der sechziger Jahre hinzugekommen, um das Geschäft auf eine breitere Basis zu stellen.

Theo fuhr die zum Erreichen des Bösen-Wolf-Parkplatzes notwendige Schleife über Worthplatz und Glatzer Straße und hatte bei der Parkplatzsuche beinahe freie Auswahl. Jetzt, am frühen Nachmittag, war nur wenig los in dem geräumigen Supermarkt, der nach der Eröffnung des riesigen Globus-Marktes an der Altenaer Straße Ende April nur noch der zweitgrößte der Stadt war.

Als Theo gerade die Tür öffnen wollte und sich aus irgendeinem Reflex heraus noch einmal umdrehte, bog ein hellblauer Käfer um die Ecke des Gebäudes. Er parkte in der freien Lücke links neben dem Lamborghini, und ein Mann und eine Frau stiegen aus. Beide bewegten sich auf den Eingang zu. Theo, der in Erstarrung stehengeblieben war, betrat schnell den Markt, wählte willkürlich irgendeinen Gang und zwang sich nach einigen Sekunden, das Tempo zu drosseln und stehenzubleiben.

Er tat so, als würde er ein ganz bestimmtes Produkt suchen, und drehte ganz vorsichtig den Kopf, um in Richtung des Eingangsbereichs blicken zu können. Der Mann und die Frau waren ebenfalls stehengeblieben, befanden sich vielleicht acht oder zehn Meter hinter ihm, und auch sie suchten nach etwas. Oder taten nur so, genau wie Theo.

Er legte den Kopf leicht in den Nacken und kniff die Augen zusammen, um fehlende Dioptrien auszugleichen, denn eigentlich wäre es schon längst an der Zeit für eine Brille.

Das Paar aus dem Käfer musste altersmäßig irgendwo zwischen vierzig und fünfzig Jahren liegen, und es konnten gut die beiden sein, die er vor rund einer Stunde vom Lamborghini aus gesehen hatte. Wenn er ehrlich war, konnten es aber genauso gut andere sein. Auf seinem Traktor sitzend hatte er nicht allzu viel erkennen können. Der VW war sechzig oder achtzig Meter entfernt gewesen, und noch dazu hatte ihn die Sonne geblendet. Aber das Nummernschild – auch dieser Käfer hatte ein Hagener Kennzeichen – und die Farbe stimmten überein. Menschen, die keine Kenntnis von den Farbnamen und deren Codes bei Volkswagen hatten, würden die Lackierung des Wagens wahrscheinlich als eine Art Baby-Blau charakterisieren. Theo aber wusste seit seinem ersten Kriminalfall und der damaligen Suche nach dem verschwundenen Käfer, dass diese Farbe „Marinablau“ hieß und den Farbcode L 54D hatte.

Er wechselte in einen anderen Gang und spähte über ein etwas flacheres Regal. Seine beiden Verfolger schienen ganz in Ruhe einzukaufen. Im Gegensatz zu ihm hatten sie sich einen Wagen genommen, in den sie die Waren hineinlegten.

Als sie im ersten Gang fertig waren, bogen sie einen weiter nach links ein. Das war der, in dem Theo sich gerade befand. Er machte kehrt und wollte in die andere Richtung gehen, doch dort hatte eine Mitarbeiterin des Bösen Wolfes alles versperrt, indem sie zwei Holzpaletten mit Konservendosen denkbar ungünstig mitten im Gang abgestellt hatte. Nach kurzer, hektischer Überlegung marschierte Theo todesmutig an den beiden vorbei, um dann nach links abzubiegen. Hier würde er es strategisch günstig nicht mehr weit bis zur Kasse und dem Ausgang haben.

Die Frau löste, als Theo an ihr vorbeiging, ganz kurz den Blick von den Waren, sah ihn an, und schien sich gleich darauf wieder ihrem Einkauf zu widmen.

Theo verschanzte sich hinter einem Regal mit Keksen und Fertigkuchen. Von hier aus hatte er, wenn er sich auf die Zehenspitzen stellte, uneingeschränkte Sicht auf die Käfer-Fahrer. Falls die beiden wirklich damit beschäftigt waren, ihn zu observieren, taten sie das so unauffällig, dass es nicht zu bemerken war. Die beiden mussten absolute Profis sein. Bestand eine Verbindung zu der Verbrecherbande von damals, wäre das aber auch wenig überraschend. Zwar handelte es sich bei der Frau im Nebengang ganz gewiss nicht um Marion Nelling, und auch der Mann war mit ziemlicher Sicherheit keiner von den beiden Bankräubern, deren Fotos auf dem Fahndungsplakat abgebildet gewesen waren. Doch vielleicht hatte es damals ja irgendein verborgenes Netzwerk gegeben, das immer noch funktionierte, und dessen Aufgabe darin bestand, jegliche Nachforschungen zu den Bankrauben zu unterbinden sowie etwaige Schnüffler aufzuspüren und – Theo musste schlucken – schnellstmöglich zu liquidieren.

Einem plötzlich einsetzenden Fluchtreflex folgend, ging er schnellen Schrittes – sehr schnellen Schrittes – zur Kasse. Und Theo wäre nicht Theo Kettling gewesen, hätte er sich der Peinlichkeit hingegeben, ohne ein einziges gekauftes Produkt den Markt zu verlassen. Also griff er sich im Vorbeigehen hektisch eine Sunkist-Orangenlimonade in der pyramidenförmigen Tüte mit angeklebtem Strohhalm und bezahlte seinen überschaubaren Einkauf bei der Kassiererin. Dann eilte er hinaus, sprintete zum Lamborghini und fuhr tuckernd zum Worthplatz.

Als er auf die vielbefahrene Kreuzung mit der großen Ampelanlage zurollte und sich, weil sein Trecker keine Rückspiegel hatte, unter den knackenden Geräuschen seiner widerstrebenden Wirbelsäule umdrehte, sah er den Käfer. Er war zwei Fahrzeuge hinter ihm.

Verdammt, die verfolgten ihn!

Eigentlich hatte er vorgehabt, nach links in die Werdohler Straße einzubiegen, wo er nach dreihundert Metern die Hausnummer 195 a erreicht hätte. Doch dann hätte er den beiden da hinten ebenso gut eine Visitenkarte in die Hand drücken können. Also wechselte er, als die Ampel auf Grün sprang, unter dem hupenden Protest anderer Verkehrsteilnehmer nach Gutsherrenart die Fahrspur und fuhr geradeaus weiter. Er erwartete, dass der Käfer hinter ihm herfahren würde. Der aber bog nach links ab – so wie er es eigentlich vorgehabt hatte.

Gütiger Himmel – wussten die etwa schon, wo er wohnte? Würden die sich eine Parklücke in der Nähe des Hauses suchen und ihm auflauern? Er fragte sich, ob er in die Elsa-Brändström-Straße einbiegen und über Brüderstraße und Kluser Platz versuchen sollte, vor ihnen dort zu sein.

Und dann? Was sollte er dann tun? Diese Leute waren wahrscheinlich hochgefährlich und skrupellos. Womöglich würden sie ihn an Ort und Stelle erledigen. Einfach totschießen. Eine spontane öffentliche Hinrichtung, mitten in Lüdenscheid.

Andererseits: Wie lange konnte er sich vor ihnen verstecken? Und wo?

Er überlegte völlig verkrampft, welche Möglichkeiten sich ihm boten. Er konnte weiter ziellos durch die Stadt fahren und sich den Kopf darüber zermartern, was ihn zu Hause erwartete. Oder er konnte rasch am Kluser Platz in den Kiosk reinspringen. Vielleicht wäre Sabine da, dann könnte er sie bitten, gemeinsam mit ihm nachzusehen ... Nein, er verwarf diesen Gedanken direkt wieder; eine solche Blöße wollte er sich ganz einfach nicht geben.

Er nahm all seinen Mut zusammen – was freilich nicht viel war – und bog von der Brüderstraße, für deren Nutzung er sich kurzerhand doch entschieden hatte, nach links in die Werdohler Straße ab. Mit ungesundem Blutdruck und einer Herzfrequenz, die nach dem Erklimmen der Aussichtsplattform des Eiffelturms kaum höher gewesen wäre, fuhr er beinahe mit Schrittgeschwindigkeit in Richtung seines Zuhauses.

Er entdeckte den marinablauen VW Käfer nur hundertfünfzig Meter vom Eingang zu seinem Haus entfernt am Straßenrand.

Theo näherte sich dem Wagen mit einem mulmigen Gefühl im Bauch. Die waren womöglich schon oben in seiner Wohnung und warteten auf ihn. Warteten ungeduldig darauf, ihn zu erschießen. Zu erdolchen, zu erwürgen oder was auch immer.

Wo war jetzt der unfreundliche dünne Polizist mit den roten Haaren und der langen, schmalen Nase? Typisch, wenn man die einmal brauchte, waren sie nicht da.

Weniger als je zuvor hatte Theo eine Idee, was er tun sollte. Er nahm den Fuß komplett vom Gas, trat die Kupplung und ließ den Lamborghini ausrollen – sehr zum Verdruss der Fahrzeugführer, die sich hinter ihm befanden.

Beinahe zeitgleich rumpelte es zweimal. Zuerst war Theo vor lauter Aufregung den Bordstein hochgedonnert, dann fiel ihm auf einmal ein zentnerschwerer Stein vom Herzen.

Marinablau war bei VW-Käufern zu Anfang des Jahrzehnts sehr beliebt gewesen, es gab viele 1302er Käfer, die in diesem Ton lackiert waren. Und dieser hier war zu Theos riesiger Erleichterung ein anderer als der am Bösen Wolf. Er hatte kein Hagener Nummernschild, sondern eines mit dem guten alten Unterscheidungszeichen LÜD, das mit Beginn des Jahres durch das von den Menschen wenig geliebte LS ersetzt worden war.

Theo fand eine freie Parklücke direkt neben dem Haus, die groß genug für den Lamborghini war. Er begrüßte kurz die pubertierenden Schulte-Zwillinge aus der Nachbarschaft, die wie üblich auf dem Bürgersteig herumlungerten, schloss auf und ging nach oben in seine Wohnung. Obwohl er alle paar Minuten aus dem Wohnzimmerfenster spähte, um sicherzugehen, dass der Käfer mit Hagener Kennzeichen nicht doch noch unten an der Straße auftauchte, beruhigte er sich nach und nach und registrierte, wie seine Rückenschmerzen in den sicheren vier Wänden seiner Theo-Trutzburg proportional zum Grad seiner Entspannung erträglicher wurden.

Er überlegte, ob es Sinn machte, Lieselotte Larisch und Sabine über die Sache in Heedfeld und am Bösen Wolf zu informieren. Nach kurzem innerem Kampf entschied er sich dagegen. Er wollte nicht wieder als Angsthase und – wie hatte Lieselotte Larisch doch so schön gesagt – „Schissbuxe" dastehen.

Nein, dieses Erlebnis heute würde sein Geheimnis bleiben.

Kapitel 10

Die Sonne war rausgekommen. Sie schien durch das kleine Küchenfenster des Bauernhauses und verlieh dem eigentlich eher profan wirkenden Raum eine erhabene, beinahe schon spirituelle Anmutung. Lieselotte Larisch wunderte sich, immerhin kam es wahrlich nicht allzu oft vor, dass auf den Wetterbericht Verlass war. In dem von heute Morgen war das Ende der ergiebigen Regenschauer, die irgendwann in der Nacht eingesetzt hatten, für den Vormittag angekündigt worden. Ob der Radiosprecher allerdings mit seiner weiteren Vorhersage, es sei bereits am frühen Nachmittag mit neuen Niederschlägen zu rechnen, recht behalten würde, blieb abzuwarten.

Gerade wollte sie das schmutzige Geschirr eines wie üblich mehr als üppigen Frühstücks abwaschen, als sie in einem Anflug von Spontaneität den über der Spüle hängenden AEG-Thermofix-Wasserboiler kurzerhand wieder ausschaltete. Das konnte auch noch zwei oder drei Stunden warten; jetzt galt es, die Schönwetterphase zu genießen – am besten mit einem ausgedehnten Spaziergang. Cleo schien, ganz anders als bei Regen, ebenfalls nichts gegen etwas Bewegung an der frischen Luft zu haben, und so machten sich die beiden wenige Minuten später auf den Weg.

Vermutlich weil der Wind ungünstig stand, störte zunächst noch der Motorenlärm, der von der nur hundert Meter entfernten Sauerlandlinie herüberwehte, doch je weiter sich die beiden davon entfernten, desto angenehmer wurde es, bis schon bald gar nichts mehr zu hören war. Mensch und Tier passierten das Ortsausgangsschild und marschierten über die dahinterliegende sanft ansteigende Kuppe. Wie so oft boten die links und rechts liegenden Felder schöne Einblicke in die heimische Tierwelt. Dieses Mal waren es zwei Rehe, die den Spaziergängern zwar skeptische Blicke zuwarfen, aber nicht Reißaus nahmen, sondern wie angewurzelt stehen blieben. Bevor Cleo auf dumme Gedanken kommen konnte, zog Lieselotte Larisch sie an der Leine zu sich heran und blieb danach einige Augenblicke lang bedächtig stehen.

Das waren die Momente, die sie immer wieder darin bestätigten, die richtige Entscheidung getroffen zu haben, als sie nach ihrem Eintritt in den Ruhestand das Bauernhaus gekauft hatte und hierhergezogen war. In die Einöde, ins Niemandsland, wie ihre Kollegen und Bekannten abwertend befanden, und nicht müde wurden, darauf hinzuweisen, dass in der Stadt alles so viel angenehmer und einfacher sei, zumal sie, Lieselotte Larisch, schließlich auch nicht jünger werde, die Arthrose im Knie auf Dauer nicht besser, und dass ihr über kurz oder lang die Arbeit mit dem großen Haus und dem Garten über den Kopf wachsen werde. Doch so redeten nur Leute, die keinen Schimmer davon hatten, wie herrlich es hier inmitten der Natur war.

Nein, von hier würde sie nicht mehr wegziehen, komme was da wolle, und ihr geliebtes Bauernhaus würde sie erst verlassen, wenn man sie mit den Füßen voran heraustrüge.

Nach einigen Sekunden des Grübelns darüber, wie viel Zeit ihr bis zu diesem Tag wohl noch vergönnt sein mochte, setzte sie sich wieder in Bewegung. Zweihundert Meter weiter bog sie nach rechts in den Forstweg ein und ging mit Cleo ein Stück durch den dichten Fichtenwald, bis sie einen für sie ganz besonderen Ort erreichte.

An dieser Stelle nämlich, genau hier, hatte ihre Karriere als Hobbykriminalistin begonnen. Drei Jahre, nachdem man das Loch im Waldboden verfüllt hatte, war von dem offenen Grab natürlich nichts mehr zu erkennen, aber Lieselotte Larisch kannte die Stelle so genau, dass sie die exakte Lage sicher ausmachen konnte. Am 9. Mai 1972, diesen Tag würde sie niemals vergessen, hatte sie beobachtet, wie jemand das Grab aushob, eine schauerliche Gestalt mit einer Schaufel. Und obgleich sie alles andere als ängstlich war, bekam sie noch immer eine Gänsehaut, wenn sie an diesen verstörenden Moment zurückdachte. Kurze Zeit später hatte sie durch einen Zufall Theo Kettling kennengelernt, und sie waren gemeinsam durch ihren ersten Fall gestolpert.

Einer der Ermittlungsorte des frischgebackenen Detektivduos Kettling & Larisch war eine alte Sprengstofffabrik gewesen, in deren Vergangenheit der Schlüssel zur Aufklärung des verzwickten Falls gelegen hatte. Und weil einerseits die Sonne nun fast durchgehend schien und sie andererseits auch weiterhin Bewegungsdrang verspürte, entschied Lieselotte Larisch, der überaus faszinierenden und gar nicht weit von hier im Sterbecker Tal liegenden Ruinenstadt einen Besuch abzustatten. Das tat sie immer mal wieder, um nachzusehen, ob sich etwas verändert hatte. Denn auch wenn einige der alten Gebäude längst dem Verfall preisgegeben waren, in anderen gab es immer noch Leben. Sie wurden als Werkstätten genutzt oder dienten als Zwischenlager für Ramsch- und Flohmarktwaren, und sogar zum Feierabend- und Wochenenddomizil hatte man einige der alten Gemäuer auserkoren.

Bei allem Interesse aber war es überaus ratsam, den Leuten hier nicht zu sehr auf die Pelle zu rücken, weshalb sie nun, nach ihrer Ankunft im Tal der Sterbecke, einem Nebenfluss der Volme, kurzerhand entschied, oben auf der wenig befahrenen Straße zu bleiben, die den neuerdings zur Stadt Hagen gehörenden Ort Rummenohl mit dem langgezogenen Höhengebiet verband, auf dem auch das kleine Dorf Rölvede lag. Von hier aus konnte man die breite Mulde mit ihren alten, morbiden Gebäuden prima überblicken.

Nachdem Lieselotte Larisch das alte Kraftwerksgebäude erreicht hatte, ging sie talabwärts an der Sprengstofffabrik entlang. Sie passierte das eher an eine herrschaftliche Villa erinnernde Laboratorium, die Wäscherei, die Zumischpulverfabrik, die Papierstation, das Gebäude für die Granatenentleerung, den Minenstopfraum, das Packhaus, mehrere Menghäuser, das Sprengstoffmagazin, den Pferdestall mit Futterboden, die Krankenstation und das Mädchenheim. Während der Zeit des ersten Weltkriegs waren hier die weiblichen Arbeitskräfte untergebracht, die vor allem aus dem Ruhrgebiet stammten und die man zur Herstellung von Rüstungsgütern dringend brauchte.

Als sie schließlich auch noch die Direktorenvilla in Augenschein genommen hatte, entschied Lieselotte Larisch, dass es nun aber auch genug war mit der Begeisterung für diesen heimatgeschichtlich so bedeutenden Ort. Sie und Cleo mussten ja auch noch die mindestens dreieinhalb Kilometer zurück zum

Bauernhaus hinter sich bringen und dabei in Ermangelung einer halbwegs akzeptablen Kondition des Frauchens oben in den Serpentinen das ein oder andere Päuschen einlegen.

Zusätzlich befeuert wurde der Drang heimwärts durch das Vorhaben, nach der Rückkehr eine ordentliche Portion Mohnschluschken als süßes Mittagessen zuzubereiten. Die Schüssel mit gekochten Kartoffeln, Mehl, Salz, Butter, Mohn und Zucker stand schon auf dem Küchentisch, so konnte sie nach der Ankunft im Bauernhaus direkt loslegen.

Vor ihrem inneren Auge sah sie sich bereits in herrlich duftenden Bildern die zerlassene Butter und die Mohn-Zucker-Mischung über die heißen Schluschken gießen, als ein blauer VW Käfer an ihr vorbeifuhr. Sie registrierte beiläufig, dass der Wagen ein Hagener Kennzeichen hatte.

Dann begann sie zu denken. Frau Kurzscheid, die Inhaberin des Haushaltswarengeschäfts in Neu-Listernohl, hatte einen verdächtigen blauen Käfer beobachtet, ebenfalls mit Hagener Nummernschild. Aber konnte das mehr als ein Zufall sein? Ergab das irgendeinen Sinn?

Die Vernunft sagte ihr, dass das eben eine für den Fall völlig unbedeutende Begegnung war, denn HA für Hagen war das Kennzeichen, das seit Jahresbeginn hier unten im Tal Gültigkeit hatte. Doch ihr Gefühl war ein anderes. Es mahnte zur Vorsicht, zumindest aber zu erhöhter Wachsamkeit.

Nach ein oder zwei Minuten angestrengten Grübelns gelang es ihr, die Bedenken beiseitezuschieben. Sie konzentrierte sich wieder auf die kulinarischen Vorfreuden und marschierte zielstrebig los. In umgekehrter Reihenfolge passierte sie zügigen

Schrittes die zuvor genau in Augenschein genommenen Gebäude. Cleos Vorwärtsdrang war auch nach der kurzen Ruhepause noch immer ungebrochen; durch Ziehen an der Leine trieb sie ihr Frauchen an, das angeschlagene Tempo zumindest beizubehalten oder besser noch zu verschärfen. Es bestand kaum ein Zweifel daran, dass die Hündin Lieselotte Larischs morgendliches Bereitstellen der Zutaten für die Mohnschluschken wohlwollend zur Kenntnis genommen hatte und sich nun ebenfalls auf einen süßen Snack, wenn nicht gar auf eine halbe Zusatzmahlzeit freute - je nachdem, wie genau oder besser gesagt ungenau ihre Besitzerin es mit der tiergerechten Ernährung und der eindringlichen Mahnung des Veterinärs, keine gesundheitsgefährdenden Leckerchen zu verabreichen, nehmen würde.

Nachdem sie die scharfe Biegung der Straße gegenüber dem ehemaligen Kraftwerk hinter sich gebracht hatte, blieb Lieselotte Larisch so urplötzlich stehen, dass sie von der eifrig weitermarschierenden Cleo beinahe zu Boden gerissen wurde. Geradeaus ging von der schmalen Straße, die nach höchstens dreißig Metern in einer weiteren engen Kurve nach links führte, ein Waldweg ab. Und am Beginn dieses Wegs stand der blaue VW Käfer.

Lieselotte Larischs Herz, das aufgrund der körperlichen Anstrengung ohnehin schon schnell schlug, beschleunigte zusätzlich. So wie es aussah, waren die Insassen des Wagens ausgestiegen; jedenfalls konnte sie von hier aus niemanden durch das enge Heckfenster ausmachen. Waren es überhaupt mehrere gewesen? Langsam und mit vorsichtigen Schritten näherte sie sich dem Volkswagen, während Cleo sie verständnislos ansah. Offenbar konnte die Hündin nicht nachvollziehen, was an dem Gefährt so aufregend war und warum in aller Welt dessen genauere Untersuchung es wert sein sollte, den Startschuss für das Schluschkengelage mutwillig hinauszuzögern.

Lieselotte Larisch hatte richtig gelegen, das Fahrzeuginnere war leer. Schnell schaute sie sich nach allen Seiten um, doch auch ringsum war niemand zu sehen. Pilzsucher vielleicht, die Saison hatte ja schon begonnen. Oder Spaziergänger, genau wie sie selbst. Die Sonne schien und ließ das sich bereits verfärbende Laub wunderbar leuchten. Was gab es da Schöneres, als diesen Septembertag bei einem kleinen Marsch zu genießen?

Sie trat ans Seitenfenster und spähte in den Innenraum des Käfers. Vor der Windschutzscheibe entdeckte sie das Trimm-dich-Maskottchen Trimmy, das in Form einer kleinen Kunststofffigur vom Rückspiegel hing, sowie weiter rechts eine ganze Menge Landkarten, die in der Seitentasche der Beifahrertür kaum Platz fanden. Auf der Rücksitzbank lag eine braune Ledertasche, vielleicht fünfzig Zentimeter breit und schon recht betagt wirkend. An einigen Stellen war sie ausgebeult, woraus Lieselotte Larisch schloss, dass die Tasche gut gefüllt war. Besonders auffällig war eine längliche Beule neben der Stelle, an der sich der Schieber des Reißverschlusses befand.

Was mochte das sein? Möglicherweise ein Flaschenhals, ein großer Schraubenschlüssel oder eine zusammengeschobene Teleskop-Angelrute. Oder vielleicht … der Lauf einer Schusswaffe?

Lieselotte Larisch blickte sich ein weiteres Mal um, noch schneller diesmal und beinahe schon hektisch. Dann hielt sie nichts mehr hier. Sie zog Cleo eng an sich heran, und beide eilten schnellstmöglich zum Bauernhaus.

Ihre Mohnschluschken waren mal wieder ein Gedicht gewesen und genau die richtige Medizin, um Angst auslösende Gedanken loszuwerden oder wenigstens deutlich zu minimieren. Schon bei der Zubereitung der Süßspeise schwand die Furcht vor dem bösen blauen Käfer am Waldweg unten im Sterbecker Tal, und während des Essens hatte sich der neue Eindruck verfestigt. Sicherheitshalber hatte Lieselotte Larisch nach sechzehn von ihr und sieben von Cleo verzehrten Schluschken aber noch zwei mächtige, großzügig mit Butter und selbst eingelegter Saurer Rolle belegte Scheiben Brot nachgelegt. Natürlich hatte Cleo auch dabei nicht ganz leer ausgehen dürfen, weshalb Lieselotte Larisch eine weitere halbe Scheibe eigens für die Hündin angerichtet hatte. Pappsatt und von einer angenehmen Müdigkeit befallen, saß sie nun am Küchentisch und wägte ab, ob der mittlerweile deutlich angewachsene Abwasch unbedingt noch vor dem Nachmittagsschlaf erledigt werden musste. Cleo hatte sich bereits in selbigen verabschiedet und schnarchte zu ihren Füßen.

Während ihrer Überlegungen bezüglich des Abwaschs musste sie dann doch noch einmal an den VW Käfer denken, an das Nummernschild aus Hagen und an die braune Ledertasche auf der Rückbank. Nein, sie blieb dabei: Es konnte nichts mit ihren Ermittlungen zu tun haben, denn alle gedanklichen Konstrukte, die sie entwarf, führten früher oder später ins Leere beziehungsweise mündeten in völliger Absurdität. Der winzige Restzweifel, den sie noch hatte, löste sich auf, nachdem sie überaus großmütig sich selbst gegenüber entschieden hatte, das schmutzige Geschirr einfach in die Spüle zu stellen und sich stattdessen ihrem Schläfchen zu widmen.

Sabine lag auf dem Bett ihres Jugendzimmers und rauchte eine ihrer Marlboros. Sie starrte auf den schräg über ihr hängenden Jimmy Page, dessen Poster sie vor einiger Zeit an der Tapete festgezwickt hatte. Das des furchterregend ausschauenden Alice Cooper hatte dafür weichen müssen. Allerdings sah sie durch den Led-Zeppelin-Gitarristen und seine doppelhalsige Gibson EDS-1275 hindurch. Und sie fragte sich auch nicht wie sonst immer beim Betrachten des übergroßen Fotos, ob er da wohl gerade „Stairway to Heaven" oder einen anderen Song spielte.

Sie dachte über zwei merkwürdige Beobachtungen nach, die sie vor nunmehr vier Wochen am Chiemsee gemacht und zwischendurch beinahe schon wieder vergessen hatte. Bei dem Besuch im Haushaltswarenladen von Frau Kurzscheid hatte sie sich allerdings wieder daran erinnert, und seither gingen sie ihr nicht mehr aus dem Kopf.

Kapitel 11

„Ihr verdammten Mistbälger! Was seid ihr doch für ein widerlicher, erbärmlicher Sauhaufen! Wenn ich euch in die Finger kriege, na wartet …"

Lieselotte Larisch, Sabine und Theo Kettling konnten gerade noch zur Seite springen, andernfalls wären sie von den drei zehn- oder elfjährigen Jungen, die soeben fluchtartig den Laden verließen, über den Haufen gerannt worden. Die lauten Verwünschungen stammten von Augustine Kurzscheid, der es dem Geruch nach zu urteilen nicht gelungen war, einen von Kinderhand verübten Terrorangriff auf ihr Geschäft zu verhindern. Beim Eintreten in selbiges schlug den drei Hobbydetektiven nämlich ein bestialischer Gestank nach faulen Eiern entgegen.

Augustine Kurzscheid war derweil in einen mit einem Vorhang abgetrennten Privatbereich neben der Kasse geeilt und kam nun – immer noch fuchsteufelswild vor sich hin fluchend – mit Handfeger und Kehrblech zurück, um die Scherben der kleinen und, wie Theo vermutete, mit Schwefelwasserstoff gefüllten Ampullen aufzufegen, welche von den olfaktorischen Attentätern wahrscheinlich zuvor exakt hier, in diesem Kramerladen mit seiner schier unendlichen Produktvielfalt, gekauft oder geklaut worden waren. Er musste ein Würgen unterdrücken, weil der ekelhaft beißende Geruch nur langsam an Intensität verlor, und sofort begann seine Kehle wieder zu schmerzen. Für einen kurzen Moment bereute er es, mitgekommen zu sein.

Lieselotte Larisch – wer sonst? – hatte auf den neuerlichen Besuch des Geschäftes mit seiner redseligen Inhaberin gedrängt. Sie erhoffte sich dadurch ein paar zusätzliche Informationen, mit denen möglicherweise etwas mehr Licht ins Dunkel zu bringen wäre. Erst wenn diese Möglichkeit vollends ausgeschöpft sei, erachte sie es für sinnvoll, sich noch einmal in aller Ruhe zusammenzusetzen und über das bislang in Erfahrung Gebrachte zu reflektieren.

Nachdem Augustine Kurzscheid sämtliche Spuren des Angriffs beseitigt, Feger und Kehrblech wieder an Ort und Stelle verbracht und alle Fenster aufgerissen hatte, widmete sie sich ihren Besuchern. „Na, wo drückt bei euch dreien denn jetzt noch der Schuh? Ich weiß ja nicht, was ihr heute auf Lager habt, aber wenn euch einer was über das alte und neue Listernohl und die Menschen hier erzählen kann, dann bin ich das!“

Augustine Kurzscheid, die während des Sprechens vor dem Kassentresen Position bezogen hatte, lächelte süffisant. Offenbar gehörte sie zu den Menschen, die ihnen nur flüchtig bekannte Personen im Singular aus Höflichkeit mit Sie anredeten, jedoch bei grüppchenweiser Anordnung eine gewisse Nähe aufbauten, indem sie sie zusammenfassend duzten.

„Was mich … äh, uns vor allem noch interessiert, ist diese Begebenheit mit dem verdächtigen Volkswagen, der vor einigen Wochen hier durch die Straßen fuhr und dessen Insassen augenscheinlich etwas ausspioniert haben“, erläuterte Lieselotte Larisch bereitwillig.

Die Selbstsicherheit in Augustine Kurzscheids Gesicht wich einer nicht zu leugnenden Enttäuschung, zählte die beobachtete

Episode doch nicht zu den eben genannten Spezialgebieten, auf denen sie mit großem Wissen zu beeindrucken vermochte.

„Können Sie uns noch irgendetwas Genaueres darüber sagen, ist Ihnen vielleicht irgendein Detail wieder eingefallen, an das sie bei unserem letzten Besuch nicht gedacht haben?"

Augustine Kurzscheid schaute mit herunterhängenden Mundwinkeln zu Boden und schien zu überlegen.

„Sie sagten ja, dass zwei Männer mittleren Alters in dem Auto saßen", versuchte Lieselotte Larisch ihr auf die Sprünge zu helfen, „konnten Sie da nicht eventuell doch etwas mehr erkennen? Ob sie zum Beispiel Bärte hatten? Oder … tja, was noch? Eine Brille vielleicht oder etwas in der Richtung?"

Augustine Kurzscheid sah Lieselotte Larisch an, als hätte diese sie nach der Farbe des Schlipses von Rudi Carrell in der vorvorletzten Ausgabe von „Am laufenden Band" gefragt.

„Ach, du lieber Himmel, das ist ja nun doch schon eine ganze Zeit her, und aus der Entfernung ließ sich auch nicht viel erkennen. Hatte einer von denen einen Bart? Oder sogar beide? Hm …"

Sie schien wirklich angestrengt zu grübeln, doch schließlich schüttelte sie energisch den Kopf. „Nein, da kann ich mich auf den Kopf stellen – ich weiß es einfach nicht mehr."

Nun war es Lieselotte Larisch, die Mühe hatte, ihre Enttäuschung zu verbergen. Wie zum Trotz brachte sie noch einmal das Auto zur Sprache.

„Der Käfer. Gab es bei dem irgendwelche Besonderheiten? Einen auffälligen Aufkleber vielleicht? Oder eine Beschädigung?"

Erneut war der Gesichtsausdruck der Geschäftsinhaberin alles andere als vielversprechend.

„Was Besonderes, was Auffälliges ... puh! Da wüsste ich jetzt auch nicht so recht ..."

Da ihr einmal mehr nichts dazu einfiel und das Schweigen allmählich peinlich wurde, setzte Augustine Kurzscheid zu einer Antwort an, deren Alibifunktion unverkennbar war. „Blau war er halt, und eher hellblau als dunkelblau." Beinahe entschuldigend fügte sie hinzu: „Obwohl das so wahnsinnig auffällig natürlich auch wieder nicht ist."

Für Lieselotte Larisch waren nun wohl auch die letzten Zweifel ausgeräumt. Weiteres Nachbohren wäre zwecklos, daher wechselte sie – mit Sicherheit schweren Herzens – das Thema.

„Dann reden wir doch noch mal über Ute Reimer, deren Leben ein so plötzliches wie furchtbares Ende nahm. Und über ihre Schwester Marion Nelling, die eine verhängnisvolle Verwandlung vollzog und vermutlich ebenfalls Selbstmord beging."

Nun begann Augustine Kurzscheid regelrecht zu strahlen; wissens- und gesprächstechnisch wähnte sie sich wohl wieder ganz in ihrem Element.

„Wie war eigentlich das Verhältnis von Utes Ehemann zu deren Schwester?", wollte Lieselotte Larisch wissen.

„Gut war das, sehr gut sogar. Genau wie Ute kannte er ja auch Marion von Kindheit an. Georg und sie haben sich, soweit ich mich erinnern kann, immer ausgezeichnet verstanden. Auch als sie nicht mehr das liebe, nette Mädchen war, stand er zu ihr – genau wie Ute. Wir hatten ja alle die Hoffnung, dass die beiden oder einer von den anderen jungen Leuten, die noch ein bisschen Einfluss auf Marion hatten, sie vielleicht wegkriegen würden von diesem blöden neuen Umgang. Gerade Georg war ja immer so ruhig und geduldig. Alle dachten, dass er sie dadurch vielleicht am ehesten wieder in die Spur bekommen könnte. Hat aber nicht geklappt."

Augustine Kurzscheid bedachte Lieselotte Larisch mit einem bedauernden Blick, der sich aber gleich wieder erhellte, als eine Kundin den Laden betrat, die nicht nur etwa im gleichen Alter war wie sie selbst, sondern ihr auch in ihrem ganzen Erscheinungsbild ziemlich ähnelte. Wie sich herausstellte, gab es noch eine weitere Gemeinsamkeit: Die Dame war ebenfalls sehr an Klatsch und Tratsch aus Neu-Listernohl und der näheren Umgebung interessiert.

So erfuhren Lieselotte Larisch, Sabine und Theo in nur etwa fünf Minuten, wer gerüchteweise mit wem fremdging, dass die Schröders fast pleite waren und dass man munkelte, die jüngste Tochter der Struckelbrocks sei gar nicht von ihm, sondern vom Milchmann oder dem örtlichen Friedhofsgärtner. Vielleicht aber auch vom Kohlehändler aus dem benachbarten Beukenbeul, denn dass der nie etwas anbrennen lasse, wisse ja wohl jeder.

Als die Kundin das Geschäft mit neuen Staubsaugerbeuteln und einer Packung Mottenkugeln verließ, hatte Lieselotte Larisch einmal mehr große Mühe, in dem vollgequalmten Raum ihre von Husten geplagte Atmung in den Griff zu bekommen. Kundin und Inhaberin hatten sich während des kurzen Besuchs eine Zigarette angezündet, und für Sabine und Theo war die Unterbrechung der Befragung eine willkommene Gelegenheit gewesen, es ihnen gleichzutun. Immerhin waren durch den Tabakgeruch nun beinahe keine Auswirkungen des Stinkbombenangriffs mehr feststellbar.

Endlich konnte Lieselotte Larisch mit ihren Fragen fortfahren – zumindest hatte sie dies vor.

„Sie sagten ja gerade, dass auch Herr Reimer Marion Nelling nicht wieder auf den Pfad der Tugend zurückzuführen vermochte. Tja, so ist das halt, eine Sache, die man im Laufe seines Lebens lernen und akzeptieren muss: Es gibt einfach Menschen, die keine Hilfe annehmen. Wie aber ist es …"

„War er eigentlich immer so nachsichtig und geduldig?"

Die in ihren beinahe schon philosophischen Ausführungen abrupt unterbrochene Lieselotte Larisch sah Sabine verdattert an, und auch Theo wunderte sich über den unerwarteten Einwurf.

„Also, ich meine … seine Frau war doch ganz oft furchtbar niedergeschlagen. Und so was kann einen selbst ja auch ganz schön fertig machen."

Die Frage schien Augustine Kurzscheid nicht zu überraschen. Jedenfalls antwortete sie, ohne groß nachzudenken. „Natürlich gab es das auch bei ihm, dass ihm alles zu viel zu werden drohte. Hin und wieder hat er mir hier im Laden sein Leid geklagt. Und am Stammtisch, da hat er wohl auch das ein oder andere Mal gesagt, es gebe Tage, an denen er einfach nicht mehr könne. Aber für ihn war das eher eine … wie hat er sich ausgedrückt … eine Momentaufnahme, weil am nächsten Tag die Welt meistens schon wieder ganz anders ausgesehen habe."

Einige Sekunden lang schienen alle darüber nachzudenken. Niemand sagte etwas, bis sich Lieselotte Larisch anschickte, die

Befehls- und Befragungshoheit wiederzuerlangen.

„Ich wüsste gern mehr über den Sanatoriumsaufenthalt von Frau Reimer. Wo war denn das, und wie lange ist sie dortgeblieben? Und was wissen Sie über die Behandlung? Ich meine, hat sie sich dort schnell erholt, oder ging es sehr schleppend? Vielleicht haben Sie sie dort ja sogar mal besucht?"

„Nein, ich selbst nicht, aber jede Menge anderer Leute aus dem Ort waren bei ihr in der Klinik in Warstein. Die waren alle ganz erstaunt, als sie zurückkamen, und wunderten sich, wie schnell das ging … also wie schnell sich ihr Zustand durch die Therapie verbesserte. Vielleicht war das schon die Vorfreude auf das neue Haus in dem neuen Dorf." Augustine Kurzscheid verstummte und starrte angestrengt auf einen der letzte Woche ins Regal einsortierten Gartenzwerge, ohne diesen wirklich anzusehen. Sie schien auch heute etwas auf Lager zu haben, womit sie nicht auf Anhieb herausrücken wollte.

Schließlich gab sie sich einen Ruck: „Da ist eine Sache, die ich irgendwie komisch fand. Und die ich noch niemandem erzählt habe."

Ausgerechnet in diesem Moment wurde die Ladentür geöffnet, und der kleine Junge von neulich kam wieder herein. Ohne die vier Erwachsenen anzusehen, marschierte er auf den Rollständer mit den Zeitschriften zu und fing auf einmal so sehr an zu strahlen, dass es aussah, als wären seine Mundwinkel mit Bindfäden nach oben gezogen und an den Ohren befestigt worden.

„Hier, Klausi – ich habe dir dein YPS-Heft schon zur Seite gelegt", sagte Augustine Kurzscheid. Sie nahm das reservierte

Exemplar der Kinderzeitschrift aus einer Schublade unterhalb der Kasse und reichte es dem Jungen. Beseelt lächelnd betrachtete er das Gimmick – kleine Kapseln mit Springflöhen vom Mars, von denen die YPS-Macher versprachen: Sie hopsen, tanzen, kullern und kreiseln auf deiner Hand. „Brauchst du sonst noch irgendetwas?"

Die Frage wurde als Standardfloskel zur Verkaufsförderung vermutlich jedem Kunden gestellt, und der Junge hatte auch tatsächlich noch einen Wunsch.

„Ja, einen neuen Mengenlehre-Kasten. Ich hab meinen in der Schule vergessen, und nu isser wech. Ich hab Riesenärger gekriegt und hätte mir beinah das YPS nich kaufen dürfen", sagte Klausi und fügte sorgenvoll hinzu: „Sie ham doch hoffentlich noch einen da?"

„Aber natürlich, sogar einige. Guck mal, da hinten liegen mindestens noch zwanzig Stück."

Klausi entschwand mit Frau Kurzscheid für einige Momente in die Tiefen ihres Geschäftes und kam mit einem gelben Kästchen zurück, das in etwa die Abmessungen einer Tafel Schokolade hatte. Westermann Mathematik Logimat stand in blauen Lettern darauf zu lesen. Er reichte Augustine Kurzscheid sieben Mark und vierzig Pfennige und verabschiedete sich mit einem freundlichen, wenngleich kaum zu verstehenden „Tschüssi!".

Lieselotte Larisch, die Schulrektorin von altem Schrot und Korn, hatte bereits beim Begriff „Mengenlehre" ablehnend das Gesicht verzogen, beim Betrachten des gelben Kastens aber waren ihre Züge vollends entgleist. Erst nach Sekunden des Sammelns war sie in der Lage, den neumodischen Hokuspokus aus ihrem Bewusstsein zu verbannen und sich wieder auf die Fortsetzung des Gesprächs zu konzentrieren.

„Sie sprachen eben von einer ‚komischen Sache', die Sie bislang noch niemandem erzählt hätten."

„Ach, ich weiß nicht. Wahrscheinlich hat das gar nichts zu bedeuten. Manchmal hat man ja ganz falsche Vor…"

„Also nun aber mal Tacheles, Frau Kurzscheid!"

Es war nicht zu überhören und für Theo und Sabine auch nicht zu übersehen, dass Lieselotte Larisch vor Neugier beinahe platzte. Dennoch schien es ihr zu gelingen, sich selbst zur Ordnung zu rufen und ihre Ungeduld etwas herunterzuschrauben. In gemäßigterem Ton fügte sie erklärend hinzu: „Natürlich kann das, womit Sie nicht recht rausrücken wollen, völlig unbedeutend sein. Aber weil im Zusammenhang mit Ute Reimers Tod ja so Einiges etwas merkwürdig erscheint – denken Sie nur an die kriminelle Karriere der Schwester und an den ominösen VW Käfer, dessen Insassen hier kürzlich das Dorf ausspioniert haben –, könnte es doch auch sein, dass es sich um etwas Wichtiges handelt. Also bitte!"

Endlich rang sich Augustine Kurzscheid zu einer Präzisierung ihrer nebulösen Andeutung durch.

„Als es ihr so schlecht ging, der Ute, da ist sie kaum mehr rausgegangen. Besonders in der Zeit, als Marions Abschiedsbrief den Zusammenbruch auslöste, hat sie sich fast nur noch im Haus aufgehalten."

Die nachfolgende Pause versuchte Lieselotte Larisch möglichst umgehend zu beenden. „Dann aber ist etwas Merkwürdiges vorgefallen?"

„Genau! In der Nacht, bevor Ute ins Sanatorium kam, hörte ich Motorengeräusche. Ich schlafe ja so schlecht und liege oft stundenlang wach. Na, jedenfalls habe ich was gehört und aus dem Fenster gesehen. Es war Georg, der mit seinem Auto vor dem Haus hielt. Ich habe damals schräg gegenüber von den Reimers gewohnt, müssen Sie wissen. Naja, jedenfalls stehe ich da so und frage mich, wo der Georg denn so spät herkommt, da sehe ich, dass auch sie aussteigt. Sie, die doch sonst gar nicht mehr das Haus verlässt, war mit ihm auf Achse gewesen – mitten in der Nacht."

„Nun, da stimme ich Ihnen voll und ganz zu, Frau Kurzscheid. Das ist wirklich in höchstem Maße … wie sagten Sie noch gleich … komisch." Lieselotte Larisch hatte sich kaum merklich an eines der Regale angelehnt, weil ihr das lange Stehen wohl allmählich schwerfiel. „Und dann gingen die beiden eilig ins Haus, nehme ich an?"

„Ganz genau. Ziemlich eilig sogar. Und wissen Sie, was daran am allerkomischsten war?" Augustine Kurzscheid hatte nun alle Zurückhaltung abgelegt. „Am allerkomischsten war, dass Ute so ganz anders war als in den Tagen und Wochen davor."

„Aber sie sahen die beiden doch nur ganz kurz. Wie können Sie da eine Veränderung bei Frau Reimer bemerkt haben?" Lieselotte Larisch konnte es nicht lassen, eine lose Ansammlung von Figuren aus Hartgummi, darunter Ernie und Bert aus der Sesamstraße, der Hund Wum aus der beliebten ZDF-Quizsendung „Der Große Preis" und Trimmy, das Maskottchen der Trimm-dich-Bewegung, der Ordnung halber in Reih und Glied zu stellen, sodass diese in ihrer Gesamtheit nun die Gestalt einer bizarren Armee annahmen.

„An den Bewegungen habe ich das gemerkt!" Augustine Kurzscheid klang beinahe etwas pikiert, dass sie gewissermaßen der Falschaussage verdächtigt worden war. „Sie hat sich ganz anders bewegt. Sie hätten sie nur mal sehen sollen, wie sie in den ganz schlimmen Phasen ihrer Depression rumgeschlurft ist, den Kopf immerzu gesenkt."

„Und das war in dieser Nacht anders?"

„Ja, total anders. Ganz normal sah sie aus, fast schon dynamisch."

Lieselotte Larisch blickte nachdenklich zu Boden, dann ging ein Ruck durch ihren Körper, und sie stellte noch eine ganz allgemeine Frage abseits des Falls.

„Ist das damals nicht ganz furchtbar für die meisten von Ihnen gewesen? Es muss einem doch das Herz zerreißen, wenn der Ort, an dem man sein ganzes Leben verbracht hat und an dem unendlich viele Erinnerungen hängen, auf ewig im See verschwindet. Wenn man zusehen muss, wie das Wasser immer höher an den Wänden der Häuser aufsteigt, bis von den Gebäuden nichts mehr zu sehen ist."

„So dürfen Sie sich das nicht vorstellen. Die Häuser blieben ja nicht stehen. Die mussten laut Gesetz alle abgerissen und eingeebnet werden, ehe das Tal geflutet wurde. Bei vielen hat die freiwillige Feuerwehr eine ihrer Übungen abgehalten. Da wurde die alte Bude angezündet, zwischendurch hier und da ein bisschen gelöscht, und dann ließ man alles kontrolliert bis auf die Grundmauern niederbrennen, ehe der Bagger kam und auch noch den Rest abriss. Es war immer ordentlich was los bei diesen Übungen. Denn natürlich ging es nicht nur darum, den Ernstfall zu proben, sondern auch darum, im Anschluss gemeinsam einen zu heben. Meistens gesellten sich die noch verbliebenen Einwohner des alten Ortes hinzu, und es wurde ziemlich feuchtfröhlich." Augustine Kurzscheid setzte ein verschmitztes Lächeln auf, dem zu entnehmen war, dass sie sich ebenfalls einige Male unter die Leute gemischt hatte.

Dabei ließ Lieselotte Larisch es für heute bewenden. Weil auch Sabine keine Fragen mehr hatte und Theo sowieso nicht, entschied sie – vermutlich halb aus Dankbarkeit, halb aus tatsächlicher Begeisterung für die Produkte –, den Besuch mit dem Kauf zweier Spitzendeckchen für den Wohnzimmertisch im Bauernhaus zu beenden. Auch Sabine und Theo kurbelten die Geschäfte von Frau Kurzscheid noch ein wenig an. Sabine nahm sich die neue BRAVO mit, Theo die aktuelle Ausgabe des MAD-Magazins, bei dessen Lektüre er sich immer halb ins Koma lachen konnte, sowie die Nummer 18/1975 der ZACK-Comics. Er liebte die Abenteuer des französischen – oder belgischen? – Rennfahrers Michel Vaillant, und die gab es nur in diesem Heft, dessen übrige Helden wie beispielsweise Dan Cooper, Bruno Brazil oder Leutnant Blueberry ihn wenig bis gar nicht interessierten.

„Also ich habe eine ganz klare Theorie, was damals passiert ist", preschte Sabine vor, als sie draußen auf dem Marktplatz standen. Begleitet wurden ihre Worte von Cleos tiefem Bellen, das aus dem Innenraum des DAFs drang und wie eine Symphonie von halb zerstörten Kontrabässen klang. Die Hündin hatte brav im Auto gewartet und war nun voll unbändiger Vorfreude, ihre drei menschlichen Freunde wieder begrüßen zu können.

„Ich denke, eine solche Theorie haben wir nach diesen Informationen alle, meine Liebe. Aber um ein vollständiges Bild zu erhalten, ist zu berücksichtigen, was in der Krankenakte des Sanatoriums steht. Wir müssen das unbedingt herausbekommen, auch wenn es vielleicht höchst unkonventionelle Maßnahmen erfordert."

Theo, der schon ahnte, was Lieselotte Larisch vorhatte, bündelte all seine Protestbereitschaft, um sodann mit größtmöglicher Entschiedenheit zu sagen: „Das können Sie vergessen, Frau Larisch, da bin ich raus. Ich werde ganz bestimmt nicht unbefugt in eine Nervenheilanstalt eindringen, um mir dort noch unbefugteren Zugriff zu streng gehüteten Unterlagen zu beschaffen!"

Seine Worte gestisch bekräftigend, verschränkte Theo, in der unverbrüchlichen Absicht, sich weder jetzt noch irgendwann für ein solches Himmelfahrtskommando einspannen zu lassen, beide Arme vor der Brust.

Auf keinen Fall machte er da mit.

Niemals nicht.

Nur über seine Leiche.

Kapitel 12

Damit er beim Schmierestehen auch ja keinen Fehler machte, ging Theo Kettling vier Tage später in Gedanken noch einmal alles durch.

Er würde hineingehen und dem Pförtner, ehe er irgendwo im Eingangsbereich Platz nahm, mit einem lässigen Wink zu verstehen geben, dass er sich hier auskannte, damit dieser Theo hoffentlich als das einordnete, was er vorgab zu sein – ein Vertreter eines Pharmaunternehmens, der die Klinik mit allerhand Pillen, Tropfen und Zäpfchen seines Arbeitgebers zu beglücken gedachte.

Lieselotte Larisch und Sabine hatten diese Idee am Wochenende gemeinsam entwickelt. Er, Theo, kriege das ganz bestimmt hin, und um ihn wirklich wie einen Vertreter aussehen zu lassen, hatten sie ihn am Morgen gleich nach dem Öffnen der Geschäfte in einen dunkelblauen Anzug gesteckt und ihm eine Aktentasche sowie einen Pilotenkoffer gekauft. Auf Letzterem prangte der besseren Glaubwürdigkeit wegen nun zudem ein Aufkleber für irgendein Präparat mit unaussprechlichem Namen, den Sabine der freundlichen Verkäuferin in der Reichsadler-Apotheke in der Wilhelmstraße aus den Rippen geleiert hatte. Nach getaner Arbeit hatten Sabine und Lieselotte Larisch glaubhaft versichert, in dieser Aufmachung würde ihm gewiss jeder den Pharmavertreter abnehmen, während er sich selbst einfach nur albern verkleidet vorkam.

Mit zitternden Händen steckte sich Theo eine Krone an und sah noch einmal zu Sabine hinüber. Sie hatte sich – halb dahinter versteckt – zwischen einem mächtigen Baum und einem Busch auf dem kleinen, parkähnlichen Gelände gegenüber dem herrschaftlich anmutenden Hauptgebäude der Klinik und der davor verlaufenden Zufahrtstraße postiert. Weil er genau wusste, wo sie war, konnte er sie zumindest schemenhaft ausmachen. Dann sah er auf seine Gruen Curvex, die eins vor halb zwei anzeigte, und beinahe gleichzeitig reckte Sabine ihren Arm durch die Zweige des Busches und gab das zuvor vereinbarte Handzeichen.

Hm ... eine Minute zu früh. Na egal, vielleicht ging die Gruen einfach nur etwas nach. Er hatte sie seit einer halben Ewigkeit nicht mehr zum Uhrmacher zur Reinigung gegeben, und vor Beginn der Operation hatten sie es versäumt, einen Uhrenvergleich vorzunehmen.

Theo trat die Zigarette aus und ging zügig, aber nicht eilig auf den Eingang des dreigeschossigen Gebäudes zu. Er bemühte sich um ein möglichst geschäftsmäßiges Auftreten, was wegen seiner großen Anspannung schwierig war, zumal ihn sein Rücken heute besonders plagte. Er hatte letzte Nacht vor Nervosität kaum geschlafen und konnte sich dennoch nicht zu seinem frühmorgendlichen Gesundheitsmarsch aufraffen, was sich nun zu rächen schien. Obgleich er unmittelbar vor der Abfahrt nach Warstein zwei Spalt-Tabletten eingenommen hatte, war das Bohren, Reißen und Hämmern in seinem Rücken schwer zu ertragen.

Als er die Stufen zum Eingang erklommen und die Tür geöffnet hatte, nahm er ihn sofort wahr, den Geruch. Eigentlich war das ja hier kein richtiges Krankenhaus, aber es roch wie eins. Alles verströmte diesen für Theo so abstoßenden Geruch, der höchstens noch mit faulig-süßem Verwesungsgestank zu vergleichen war und ähnlich beklemmende Assoziationen in ihm auslöste.

Trotz seines Widerwillens gelang es ihm, die Fassung zu bewahren und sich zu orientieren. Vor ihm in der Eingangshalle lag eine gemessen am Zweck des Gebäudes beinahe etwas zu repräsentative Treppe. Aus dem oberen Stockwerk drangen Stimmen und merkwürdige Schreie zu ihm herunter, die Theo nicht einzuordnen vermochte. Keinesfalls hätte er sagen können, ob sie aus Freude oder aus Leid und Verzweiflung ausgestoßen wurden. Hier unten waren laut der Beschilderung im linken Gebäudeflügel verschiedene Untersuchungs- und Behandlungsräume untergebracht, während im rechten die Büros der Klinikverwaltung zu finden waren. Interessant für ihn war letztlich nur der erste Raum auf der rechten Seite. Hier befand sich das Verwaltungsbüro, in dem sicherlich auch die Patientenakten aufbewahrt wurden. Das hatten Lieselotte Larisch und Sabine – lange Gewänder und Sonnenbrillen tragend – bei einem Besuch am Vortag in Erfahrung bringen können. Das Verwaltungsbüro ließ sich zudem nicht nur vom Gang aus erreichen, durch eine zweite, wohl stets offen stehende Tür war es auch mit der Pförtnerloge verbunden und konnte von dort beziehungsweise vom Foyer eingesehen werden.

Theo gab dem Pförtner, wie sie es beim unzähligen Durchkauen des Planes eingeübt hatten, einen kurzen Wink und murmelte: „Hab ‘nen Termin bei Herrn Doktor, bin etwas früher dran – ich warte.“

Wie erhofft, hob auch der Pförtner nur kurz die Hand und nickte kaum merklich, ohne eine wie auch immer geartete Legitimation zu verlangen. Sicher gehörten Besuche von Vertretern der Pharmaindustrie hier zum Tagesgeschäft. So kam Theo nicht in die Verlegenheit, dem Mann erzählen zu müssen, dass ihm seine Brieftasche heute Morgen im Hotel abhandengekommen sei. Das war gut – ebenso wie die Tatsache, dass im Büro derzeit nur eine Dame mit irgendwelchen Schreib- und Archivierungsarbeiten beschäftigt war. Am Vortag waren es zumindest zeitweilig zwei gewesen.

Theo kehrte der Pförtnerloge den Rücken und nahm auf einem der an der gegenüberliegenden Wand stehenden Stühle Platz. Eine strategisch gut gewählte Position, die – da hatten Sabine und Lieselotte Larisch nicht zu viel versprochen – eine hervorragende Sicht sowohl auf den Pförtner als auch auf die Frau in dem dahinterliegenden Büro bot. In wenigen Momenten sollte laut Plan Lieselotte Larisch auftauchen, und dann würde es erst so richtig ernst werden.

Was aber war, wenn sie aufflogen? Sie würden sicher an Ort und Stelle festgesetzt und in Handschellen von der Polizei abgeführt werden. Vermutlich dürften sie dann nicht einmal mehr nach Hause, sondern würden direkt ins Gefängnis gesteckt – zusammen mit hochkriminellen und brutalen Schwerverbrechern.

Theo hätte sein gedankliches Katastrophenszenario gern noch etwas ausgebaut, doch das Geräusch von Schritten ließ ihn aufmerken. Zwar konnte er die Außentreppe von hier aus nicht sehen, aufgrund der Trittfrequenz und des charakteristischen harten Auftretens war er aber sicher, dass es Lieselotte Larisch war, die sich näherte, und in der Tat erschien einen Moment später die Leiterin ihres Einsatzes in der Tür. Wie abgesprochen, würdigte sie Theo keines Blickes, sondern ging zielstrebig auf die Öffnung in der Glasscheibe der Pförtnerloge zu.

„Ach Gott, ist mir das peinlich!“, rief sie so laut, dass auch die etwa dreißigjährige Frau in dem Büroraum es mitbekam. „Ich weiß gar nicht, wo ich anfangen soll … Erst fahre ich versehentlich auf den für Mitarbeiter reservierten Parkplatz, und dann rempele ich beim Einparken auch noch ein anderes Auto an.“

„Es war aber hoffentlich kein orangeroter Fiat 127. Das wäre dann nämlich meiner.“ Die Frau hatte sich von ihrem Platz erhoben und stand in der Tür zum Pförtnerzimmer.

„Ich fürchte doch, meine Liebe. Ein orangeroter Fiat … äh, wie sagten Sie?“

„127.“

„Ganz recht, der war‘s. Ach Gott, ist mir das unange…“

„Och menno, hätten Sie nicht etwas besser aufpassen können?“, maulte die Frau. „Den hab ich erst seit zwei Wochen.“ Sie war aus ihrem Büro gesprintet und stand nun ebenfalls im Foyer.

„Na, kommen Sie, meine Liebe, wir schauen uns das mal an. Vielleicht ist an Ihrem Wagen ja gar nicht viel dran.“

Damit enteilten die schlanke jüngere und die deutlich mehr als vollschlanke ältere Dame dem Foyer, und außer Theo war nur noch der Pförtner anwesend. Zwar ging immer mal wieder ein Arzt, ein Pfleger oder eine Schwester vorbei, die schienen es aber alle ziemlich eilig zu haben und verschwanden schnell wieder von der Bildfläche.

Unten am Mitarbeiterparkplatz stand Sabines Mini Cooper. Vor zwei Wochen hatte sie in einer der engen Auf- und Abfahrten des neuen Parkhauses am Rathausplatz die Betonwand touchiert und sich dabei eine Beule eingehandelt, die jetzt eine zentrale Rolle bei der Umsetzung ihres Plans spielte. Sabine hatte ihre kleine britische Krawallbude vorhin so dicht mit der beschädigten Stelle neben ein anderes Fahrzeug gestellt, dass das Bild auf Fremde unzweifelhaft wie ein Parkrempler wirken musste.

Zwar würde die Mitarbeiterin aus dem Büro sofort bemerken, dass es sich bei dem vermeintlich touchierten Auto nicht um ihren Fiat handelte, doch dann hatte sich Lieselotte Larisch vor lauter Aufregung halt vertan. Gemeinsam würden die beiden das Fahrzeug des anderen Klinikmitarbeiters in Augenschein nehmen und nach hoffentlich langem und gewissenhaftem Inspizieren erleichtert feststellen, dass nur der Mini Cooper etwas abbekommen hatte. Und für alle Fälle wartete ja auch noch Cleo im Fahrzeug. Vielleicht mochte die Bürokraft große Hunde und alberte noch ein wenig mit der Dogge herum, ehe sie an ihren Arbeitsplatz zurückkehrte.

Nun musste aber noch ein zweites Ablenkungsmanöver durchgeführt werden, und dass dies von Erfolg gekrönt sein würde, war weit weniger wahrscheinlich. Allein schon deshalb, weil er selbst, Theo, dafür verantwortlich war.

Er versuchte sich zu beruhigen und beschloss, noch zehn oder zwanzig Sekunden zu warten, bevor er die Bemerkung fallen ließ, von der so viel abhing.

„Sagen Sie, ist das hier eigentlich normal?" Wie um sich die Beine zu vertreten, war Theo aufgestanden und sah aus dem Fenster.

„Was ist normal hier?“ Der Mann in der Pförtnerloge schien nicht besonders interessiert oder gar alarmiert zu sein. Das war kein gutes Zeichen.

„Na, dass sich zwei von Ihren Patienten wie die Kesselflicker prügeln?“

Nun war eine gewisse Anspannung in dem Gesicht des Pförtners zu erkennen. „Wo? Wo prügelt sich jemand?“

„Da vorne. Ganz rechts am Gebäude.“ Theo näherte sich mit seiner linken Gesichtshälfte dem Fenster, bis er fast die Scheibe berührte. „Und wo hat der eine bloß das Brotmesser her?“

Das zeigte Wirkung. Wie von der Tarantel gestochen sprang der Pförtner auf und griff zum Telefonhörer, nur um ihn sogleich wieder auf die Gabel zu knallen. Begleitet von den kaum zu verstehenden Worten „Das wäre doch wohl gelacht, wenn ich das nicht selbst …“ sprintete er aus dem Gebäude und bog nach rechts ab.

Er war kaum verschwunden, da stürmte Sabine in für Theo exorbitant erscheinender jugendlicher Dynamik herein, rannte direkt an ihm vorbei nach rechts in den Gang und stand eine Sekunde später im Verwaltungsbüro. Theo behielt unterdessen den Eingang und den Außenbereich vor dem Gebäude im Blick.

„Ach du heiliger Bimbam, ist das klein geschrieben!“

Theo riskierte einen Seitenblick und sah, dass Sabine ratlos auf die Wände mit den Aktenregalen starrte. Sie fluchte und beugte sich vor, um ihr hübsches Gesicht ganz nah an die Beschriftung auf den Ordnerrücken heranzubringen. Für die oberen zwei Regale schnappte sie sich einen neben der Tür stehenden Tritt, während Theo sich die bange Frage stellte, wie sie auf diese Weise fertig werden wollte, ehe die Verwaltungsangestellte und der Pförtner zurückkamen.

„Eine Wand habe ich durch, da war nichts dabei", rief Sabine im Flüsterton. „Ist die Luft noch rein?"

„Ja, im Moment ist keiner zu sehen", antwortete Theo angespannt und schaute hektisch aus den verschiedenen Fenstern. „Ich fürchte nur …"

„Ruhig bleiben, Theo, ganz ruhig bleiben. Wir schaffen das!"

Die Aussage stand in krassem Gegensatz zu der Zeit, die Sabine für die Inspizierung der zweiten großen Regalwand an der Flurseite des Büros benötigte. Mindestens zwei Minuten verstrichen, ehe sie kundtat, auch dort keinerlei Patientenakten gefunden zu haben.

„Hoffentlich ist hier was, sonst war die ganze Nummer echt 'n Schuss in den Ofen." Sie wandte sich der dritten Regalwand zu.

Theo sah wieder aus dem Fenster und erschrak. Da kamen Lieselotte Larisch und die Büroangestellte zurück. „Du musst das sofort abbrechen, Sabine, Frau Larisch und diese Frau sind gleich wieder hier!"

Es war Lieselotte Larisch anzumerken, dass sie sich bemühte, die Rückkehr ins Gebäude hinauszuzögern. Immer wieder wies sie nach hinten; vermutlich drängte sie darauf, noch einmal zum Parkplatz zurückzugehen und eine genauere Prüfung des Fremdfahrzeugs vorzunehmen. Die Verwaltungsangestellte aber winkte nur ab und ging eilig – für Theos Geschmack viel zu eilig – auf den Eingang des Sanatoriums zu, der jetzt vielleicht noch fünfzig oder sechzig Meter von den beiden entfernt lag.

„Hier ist noch ein Einbauschrank, und der Schlüssel steckt. Lass mich nur schnell hineinsehen ...“

„Das geht nicht mehr, Sabine. Du musst da jetzt rauskommen, sofort!“

Sie antwortete nicht. Entweder hatte sie Theos Worte nicht gehört, oder, und das war um ein Vielfaches wahrscheinlicher, sie ignorierte sie einfach.

Theo sah mit wachsendem Entsetzen, dass auch der Pförtner zurückkam. Noch war er ganz hinten auf der rechten Seite des Gebäudes, doch er kam mit Riesenschritten näher.

„Ich hab's Theo, hier! Da stehen Namen drauf, das sind die Patientenakten!“

Theo sah Sabine vor der geöffneten Tür stehen und registrierte halb automatisch, dass in dem in der Wand eingelassenen ebenerdigen und etwa zwei Meter breiten Schrank Hängezüge montiert waren. Die obere Hälfte war mit Akten versehen, während die untere noch völlig leer war.

„P ... Q ... R ... Re ... Reimer ... Reimer, Ute. Ich hab sie!“

Gern hätte Theo sich mit Sabine gefreut, doch Lieselotte Larisch und die Angestellte hatten beinahe schon die Treppe zum Eingang erreicht – genau wie der sichtlich wütend vor sich hin stapfende Pförtner. „Schnapp dir das Zeug und komm da raus!“

„Nein, mach ich nicht, das war anders besprochen“, entgegnete Sabine, und damit hatte sie ganz unstrittig recht. Besprochen war, dass die Seiten abfotografiert und die Akte an ihren Platz zurückgelegt werden sollte.

Mit verblüffend schnellen Bewegungen holte sie eine Minox C aus der Tasche ihrer Adidas-Trainingsjacke, schlug die Akte auf und begann, die Seiten abzulichten. Die winzige Spionagekamera hatten sie am Morgen im Fotogeschäft an der Werdohler Straße erstanden. Die Verkäuferin hatte das Modell unter anderem damit beworben, dass es auch von James Bond benutzt werde und dieser damit hochzufrieden sei. Das Argument hatte Lieselotte Larisch so sehr überzeugt, dass sie bereit gewesen war, 649 Mark dafür auf den Ladentisch zu legen. Eine mehr als stolze Summe, für die sie aber wenigstens noch einen 36er-Film gratis dazubekommen hatte.

Nun klickte es im Büro hinter der Pförtnerloge alle zwei bis drei Sekunden. Zwischendurch war das bei Pocketkameras übliche ritsch, ratsch zu hören, wenn Sabine den Verschluss spannte und so den Film weitertransportierte. Gleichzeitig vernahm Theo die Schritte der beiden Frauen und des Pförtners auf der Treppe.

Großer Gott – nur noch einen Augenblick, und alle drei würden wieder hier im Foyer stehen!

Sabine schob die Kamera in die Tasche ihrer Trainingshose, sprang zum Schrank mit den Hängezügen und steckte die Akte zurück an ihren Platz. Exakt im gleichen Moment kamen der Pförtner, Lieselotte Larisch und die Verwaltungsangestellte zur Tür herein. Sabine hatte sich zwar geduckt, doch wenn die beiden Mitarbeiter des Sanatoriums jetzt durch die Pförtnerloge in das Büro schauten, würden sie sie sofort bemerken.

Theo musste sich unbedingt etwas einfallen lassen. Und ihm kam auch wirklich eine Idee.

„Da – da müssen die beiden raus sein." Er deutete mit dem Zeigefinger in den Gang, der links vom Foyer abzweigte. „Nun sagen Sie bloß, Sie haben die Streithähne nicht gefunden!"

Er tat so, als sähe er den Pförtner an. Tatsächlich aber blickte er an dessen Gesicht vorbei in das Verwaltungsbüro, wo Sabine sich mit der tastenden Achtsamkeit einer Raubkatze langsam in Richtung der Tür bewegte.

„Was erzählen Sie da eigentlich für ein Zeugs? Da draußen gab es keine Auseinandersetzung. Ich habe sogar hinten um die Ecke nachgesehen – nichts!"

„Ach, das ist aber merkwürdig. Ich werde doch keine Halluzinationen gehabt haben?" Theo sprach so laut, dass er fast schrie, und mit unangemessen ausladender Gestik. Er wollte verhindern, dass die beiden Angestellten des Sanatoriums sich umdrehten, bevor Sabine aus der Schusslinie war. „Dabei bin ich mir ziemlich sicher, dass gerade eben ein Arzt durch das Treppenhaus schrie: ‚Verdammt noch mal, jetzt sind die beiden üblichen Verdächtigen schon wieder ausgebüxt!'"

Der Pförtner kniff die Augen zusammen, was immer das auch bedeuten mochte. Daneben schaute sich Lieselotte Larisch, die vermutlich wusste oder zumindest ahnte, was hier gerade vor sich ging, verstohlen um.

Theo legte nach: „Und dann fragte der Arzt, warum man denn eigentlich hier unten jemanden sitzen habe, wenn der ja doch nichts mitbekomme, sondern den lieben langen Tag den Schlaf der Gerechten schlafe."

Jetzt klappte es. Der stabil gebaute Mann in den Fünfzigern lief krebsrot an, und als er zu sprechen begann, bebte seine Stimme.

„Dieses blöde Ar… Was bildet der sich mit seinen vielleicht dreißig Jahren eigentlich ein? Ach, was soll's. Nur nicht aufregen und lieber stur nach Vorschrift arbeiten. Dreh ich halt noch eine Runde ums Haus, dann war's das aber endgültig. Sollen die oben doch selbst mal die Augen aufhalten und auf ihre Leute aufpassen!“

Damit verschwand der Pförtner zum zweiten Mal – wutentbrannt und gottlob, ohne vorher einen Blick in sein Kämmerchen und das dahinterliegende Büro zu werfen.

Sabine hatte unterdessen die Bürotür erreicht und drückte ganz langsam die Türklinke nach unten. Noch einen Augenblick, und sie war draußen auf dem Gang, wo sie ganz einfach so tun könnte, als sei sie eine Besucherin.

Doch die Verwaltungsmitarbeiterin machte Sabine einen Strich durch die Rechnung.

„Also gut, ich werde dann auch mal wieder an meine Arbeit gehen“, sagte sie an Lieselotte Larisch gewandt, drehte sich um und eilte in den Gang hinein – auf eben jene Tür zu, die Sabine gerade von der anderen Seite öffnen wollte.

Theo und Lieselotte Larisch, die sich nun ebenfalls umgedreht hatte, sahen die Ratlosigkeit und für einen Moment auch Panik in Sabines Augen. Sie schien ganz kurz zu überlegen, ob sie einfach aus der Tür treten sollte. Doch das wäre nicht gegangen, dann wäre sie der Frau direkt in die Arme gelaufen, und die hätte mit ziemlicher Sicherheit Fragen gestellt, die Sabine nicht beantworten konnte.

Dann aber, das war jedenfalls Theos Wahrnehmung, kehrte innerhalb von Sekundenbruchteilen die jugendliche Unbekümmertheit in ihre Augen zurück. Mit einem Satz war Sabine beim Wandschrank, riss die Tür auf und zwängte sich in den freien

Raum unter den Hängezügen mit den Patientenakten. So gut es ging, schloss sie Tür wieder. Im selben Moment betrat die Mitarbeiterin den Raum. Sie schien nichts gemerkt zu haben, setzte sich an den Schreibtisch und widmete sich wieder ihren Unterlagen.

Theo trat an die Öffnung in der Pförtnerloge heran. „An Ihrer Stelle würde ich mal lieber mitgehen."

„Waaas? Wer sind Sie denn, dass ich mir von Ihnen sa..."

„Der Arzt hat sich nicht nur über Ihren Kollegen im Pförtnerzimmer beschwert, sondern auch über Sie. Man könne ja wohl erwarten, dass sich, wenn der Pförtner schon nichts mitbekommt, wenigstens die Frau im Büro dahinter für die Patienten verantwortlich fühlt. Und dass es, sollten die beiden Flüchtigen nicht wieder auftauchen, Konsequenzen für Sie habe."

Wahnsinn! Hatte er das gerade gesagt? Er, Theo Kettling? Ausgedacht hatte er sich das jedenfalls nicht; es war irgendwie vom Himmel gefallen, so als hätte er es tatsächlich nicht selbst gesagt. Aber wie auch immer, es zeigte Wirkung. Auch der Frau stieg nun die Zornesröte ins Gesicht.

„Also das ist ja wohl der Gipfel! Dieser selbstverliebte Gockel. Kaum ein Vierteljahr hier, aber den Mund aufreißen und uns sagen wollen, was wir zu tun und zu lassen haben."

Irgendein junger Arzt im Sanatorium schien sich innerhalb kürzester Zeit derart unbeliebt gemacht zu haben, dass nur er allein als denkbarer Auslöser für den erfundenen Unfrieden infrage kam.

„Nun gut. Einmal ums Haus, um der lieben Pflicht Genüge zu tun, und Schluss." Mit den ergänzenden Worten: „So ein Scheiß, so ein lächerlicher!", stapfte die Frau zur Bürotür.

Theo und Lieselotte Larisch wollten gerade durchatmen, als sie sich noch einmal umwandte. „Und warum ist der Schrank schon wieder nicht zugeschlossen? Verdammte Schlamperei!"

Sie ging zurück, drehte den Schlüssel um, zog ihn ab und steckte ihn in die Hosentasche. Dann verließ sie mit halb entschlossen, halb trotzig wirkenden Schritten das Büro und stürmte an Lieselotte Larisch und Theo, die sich entsetzt ansahen, vorbei durch das Foyer nach draußen.

„Was machen wir denn jetzt, um Himmels willen? Sabine ist da drin wie in einem Sarg eingeschlossen!"

„Das weiß ich selbst, Theo. Lassen Sie uns in das Büro gehen. Wir müssen irgendetwas zum Aufbrechen finden."

Das war, wie sich herausstellen sollte, leichter gesagt als getan. Aktenordner, Kugelschreiber, ein eher fragil wirkender Brieföffner, Büroklammern. Hier gab es nichts, was auch nur ansatzweise zum gewaltsamen Öffnen einer Schranktür geeignet schien.

„Wir brauchen ein Brecheisen, Theo. Sie müssen eins herbeischaffen."

„Na toll, und wo soll ich das jetzt herbekommen?"

Das war mal wieder typisch. Wenn Lieselotte Larisch mit ihrem Latein am Ende war, wurde er mit der Bewerkstelligung eines Wunders beauftragt.

„Soll ich vielleicht einen der Ärzte fragen, ob er ganz zufäll..."

„Hört zu, ihr zwei!"

Das war Sabine. Ihre Worte drangen etwas leise und gedämpft durch die Schranktür, aber sie war zu verstehen. Und sie klang trotz ihrer misslichen Lage nicht panisch, sondern allenfalls angespannt.

„Draußen im Gang hängt ein riesiger Feuerlöscher, und die Tür ist nur aufgesetzt, mit außenliegenden Scharnieren. Ihr müsst das Monstrum volle Lotte vor die Kante hauen, dann komme ich hier raus."

Das war eine gute Idee, befand Theo. Das Schränkchen wirkte ziemlich stabil, aber wenn man mit großer Wucht gegen die Oberkante der Tür schlug, müssten die Scharniere dadurch ziemlich sicher herausgerissen werden.

Das war die Theorie. In der Praxis musste eine höchstens zwölf Millimeter schmale Kante exakt getroffen und zu diesem Zweck mit größtmöglichem Schmackes, wie man im Sauerland zu sagen pflegte, ein stählernes Ungetüm nach unten geschleudert werden.

Nachdem Theo und Lieselotte Larisch den Löscher unter fürchterlichem Stöhnen und Ächzen, wie es von Sterbenskranken nicht elender hätte klingen können, ins Büro geschafft hatten, sah Theo die pensionierte Rektorin prüfend an, in der Hoffnung, sie würde den Versuch, die Tür aufzubrechen, gern selbst unternehmen. Ihr ebenso energischer wie charakteristischer Larisch-Blick ließ allerdings nicht den Hauch eines Zweifels daran, dass die nun bevorstehende Aufgabe ihrem erzkonservativen Rollenverständnis entsprechend Männersache war. Da spielte es bedauerlicherweise auch keine Rolle, dass es sich bei Theo um, wie sagte sie doch so oft, „höchstens eine halbe Portion" handelte.

Als er wie ein dem Hungertod naher Gewichtheber den Feuerlöscher nach oben reckte, knackte seine malträtierte Wirbelsäule hörbar. Lieselotte Larisch schien nun doch ein Einsehen zu haben und unterstützte ihn immerhin dabei, den roten Giganten in die

Höhe zu befördern. Dann ließ sie los, und Theo stieß den Löscher nach kurzem, aber fokussierten Anvisieren des Ziels nach unten.

Er verfehlte die Kante um Längen – viel zu weit oben traf er das Holz. Zwar schrappte der Löscher anschließend noch über die Kante der Tür, mit so wenig Schwung allerdings, dass diese sich um keinen Millimeter verschob.

Wieder balancierten er und Lieselotte Larisch das schwere Gerät in die Höhe. Wieder knackte Theos Rücken, und wieder versuchte er, sich so gewissenhaft, wie es ihm möglich war, auf den Angriff zu konzentrieren. Er atmete tief ein und ließ den Löscher mit einem Stöhnen nach unten schnellen.

Das Resultat war noch desaströser als vor einer halben Minute. Dieses Mal kam er deutlich zu tief auf und stieß direkt vor die Tür, nicht aber auf deren Kante. Zwar rumste es wie schon beim ersten Versuch recht beeindruckend, doch die Tür verblieb ungerührt an ihrer angestammten Stelle.

Nein, es war aussichtslos. Er konnte es einfach nicht. Zu denken, dass ausgerechnet er ein solches Unterfangen erfolgreich würde bewerkstelligen können, war vollkommen absurd. Er fühlte sich, als hätte ihm jemand eine Plastiktüte mit der Aufschrift „Versager" über den Kopf gestülpt. Dazu Lieselotte Larischs strafender Blick, der zu sagen schien: „Man sollte Ihnen Ihren gottverdammten Hintern versohlen, so wie ich es früher, wenn es denn gar nicht anders ging, mit meinen Schülern gemacht habe."

„Theo, hör mir mal zu!", rief Sabine aus dem Schrank. „Du schaffst das, hörst du? Versuch es noch einmal, ich vertraue dir. Ich vertraue dir, Theo!"

„Okay, ich … ich versuch's noch mal."

Heftiger denn je knackten Theos Rückenwirbel, und nur unter Aufbietung aller noch verbliebenen Kräfte konnte er den Feuerlöscher in Position bringen. Dieses Mal konzentrierte er sich nicht mehr groß; er konnte dieses verdammte Ding eh nicht länger hochhalten. Sabine vertraute ihm, das war das Einzige, woran er dachte. Er riss die Augen weit auf, stieß einen Kraftschrei aus – beinahe wie ein richtiger Gewichtheber – und stieß den Löscher nach unten.

Holz splitterte, die Scharniere brachen, und die Tür fiel polternd zu Boden. Sofort kletterte Sabine aus ihrem beengten Gefängnis und ergriff gleich wieder die Initiative.

„Worauf warten wir noch? Na los, nichts wie raus hier!"

Fluchtartig setzten sie sich in Bewegung, wobei Theo, der vor lauter Erschöpfung und Erleichterung überhaupt nicht mehr klar denken konnte, den Feuerlöscher keuchend hinter sich herschleppte.

„Was willst du denn jetzt noch mit dem Ding? Lass los!"

„Ach Gott, stimmt, den brauchen wir ja gar nicht mehr … wartet, nur eine Sekunde, ich muss mal schnell etwas durcha…"

Theo, dem aufgrund der Überanstrengung schwarz vor Augen geworden war, wollte sich für einen kurzen Moment auf den Löscher stützen. Dummerweise drückte er dabei den Griff nach unten, woraufhin zuerst ein laut zischendes Geräusch ertönte und im nächstem Moment ein enorm heftiger Strahl weißen Pulvers alles und jeden in seinem Umfeld erfasste. Zwar hatte Theo sofort wieder losgelassen, doch entweder war dabei eine automatische Arretierung des Griffes erfolgt, oder irgendetwas hatte sich auf unglückselige Weise verklemmt. Der Feuerlöscher jedenfalls hörte nicht auf zu zischen und zu sprühen. Wie eine wildgewordene Schlange schnellte der Schlauch mal hierhin, mal dorthin, hüllte alles in blendendes Weiß ein, und sämtliche Versuche, den Griff zu fassen zu bekommen, schlugen fehl.

Nachdem der Inhalt des Löschers endlich aufgebraucht war und Theo, Sabine und Lieselotte Larisch sich das weiße Pulver aus dem Gesicht gewischt hatten, schickten sie sich an, so schnell es ging aus dem Gebäude zu laufen, um diesen Ort möglichst ungesehen zu verlassen. Doch sie kamen nicht einmal bis zur Eingangs- beziehungsweise, in diesem Fall treffender, bis zur Ausgangstür.

„Achtung – die beiden kommen zurück!“ rief Sabine.

„Oh Gott, wir fliegen auf, wir sind alle am Arsch!“

„Ach Quatsch, Theo! Los, schnell wieder zurück, da ist eine Tür am Ende des Gangs, die nach draußen führt.“

Obwohl Sabine aus Rücksicht auf ihre Mitstreiter ihren eigenen Vorwärtsdrang ein wenig drosselte, war sie als Erste dort. Sie drückte die Klinke hinunter und rüttelte, nachdem sich die Tür keinen Millimeter bewegte, ebenso heftig wie erfolglos daran. „Scheiße, die ist abgeschlossen.“

„Ich darf doch sehr bitten, meine Liebe!“ Erstaunlicherweise fand Lieselotte Larisch selbst jetzt, in dieser brenzligen Situation, noch die Muße, sich über aus ihrer Sicht unangemessene Flüche zu beschweren – um im nächsten Moment selbst einen rauszuhauen. „Heilige Maria und a Stückla Josef! Jetzt sitzen wir in der Falle.“

Durch die große Scheibe aus schwerem Glas, die ins Türblatt eingelassen war, konnten sie hinaus in die Freiheit blicken und sie doch nicht erreichen.

„Der Feuerlöscher ... wir brauchen den Feuerlöscher!“ Sabine war schon zurückgelaufen bis zu der Stelle, an der Theo das leere, aber noch immer schwere Behältnis aus Stahl zurückgelassen hatte. Mit kraftvollen und überaus energischen Bewegungen hievte sie sich den Löscher auf die Schulter und kam zurück. „Bleibt da stehen“, sagte sie zu Lieselotte Larisch und Theo, „das wird gleich ganz schön doll scheppern.“

Sie nahm die Haltung einer Kugelstoßerin ein und führte dann mit einer entsprechenden Bewegung den Stoß unter Äußerung eines furchteinflößenden Schreies durch, während sich Theo in Erwartung des „ganz schön dollen Scheppern“ die Ohren zuhielt.

Als selbiges verklungen war, lag der Feuerlöscher draußen, und eine große Öffnung klaffte in der Scheibe – jedoch nicht groß genug für Theo und Sabine und schon gar nicht so groß, dass Lieselotte Larisch hindurchgepasst hätte.

Mit bloßen Händen und in allergrößter Hektik drückten sie die im Weg befindlichen Glasstücke aus dem Rahmen und schnitten sich dabei in die Finger, ehe sie sich beim anschließenden Sprung in die Freiheit auch noch die Hosen und Oberteile an den verbliebenen Fragmenten zerrissen.

Theo war als Letzter an der Reihe. Immer wieder ängstlich über seine Schulter in Richtung des Foyers blickend, wo jeden Moment die Mitarbeiter des Sanatoriums auftauchen konnten, hatte er warten müssen, bis Sabine und schließlich – nach quälend lang erscheinender Zeit – auch Lieselotte Larisch ihren ausladenden Körper durch die Öffnung bugsiert hatte. Bevor auch er draußen war, vernahm er aus dem Verwaltungsbüro gerade noch die Wortfetzen „die Polizei alarmieren".

Von diesem Moment an rannten alle drei nur noch. Rannten wie um ihr Leben, sämtliche großen und kleinen Zipperlein einfach ignorierend. Umhüllt von weißem Staub, mit blutigen Kratzern an Armen und Händen und in zerrissenen Kleidern mussten sie auf etwaige Beobachter wie Figuren aus einem verstörenden Horrorschocker wirken.

Nachdem sie den Mini nach wirklich respektabler Zeit erreicht hatten, erwies sich das Einsteigen noch als weitere, unerwartet große Hürde. Nicht nur, dass Lieselotte Larisch und Theo aus unterschiedlichen körperlichen Gründen Probleme hatten, in den Innenraum zu gelangen – das Unterfangen wurde von Cleo zusätzlich erschwert, die ihre weiße Erscheinung und große Eile wohl für einen Spaß hielt und sich einen ebensolchen daraus machte, vor allem Theo durch energisches Trampeln und Schubsen immer wieder den Einlass zu verwehren. Erst der dritte herrische Schrei ihrer Besitzerin vermochte es, die Hündin zur Raison zu bringen.

Endlich war es Sabine möglich, den Cooper in Bewegung zu setzen, und sie konnten, noch halb aufeinanderliegend, die Flucht nach Hause antreten.

Als sie auf die Bundesstraße 55 fuhren, kam ihnen ein Polizeiwagen mit eingeschaltetem Martinshorn und Blaulicht entgegen, der mehr als flott in Richtung Klinik abbog und nach einigen Sekunden aus dem Rückspiegel verschwand.

Sabine, Lieselotte Larisch und Theo hatten sich weggeduckt, als das grün-weiße Fahrzeug in Sicht kam, und die Beamten am Steuer waren offenbar so auf den bevorstehenden Einsatz im Sanatorium fokussiert gewesen, dass sie die gespensterhaften Insassen des Minis nicht wahrnahmen.

„Bis die in der Klinik erfahren haben, worum es geht, sind wir längst über alle Berge", prophezeite Lieselotte Larisch.

Und sie sollte recht behalten. Sabine fuhr flott, aber das Tempolimit beachtend zurück, und nach vierundachtzig Minuten erreichten sie ohne weitere Zwischenfälle das Bauernhaus in Rölvede.

Theo hatte die ganze Zeit über höchst angespannt aus dem winzigen Heckfenster des Mini Cooper gespäht, doch zum Glück waren keine Polizeifahrzeuge mehr aufgetaucht.

Allerdings war über mehrere Kilometer ein marinablauer Käfer hinter ihnen hergefahren. Er war bei Neheim plötzlich aufgetaucht und kurz vor Menden wieder abgebogen. Gesteuert worden war er von einem Mann, den Theo noch nie zuvor gesehen hatte. Ein zweiter, ihm ebenfalls unbekannter Mann hatte auf dem Beifahrersitz gesessen. Erst Minuten später hatte Theo bemerkt, dass er es vor lauter Anstrengung versäumt hatte, auf das Kennzeichen zu achten.

Er erwähnte dies mit keinem Wort, als sie endlich in Lieselotte Larischs Diele standen und ungläubig die Folgen ihres Detektiveinsatzes im Sanatorium betrachteten. Allen dreien brannten die Augen durch das auf die Bindehäute recht aggressiv wirkende Pulver, die Haut an ihren Armen war von blutigen Kratzern übersät, und sie hatten sich die Bekleidung ruiniert. Die Schnittwunden, die sie davongetragen hatten, würden von der Hausherrin in ihrer Eigenschaft als Rotkreuzhelferin gleich fachmännisch versorgt werden. Zuvor spülten Sabine und Theo sich die Augen mit reichlich Wasser aus, während Lieselotte Larisch sich ihrer zerrissenen Bluse entledigte und eine andere, frisch gebügelte anzog.

Und trotz des gerade erlebten Desasters waren sie, nachdem alle sich ein wenig beruhigt hatten, guter Dinge, denn sie hatten noch etwas anderes von ihrem Einsatz mitgebracht: eine winzige Filmkassette mit den abfotografierten Seiten eines streng geschützten Dokuments.

Sie hatten die gesamte Krankenakte der im Chiemsee ertrunkenen Ute Reimer.

Kapitel 13

Die aus dem Minox-Film entwickelten Schwarz-Weiß-Aufnahmen im Format sieben mal zehn befanden sich unangetastet im Kuvert. Lieselotte Larisch hatte sie am Morgen im Fotogeschäft in der Werdohler Straße abgeholt, nachdem von ihr schon im Vorfeld festgelegt worden war, wann und unter welchen Umständen das Studium der Abzüge erfolgen sollte: heute Abend im gemütlichen Rahmen im Bauernhaus in Rölvede. Nach dem quasi als kulinarisches Vorspiel dienenden Genuss einer ganz besonderen sudetenländischen Spezialität, deren Rezept Lieselotte Larisch von ihrer Mutter übernommen hatte.

Theo Kettling saß mit einer Flasche Andreas Pils in dem großen Ohrensessel im Wohnzimmer – wie üblich hatte die Gastgeberin das falsche Bier gekauft – und lauschte Cleos Grunzen und Schnarchen. Nach ausgiebigen Tollereien mit Theo war sie auf seinen Füßen eingeschlafen, weshalb er sich im Moment nur sehr eingeschränkt bewegen konnte. Er verschaffte seinem Rücken etwas Erleichterung, indem er den Oberkörper streckte und vorsichtig nach links und rechts bewegte.

Der Schmerz war nach einem durch den Kraftakt mit dem Feuerlöscher und ihre Flucht bedingten Anstieg in den letzten drei Tagen gottlob wieder zurückgegangen, was wohl auch darauf zurückzuführen war, dass seine Befürchtung, im Nachhinein als einer der Verursacher der Sachbeschädigung im Sanatorium identifiziert zu werden, sich nicht bewahrheitet hatte.

Die Endlosschleife der negativen Gedanken – so stellte er sich beispielsweise vor, wie die Polizei mit Blaulicht zur Werdohler Straße 195 a gefahren kam, ihn ohne viel Federlesen in seiner Wohnung festnahm, ihm Handschellen anlegte und an der versammelten Hausgemeinschaft vorbei abführte – war erst am übernächsten Tag und nach zwei Nächten, in denen er sogar davon geträumt hatte, unterbrochen worden.

Was ihn allerdings nach wie vor wurmte, war die Tatsache, dass er mal wieder Ja gesagt hatte, wo er eigentlich Nein hatte sagen wollen. Andererseits: Vielleicht wollte er ja nur deshalb so oft Nein sagen, weil er zu pessimistisch dachte. Natürlich waren seine Sorgen und Befürchtungen bezüglich solcherlei Aktionen nicht aus der Luft gegriffen. Aber am Ende war das Vorhaben im Sanatorium, wenn auch ganz und gar nicht frei von Zwischenfällen, dennoch erfolgreich gewesen. Und das könnte doch möglicherweise daran liegen, dass Lieselotte Larisch und Sabine grundsätzlich daran glaubten, Erfolg zu haben, ganz im Gegensatz zu ihm, der von allein gar nicht erst auf die Idee gekommen wäre.

Zur genussvollen Einstimmung auf das Essen zündete Theo sich noch schnell eine Krone an. Lieselotte Larisch hatte großmütig den schweren Aschenbecher aus geschliffenem Bleikristall auf den Wohnzimmertisch gestellt. Er vermutete allerdings, dass die Einladung zum Rauchen weniger ihm als vielmehr Sabine galt.

Zufrieden sinnierte er darüber nach, dass es ihm im Vorfeld des heutigen Treffens gelungen war, Lieselotte Larisch von ihrem Vorhaben abzubringen, ihren hausgemachten Labskaus zu kredenzen. Das war einerseits zwar bedauerlich, weil die von ihr zubereitete norddeutsche Spezialität wirklich ein lukullisches Highlight war. Andererseits aber bestanden nun gute Aussichten, dass er von dem schier endlosen Geschwafel über die Ostfriesischen Inseln Wangerooge und Spiekeroog und die Deutsche Nordsee im Allgemeinen verschont bleiben würde.

Er hatte gemeint, dass er sich zwar auch ganz wahnsinnig über Labskaus freuen würde, dass sie als die begnadete Köchin, die sie war, aber doch gewiss eine sehr breite Palette an Leckereien – gerade auch aus ihrer sudetendeutschen Heimat – zubereiten könne, und er fände es total toll, mal etwas Neues kennenzulernen.

Entgegen Theos Befürchtungen, sofort aufzufliegen, hatte dieses taktische Honig-ums-Maul-Schmieren funktioniert, und nun war die Hausherrin, unterstützt von Sabine, in der Küche mit den letzten Vorbereitungen für das Essen beschäftigt. Die Geräuschkulisse, die beide erzeugten, hätte auch aus einer Großküche kommen können.

Was Theo nicht wusste: Bereits am frühen Morgen hatte Lieselotte Larisch für ihr unvergleichliches, wie sie selbst wenig zurückhaltend befand, Gablonzer Kuttelflecken-Ragout beim Metzger in der Lüdenscheider Gasstraße die Hauptzutat besorgt: die Kuttelflecke. Dass es sich dabei um Rindermagen-Geschnetzeltes handelte, würde sie Sabine und Theo natürlich nicht erzählen, da die beiden die Einnahme der Mahlzeit sonst vermutlich verweigern würden.

Lange bevor ihr Besuch erschienen war, hatte sie die Kuttelflecke äußerst gewissenhaft rein geputzt und kurz in Wasser aufgekocht. Anschließend hatte sie die Fleischstreifen in eine starke Gemüsebrühe gegeben und vor sich hin köcheln lassen, bis sie schön weich waren, und sie als letzten Akt der Vorbereitung in längliche, noch dünnere Streifen geschnitten, sodass sie beinahe wie Nudeln aussahen.

Vorhin hatte sie sich dann gemeinsam mit Sabine an die Zubereitung der Soße gemacht, eine fein geschnittene Zwiebel in frischer Butter angedünstet und mit einem Löffel Mehl und der Kuttelflecken-Fleischbrühe zu einer Mehlschwitze verarbeitet. Anschließend hatte sie die Kuttelflecke hinzugegeben und das Ganze einkochen lassen.

Vor dem Anrichten legierte sie das ohnehin schon gehaltvolle Mahl nun noch mit fünf Eidottern sowie einem ordentlichen Schuss Sahne und gab den Saft einer Zitrone hinein. Dazu servierte sie Kartoffelklöße, die sie zwischendurch zubereitet hatte.

Was der verlockende Duft aus Töpfen, Pfannen und Tiegeln versprach, bestätigte sich eindrucksvoll beim Genuss der traditionsreichen Spezialität. Sabine und Theo schöpften offenbar keinen Verdacht, und inbrünstig, fast schon gierig aß man um die Wette. Als alle schon mehr als satt waren, gab es zum Nachtisch noch die obligatorischen Mohnschluschken, und auch hier hauten sie noch einmal ordentlich rein.

Nach Beendigung des Gelages forderte selbiges leicht zeitversetzt seinen Tribut, was sich bei Theo als heftigstes Kneifen und Stechen im Magen äußerte. Während Lieselotte Larisch und Sabine das schmutzige Geschirr in die Küche brachten, saß er wie tot in seinem Sessel und meinte, neben seinem eigenen gequälten Stöhnen ähnliche Laute bei Cleo zu hören, die wieder auf seinen

Füßen lag. Während des Essens hatte sich die Hündin erwartungsgemäß eine insgesamt gewaltige Portion von ihm selbst sowie von Lieselotte Larisch und Sabine erbettelt.

Pünktlich zum Gong der Tagesschau um zwanzig Uhr schaltete Lieselotte Larisch den Fernseher ein. Vorher hatte sie sich noch kurz ins Bad zurückgezogen und sich ein wenig frisch gemacht. Das praktizierte sie immer so, und Theo hatte darüber die kühne Theorie entwickelt, dass sie den Gedanken, Karl-Heinz Köpcke oder wer halt sonst die Nachrichten verlas, könnte sie im zerknitterten Zustand durch den Bildschirm im Wohnzimmer ihres Bauernhauses in Rölvede im Sessel sitzen sehen, einfach nicht ertragen konnte.

Erstaunlicherweise hatte sich auch Sabine heute auffallend schick und für ihre Verhältnisse beinahe schon elegant angezogen – sie trug eine weite weiße Bluse mit angedeuteten Trompetenärmeln und gelb-orangem Blumenmotiv, eine ebenfalls weiße Schlagjeans und dazu gelbe Veloursleder-Sandalen mit halbhohem Blockabsatz. Dies alles jedoch ganz sicher nicht, um Karl-Heinz Köpcke zu beeindrucken, sondern vermutlich, um der Gastgeberin bei diesem für ihre Ermittlungen überaus wichtigen Treffen eine gewisse Wertschätzung entgegenzubringen.

Nach dem Wetterbericht, der recht angenehme Spätsommertage mit mehr Sonne als Wolken und allenfalls vereinzelten Schauern angekündigt hatte, gelang es Hans Rosenthal gerade noch, die Zuschauer der neuesten Ausgabe von „Dalli Dalli“ zu begrüßen, bevor Lieselotte Larisch den Fernseher ausschaltete.

„Nun aber mal nichts wie ran an den Speck“, frohlockte sie, als sie mit beherzten Griffen den Quelle-Katalog sowie ihre aktuelle Häkelarbeit vom Wohnzimmertisch räumte – eine Klorollenpuppe, wie sie bei älteren und in ihrem Denken eher traditionell geprägten Damen wie Lieselotte Larisch gerade der letzte Schrei war. Der Hut und das winzige Handtäschchen in Grün und Gelb waren bereits fertig, während sich das dazu passende Kleid, dessen unterer Teil später eine Rolle Toilettenpapier umhüllen würde, noch in der Entstehung befand. Theo sah die fertige Puppe im Geiste bereits auf der Hutablage des DAFs résidieren. Dann ging Lieselotte Larisch in die Diele, nahm den Umschlag mit den Fotoabzügen aus ihrer Handtasche, kam wieder zurück und legte ihn mit feierlicher Gestik auf den Tisch.

Wohl um dem Augenblick noch mehr Gewicht zu verleihen, wartete sie, die Hände in den Schoß gelegt, einige Sekunden, bevor sie das Kuvert öffnete.

Aus dem Geräusch beim Lösen der Lasche schloss Theo, dass sie, eigentlich fast unvorstellbar, zuvor tatsächlich nicht einmal einen winzigen Blick auf die Fotos geworfen hatte. Freudestrahlend nahm sie die ersten acht oder zehn Abzüge in die Hand, und auch Sabine und Theo schnappten sich welche.

Lieselotte Larisch schaute konzentriert auf die Bilder, während langsam – ganz langsam – ihr breites Grinsen verschwand. Auch Theo und Sabine hatten schon mal mehr Enthusiasmus gezeigt.

„Dass die so unscharf sind, dafür kann ich nichts“, verteidigte sich Sabine prophylaktisch. „Obwohl es so hektisch war, habe ich total drauf geachtet, dass ich nicht mit der Kamera wackele.“

„Aber das wissen wir doch, meine Liebe. Und immerhin ist es halbwegs lesbar. Allem Anschein nach ist dieser neumodische

Fotoapparat doch nicht so ein technisches Meisterwerk. Hoffen wir mal für den Weltfrieden, dass James Bond eine ähnlich ruhige Hand hat wie Sie, sonst dürfte es schwer werden, die Dokumente der dunklen Mächte zu entziffern."

Trotz deutlicher Unschärfe gelang es ihnen, die mal in Handschrift, mal mit Maschine niedergeschriebenen Notizen der Ärzte zu entziffern. Ungleich schwieriger, für medizinische Laien eigentlich unmöglich, war es jedoch, daraus irgendwelche Schlüsse zu ziehen. Auf einigen Blättern waren ausschließlich Medikamente sowie deren Dosierungen aufgelistet. Andere enthielten Beschreibungen des Gesundheitszustandes der Patientin und angezeigte Maßnahmen im Rahmen ihrer Behandlung sowie Prognosen die mögliche Genesung betreffend. Das große Problem war, dass es sich bei beinahe jedem dritten Wort um einen lateinischen Fachbegriff handelte.

„Puh, damit tue ich mich aber mehr als schwer. Mit dem doofen Latein hab ich schon im Studium dauernd Stress", klagte Sabine. „Sie haben das große Latinum doch bestimmt auf'm Kasten, Frau Larisch – können Sie uns das nicht übersetzen?"

„Ähem … so ganz genau weiß ich da jetzt auch nicht … Ich fürchte beinahe, das ist bei mir schon zu lange her."

Theo fragte sich, ob sie den Umgang mit der toten Sprache wirklich vergessen oder aber nie erlernt hatte.

Ratlosigkeit machte sich breit. Dann aber weiteten sich Lieselotte Larischs Augen, und sie schien einen Einfall zu haben, denn ihre Hand landete klatschend auf der Tischplatte. „Milli, meine frühere Kollegin! Sie kann uns bestimmt helfen, ich rufe sie gleich an."

Lieselotte Larisch sprang auf und sprintete in die Diele, wo sie auf dem Brokattelefon die Nummer von Millis Anschluss wählte, die, wie Theo wusste, nicht nur ihre ehemalige Kollegin, sondern auch beste Freundin war.

Wie gewöhnlich dauerte es eine ganze Weile, bis Lieselotte Larisch endlich ihr eigentliches Anliegen vorbringen konnte, weil Milli zunächst jede Menge Neuigkeiten mitzuteilen hatte. Der Reihe nach wurden die Verdienste beziehungsweise Verfehlungen ehemaliger Schülerinnen und Schüler, dann die des alten Kollegiums durchgekaut, und schließlich war es für Milli anscheinend unerlässlich, das Rezept für einen „sagenhaften" Butterkuchen zu übermitteln. Der nämlich schmecke so unvergleichlich gut, behauptete sie, dass man ihn eigentlich mit „Sie" anreden müsse.

Der letzte Teil des Gesprächs, der Grund, weswegen Lieselotte Larisch angerufen hatte, ging dann enttäuschend schnell über die Bühne. Zwar mochte Milli ein wenig mehr als ihre Freundin mit der lateinischen Sprache vertraut sein, doch auch ihr waren zu viele Wörter unbekannt, und selbst wenn sie die fraglichen Begriffe im Wörterbuch nachschlage, heiße das ja nicht, dass sich ihr auch der Sinn der Sätze erschließe.

„Heilige Maria und a Stückla Josef!", fluchte Lieselotte Larisch, als sie den Hörer aufgelegt hatte und zurück ins Wohnzimmer kam. „Wir müssen jemanden finden, der gut Latein kann. Also so richtig gut, meine ich."

Theo und Sabine zuckten bedauernd mit den Schultern, wobei Theo nur so tat als ob. Tatsächlich hatte er schon eine Idee, wen man fragen könnte, die hätte er aber niemals preisgegeben.

Doch es war wie verhext. Lieselotte Larisch schien Gedanken lesen zu können – und zwar genau jene Gedanken, von denen er auf keinen Fall wollte, dass sie sie mitbekam.

„Ich hab's: Ilse Osthoff!"

Großer Gott – Fräulein Osthoff, eine von Theos Lehrerinnen. Der bösartigste Drachen, dem er in seiner gesamten Schullaufbahn begegnet war.

„Ilse hat mir bei einem unserer letzten Gespräche gesagt, dass sie bis vor nicht allzu langer Zeit sogar Nachhilfestunden in Latein gegeben hat."

Dass Lieselotte Larisch sich mit dieser Gewitterziege Ilse Osthoff angefreundet hatte, war wenig geeignet, das Ansehen der Chefermittlerin bei Theo zu heben. Kurz überlegte er, ob er seine einstige Lehrerin wegen der privaten Nachhilfestunden beim Finanzamt verpfeifen sollte, verwarf den Gedanken aber wieder.

„Irgendwo hatte ich doch einen Zettel mit der Rufnu... Ah, da ist er ja!", rief Lieselotte Larisch, die längst wieder in der Diele verschwunden war.

Voller Elan wählte sie die Nummer, und als ob Ilse Osthoff ihren Anruf erwartet hätte, meldete sich Theos Schulfeindin unmittelbar nach Ertönen des Freizeichens.

Auch bei diesem Telefonat gab es nach einer von Lieselotte Larisch vor Freude geradezu geschrienen Begrüßung und einem kurzen, aber intensiven Austausch von Nettigkeiten zunächst ein allgemeines Auffrischen von Klatsch und Tratsch, das allerdings nicht ganz so lang ausfiel wie das mit Milli zuvor.

Im Gegensatz dazu nahm das Durchkauen der Krankenakte sehr viel Zeit in Anspruch. Lieselotte Larisch hatte das Telefonschränkchen zum Schreibtisch umfunktioniert und schrieb so schnell und so viel mit wie eine Studentin in der letzten Vorlesung vor einer schweren Klausur. Als sie zurück ins Wohnzimmer kam – nachdem sie Ilse Osthoff zu Theos Entsetzen abschließend gefragt hatte, ob sie vielleicht noch ein wenig mit ihrem früheren Schüler plaudern wolle, was von der Osthoff gottlob abgelehnt wurde – konnte sie eine kompakte, überaus informative Zusammenfassung der studierten Akteneinträge präsentieren.

Demnach hegten zumindest zwei der behandelnden Ärzte Zweifel daran, dass die Patientin tatsächlich so schwer erkrankt war, wie zunächst angenommen. Zumindest phasenweise wirke ihr Verhalten ein wenig wie eine Inszenierung, hieß es in den Beurteilungen, wobei dies zweifellos auch auf Stimmungsschwankungen im Rahmen einer tatsächlichen Erkrankung zurückzuführen sein könne.

Obgleich die Zweifel freilich recht vorsichtig formuliert waren, durfte von ihrer Richtigkeit ausgegangen werden, denn es gab noch eine weitere Auffälligkeit: Die Depressionspatientin habe auf die Gabe von Placebos reagiert – etwas, das bei mäßig depressiven Episoden keine Besonderheit sei, sehr wohl aber bei schweren psychischen Krankheitsbildern.

Den Rest der Akte schenkten sich die drei Hobbydetektive, weil die weiteren Einträge aus Informationen bestanden, für deren Deutung man zwingend medizinische Fachkenntnisse hätte haben müssen.

„Also, ich fasse jetzt mal kurz zusammen, was meiner Meinung nach wirklich passiert ist."

Obgleich es Lieselotte Larisch ganz gewiss nicht passte, dass Sabine anstatt ihrer die Diskussion eröffnete, ließ sie sie gewähren und setzte sogar ein mildes Lächeln auf.

„Georg Reimer hatte von Kindesbeinen an Kontakt zu Marion Nelling. Er war laut Frau Kurzscheid eine wichtige Bezugsperson, auch dann noch, als sie in die Fänge der neuen Freunde geriet, und vielleicht am ehesten geeignet, sie wieder in die Spur zu bringen. Was er wohl auch versuchte, jedenfalls bis sie im Untergrund verschwand. Nur: Warum soll er nicht auch währenddessen mit ihr gesprochen haben? Das wäre für beide sicher viel, viel schwerer als vorher gewesen, aber ich glaube, unmöglich war es nicht."

Sie machte eine Kunstpause, ganz so, wie Lieselotte Larisch es gerne tat. Erstaunlicherweise nutzte diese die Gelegenheit nicht, um Sabine ins Wort zu fallen, sondern hörte weiterhin geduldig zu.

„Dann, in der Nacht vor der Einweisung: Georg Reimer kommt mit seiner Frau angefahren. Die wirkt aber ziemlich temperamentvoll, viel zu temperamentvoll für ihr schweres Gemüt. Ein kurzes Intermezzo, denn schon tags darauf ist sie wieder das alte Häufchen Elend. Sie wird in eine Klinik gebracht, wo ihr Zustand sich rapide verbessert. Und als man sie entlässt, sieht sie das Leben wieder positiv." Sabine stützte die Ellenbogen auf die Tischplatte und lehnte sich nach vorn. „Und jetzt erinnert euch daran, was Frau Kurzscheid gesagt hat, als sie von dieser wundersamen Verwandlung sprach, wie sie sich wörtlich ausgedrückt hat. Sie hat gesagt, Ute Reimer sei wie ausgewechselt gewesen."

Die letzten drei Worte hatte Lieselotte Larisch unter bestätigendem Nicken leise mitgesprochen.

„Für mich ist sonnenklar, dass die Frau, die da ins Sanatorium ging und so toll erholt zurückkam, gar nicht Ute Reimer war, sondern Marion Nelling."

Das saß. Ein nach Theos Meinung außerordentlich souverän dargebrachter Vortrag, der nicht nur rhetorisch den Schlussfolgerungen von Lieselotte Larisch ähnelte, sondern auch von der inhaltlichen Qualität an diese heranreichte.

Möglicherweise, um ihre Position als leitende Ermittlerin nicht zu gefährden, ergriff Lieselotte Larisch nun selbst das Wort.

„Damit haben Sie vermutlich recht, Sabine. Auch ich bin nahezu zweifelsfrei überzeugt, dass es so war, übrigens schon seit längerer Zeit", dieser Hinweis durfte ganz einfach nicht fehlen, „und ich denke, auch Sie, Theo, haben diese Vermutung entwickelt."

Hatte Theo zwar nicht, um aber nicht als gedankenlose Trantute dazustehen, nickte er eifrig.

„Marion Nelling hatte genug von den Überfällen, sie wollte aussteigen. Und sie ist ausgestiegen, aber ganz anders, als alle glauben." Lieselotte Larisch, die neben Sabine auf dem Sofa saß, lehnte sich zurück und setzte ihre professorale Miene auf. „Sie hat vorübergehend die Identität der Ehefrau von Georg Reimer angenommen. Die beiden haben die Sache mit dem Sanatorium eingefädelt und Marion anstelle ihrer Schwester zur Behandlung dorthin geschickt, damit man hinterher behaupten konnte, der Aufenthalt dort, verbunden mit dem Umzug in den schicken neuen Ort, hätte wahre Wunder bei der Kranken bewirkt."

„Aber die Frau, die Theo und ich am Chiemsee kennengelernt haben, muss Ute Reimer gewesen sein. Sie war ganz klar psychisch krank. Sehr krank sogar."

„Wie ich schon sagte, meine Liebe: Frau Nelling ist vorübergehend als ihre Schwester aufgetreten. Ich denke, Georg Reimer und sie haben während dieser Zeit eine neue Identität für sie aufgebaut. Ein neues Leben unter einem anderen Namen, das sie in Ruhe würde führen können, ohne ständig Angst haben zu müssen, aufzufliegen. Unter dem Deckmantel des bürgerlichen Lebens in Neu-Listernohl konnte sie mithilfe ihres Schwagers sämtliche Vorbereitungen treffen, ohne von den ehemaligen Komplizen behelligt zu werden. Ich kann mir vorstellen, dass diese es gar nicht gern gesehen hätten, wenn Frau Nelling sie mit ihrem Wunsch auszusteigen konfrontiert hätte. Als sie dann in ihr neues Leben ging, kam Ute wieder zurück und hat ihren Platz eingenommen."

Lieselotte Larisch verstummte und schien das soeben Gesagte vor ihrem inneren Auge noch einmal Revue passieren zu lassen, um es auf Plausibilität zu prüfen. Dann begann sie zu nicken und fuhr fort: „Ja, genau so muss es gewesen sein. Das war der Zeitpunkt, über den Frau Kurzscheid gesagt hat, dass – wie hat sie sich ausgedrückt – dass es da wieder losging mit den Depressionen."

Jetzt schaltete sich Theo in das Gespräch ein, der bei Lieselotte Larischs Ausführungen ein winziges Detail verpasst zu haben schien: „Aber wo soll Ute denn so lange gesteckt haben? Ich meine, wo hat man sie so lange … wie soll ich sagen … geparkt?"

„Das ist die Frage, die auch mich umtreibt“, gestand Lieselotte Larisch. „Vielleicht hat er sie einem guten Freund anvertraut. Frau Reimer war ja sehr antriebslos. Sie blieb am liebsten in ihren vier Wänden und war vermutlich ein sehr genügsamer und unproblematischer Gast, der keine großen Ansprüche stellte.

„Das hört sich an, als würde es sich um ein Haustier handeln – is ja widerlich!“, empörte sich Sabine.

„Tja, meine Liebe, das ist in der Tat keine sehr schöne Vorstellung. Ich fürchte aber, wir werden uns mit dem Gedanken anfreunden müssen, dass es sich genau so zugetragen hat.“

War damit alles geklärt? Der Tod von Ute Reimer ist demnach gar kein Fall gewesen, überlegte Theo. Die arme Frau hatte sich das Leben genommen, weil sie ihre Krankheit nicht mehr aushielt. Punkt. Das war von Anfang an Sabines und seine Einschätzung gewesen. Doch Lieselotte Larisch hatte es wie üblich nicht lassen können, sie musste unbedingt Ermittlungen anstellen, die dann zu einem richtigen Fall geführt hatten, zu dem von Marion Nelling. Und der war nun aufgeklärt. Dieser Ansicht war Lieselotte Larisch, deren Meinung sich Theo anschloss – zu logisch und nachvollziehbar war das, was sie herausgefunden hatten.

Einzig Sabine schien noch Zweifel zu haben und brachte die Diskussion nach einigen Sekunden des Schweigens wieder in Gang.

„Ich weiß nicht, Frau Larisch. Sonst sind Sie es ja immer, die mit den Ermittlungsergebnissen noch nicht zufrieden ist. Die noch so ein … so ein Störgefühl hat. Und genau dieses Gefühl habe diesmal ich.“ Sie ließ sich nach hinten gegen die Sofalehne fallen; vielleicht, um es für das Entwickeln der folgenden Betrachtungen möglichst bequem zu haben. „Ich meine, stellt euch das doch mal vor: Ute Reimer wird quasi abgeschoben – für einen ganz schön langen Zeitraum. Und auch wenn sie dahintersteht und weiß, warum man das machen muss, weil man nämlich keine andere Möglichkeit hat, ihrer Schwester zu helfen – das muss doch echt verletzend gewesen sein und eine weitere psychische Belastung."

Sabine richtete sich wieder auf, und ihre Stimme gewann an Lautstärke und Bestimmtheit. „Trotzdem hat sie diese … wie soll man das nennen … Verbannung überstanden. Und auch wenn es ihr kurz vor ihrem Tod wieder sehr schlecht ging – sie konnte sich über Dinge freuen. Die beiden sind an den Chiemsee in den Urlaub gefahren, da haben Theo und ich selbst erlebt, dass sie nicht nur in sich hineingeschmollt hat. Sie hat sich zumindest hin und wieder an unseren Gesprächen beteiligt und dabei gelächelt. Stimmt doch, Theo, oder?"

Theo war ganz in Gedanken gewesen und sah überrascht auf. „Ähm … ja. Ja, stimmt schon. Es ist so, wie Sabine es sagt."

„Und ausgerechnet in dieser Situation, im Urlaub in einer so duften Landschaft und nach einem schönen oder zumindest recht angenehmen Abend mit ihrem Mann und mir und Theo bringt sie sich um? So einfach mal ganz spontan?" Sabine schüttelte den Kopf. „Nee, da stimmt was nicht. Daran ist irgendwas oberfaul!"

Alle drei saßen da und schwiegen nachdenklich. Sabine mit einem Gesichtsausdruck, der um Zustimmung warb, Lieselotte Larisch wie üblich mit gespitzten Lippen grübelnd und die Augen in alle Richtungen verdrehend, Theo – ebenfalls wie gewohnt – mit halb fragendem, halb treudoofem Gesicht. Ziemlich abrupt veränderte sich Sabines Miene, und sie sagte: „Etwas habe ich euch noch nicht gesagt, weil ich mir nicht sicher bin, ob es was zu bedeuten hat …"

Hatte sie also noch etwas anderes parat, um ihren nebulösen Verdacht, dass da etwas nicht stimme, zumindest ein wenig zu präzisieren?

„Als wir in Chieming waren, Theo und ich, da ist mir zweimal ein hellblauer Käfer aufgefallen. Das erste Mal, als wir die Instrumente und Verstärker in die Halle von diesem … äh …"

„Strandkurhaus", half ihr Theo auf die Sprünge.

„Ja, genau, als wir vor dem Auftritt alles ins Strandkurhaus gebracht haben. Da saß ein Paar in dem Wagen. So mittelalt, würde ich sagen, und ich glaube, die haben sich gestritten. Und dann habe ich dasselbe Auto noch mal am Abend auf dem Parkplatz vor der Pension gesehen, als Theo und ich ankamen."

„Ich habe zwar nicht am Chiemsee, aber dafür hier mehrmals verdächtige marinablaue Käfer gesehen – und wenigstens einer davon hatte ein Hagener Kennzeichen." Theo hatte kurz gezögert, ehe er von seinen unheimlichen Begegnungen mit den diversen Volkswagen berichtete, weil er nicht wollte, dass Sabine ihn für einen Feigling hielt. Aber verschweigen durfte er es nach ihrem Geständnis nun auch nicht mehr; zu eigenartig war die Anhäufung von solcherlei Beobachtungen. „Ich hatte das Gefühl, dass mich die Insassen beobachten, und das waren einmal auch ein Mann und eine Frau, ein anderes Mal zwei Männer. Die Besitzerin des Krämerladens in Neu-Listernohl hatte doch auch zwei Männer in dem Wagen gesehen, der oben am See durch den

Ort fuhr. Aber natürlich ist Marinablau bei Volkswagen eine sehr häufige Farbe. Ich weiß nicht, ob da wirklich etwas war oder ob ich mir die Verfolgungen nur eingebildet habe."

Theo wunderte sich selbst über seine Offenheit, die, noch viel erstaunlicher, von Lieselotte Larisch mit Nachsicht und Verständnis quittiert wurde.

„Verstehen Sie mich nicht falsch, Theo. Aber wenn wir uns allzu sehr auf eine bestimmte Sache fokussieren, dann sind wir manchmal nicht mehr in der Lage, Dinge objektiv zu bewerten. Davon kann sich niemand ausnehmen, selbst ich hatte vergangene Woche die Befürchtung, verfolgt und beobachtet zu werden. Ich habe mit Cleo einen Spaziergang zur alten Sprengstofffabrik unten im Sterbecker Tal unternommen, und da kamen mir solch ein hellblauer VW Käfer mit Hagener Kennzeichen und seine Insassen ebenfalls sehr verdächtig vor. Am Nachmittag bin ich dann aber in die Stadt gefahren, weil ich einiges zu besorgen hatte, und da ist mir aufgefallen, wie viele von diesen Fahrzeugen es dort gibt. Natürlich heißt das nicht zwangsläufig, dass unsere Beobachtungen, die wir ganz unabhängig voneinander gemacht haben, bedeutungslos sind. Aber selbst wenn wir annehmen, dass kürzlich noch jemand die Scharade mit dem Sanatorium durchschaut hat, einer ihrer alten Wegbegleiter womöglich, und nun unbedingt Marion Nellings Aufenthaltsort herausfinden will, erscheint es mir ziemlich kopflos, über Wochen und Monate hinweg zuerst Ute Reimer und nach ihrem Tod alle möglichen Menschen observieren zu lassen, um herauszufinden, an welchem weit entlegenen Ort auf der Welt die alte Mitstreiterin nun möglicherweise lebt. Ich jedenfalls würde da anders vorgehen."

Theo versuchte sich wenig erfolglos vorzustellen, welche Figur Lieselotte Larisch als Anführerin einer gefürchteten Räuberbande abgegeben hätte, musste aber zugeben, dass der Inhalt des gerade gehörten Monologs ziemlich plausibel klang.

„Und was Ihre Beobachtungen angeht, Sabine: Sind Sie sich sicher, dass es sich um dasselbe Fahrzeug gehandelt hat – also bei dem VW vor dem Strandkurhaus und dem vor der Pension?"

„Äh … nein, ehrlich gesagt nicht."

Nach einer kurzen Pause fügte sie hinzu: „Aber ich glaube schon."

Es folgte eine weitere Pause, während der in Sabines Gesicht beinahe so etwas wie Resignation zu sehen war. „Das ist alles furchtbar vage, ich weiß."

„Ist schon recht, meine Liebe. Sie versuchen schließlich nur, alle denkbaren Zusammenhänge in Ihre Überlegungen miteinzubeziehen. Allerdings weiß ich wirklich nicht, warum man Sie beide bei der Vorbereitung des Konzerts beobachtet haben soll. Die Insassen eines Fahrzeugs, das bereits in Neu-Listernohl gesehen wurde, wären doch wohl am ehesten an der Observierung von Herrn und Frau Reimer interessiert gewesen. Aber die waren ja – so denke ich jedenfalls – bei dem Konzert gar nicht anwesend."

„Sie könnten trotzdem dort gewesen sein, um unten am Wasser einen Spaziergang zu machen. Das Kurstrand… äh, Strandkurhaus liegt ja direkt am See. Und dabei sind sie von dem Pärchen beschattet worden", widersprach Sabine, die wohl noch nicht bereit war, sich voll und ganz von dem Gedanken zu verabschieden, etwas Wichtiges beobachtet zu haben.

„Also ich weiß nicht", sagte Theo und hätte sich im nächsten Augenblick am liebsten geohrfeigt. Erst wurde Sabine von Lieselotte Larisch desillusioniert, und nun legte er mit seinen Zweifeln noch eins obendrauf.

„Ja, es wirkt ein wenig konstruiert ... stimmt schon. Ist halt nur so ein Gefühl bei mir. So ein doofes Gefühl, dass da einfach was noch nicht zusammenpasst." Sabine klang jetzt wirklich deprimiert, was Lieselotte Larisch offenbar nicht entging.

„Nun, auch ich liege ja keinesfalls immer richtig mit meinen Vermutungen und Hypothesen ..."

Wie bitte? Theo traute kaum seinen Ohren.

„... und wenn nun also Sie so ein Gefühl haben, dass noch etwas im Argen liegt, dürfen wir unseren Fall nicht zu den Akten legen, sondern müssen noch einmal gezielt nachhaken."

Die letzten Worte hatte Lieselotte Larisch im Stechschritt auf dem Weg ins Schlafzimmer von sich gegeben, aus dem nun allerhand Geräusche drangen, die auf große Betriebsamkeit hindeuteten. Theo und Sabine hörten, wie Scharniere aufsprangen, anschließend wurden Schranktüren geöffnet und wieder geschlossen.

„Äh, Frau Larisch, was machen Sie denn da?", rief Sabine verunsichert.

„Na, was wohl – Koffer packen!", rief Lieselotte Larisch zurück. „Wenn an Ihrem Verdacht was dran ist, werden wir die entsprechenden Hinweise darauf nur am Chiemsee finden können. Am besten, wir brechen gleich morgen auf. Je länger wir warten, desto größer wird die Wahrscheinlichkeit, dass etwaige Spuren unleserlich werden. Außerdem sind die Wetteraussichten für die nächsten Tage ziemlich gut, und der Chiemgau soll eine so reizvolle Gegend sein.“

Eiligen Schrittes kam sie zurück, blieb in der Türe stehen und klatschte, wie bei freudiger Erregung in ihrem Fall üblich, in die Hände.

„Bayernland, wir kommen!“

Kapitel 14

Theo Kettling war sechs Jahre alt gewesen, als er das erste Mal mit Onkel Josef in den Urlaub nach Bad Kissingen gefahren war. Müde, aber aufgeregt hatte er frühmorgens mit seiner Mutter an der Straße gestanden, nicht mal einen Kilometer von der Stelle entfernt, an der er heute wohnte. Neben ihm der Kinderkoffer, in dem sorgfältig alles zusammengepackt war, was er für die nächsten sieben Tage in der vornehmen Kurstadt brauchen würde.

Schon von Ferne hatten beide das Motorengeräusch des Adler Trumpf gehört. Dann war das Licht der Scheinwerfer oben am Worthplatz erschienen, und einige Momente später hatte Onkel Josef am Straßenrand gehalten.

Eilig war das Köfferchen verstaut worden, die Mutter hatte ihren Jungen mit einem Kuss verabschiedet, und Theo durfte sich auf die bequeme Rückbank des Adler legen, die Onkel Josef mit einer Wolldecke und einem kleinen Kopfkissen ausgestattet hatte. In seinem „Bett für Könige“ hatte Theo den Zustand zwischen Wachsein und Schlaf, das Schaukeln des Fahrzeugs und das Brummen des Motors unendlich genossen.

Weil er schließlich doch fest eingeschlafen war, war es, als er irgendwann erwachte, nicht mehr weit gewesen bis Bad Kissingen, wo er mit Onkel Josef ausgedehnte Spaziergänge in den herrlichen Parks und Grünanlagen unternommen, in den besten Häusern gegessen und das Leben vortrefflich genossen hatte. So sehr, dass er schon bei der Abreise die Tage bis zur nächsten gemeinsamen Fahrt nach Bad Kissingen zu zählen begann.

Das waren die einzigen Urlaubserinnerungen, die Theo hatte – ganz einfach, weil es die einzigen Urlaube waren, die er in seinem Leben unternommen hatte. Damals hatte es noch keine Probleme gegeben, keinen Bandscheibenschaden, keine Rückenschmerzen. Und auch keine Bedenken wegen gefährlicher Ermittlungsunterfangen.

Heute am frühen Morgen, als er vor dem Haus in der Werdohler Straße auf Lieselotte Larisch gewartet hatte, war dieses Urlaubsgefühl aus seiner Kinderzeit, dieses Gefühl, dass es gleich losgehen würde, tatsächlich wieder dagewesen. Zwar mit viel schwächerer Intensität als damals, doch Theo hatte es eindeutig wiedererkannt.

Obwohl sie sich am Vorabend nach kurzer Diskussion gegen die Nutzung des Mini Coopers entschieden hatten – der war nach den bei der Flucht aus dem Sanatorium gemachten Erfahrungen als deutlich zu eng für die lange Fahrt eingestuft worden –, musste Theo schon kurz nach Antritt der Reise feststellen, dass auch die Rückbank des Coupés aus niederländischer Produktion eine Qual für seinen Rücken werden würde. Es gab hier einfach nicht genügend Platz für einen erwachsenen Menschen und eine riesige Hündin. Weshalb die jetzige Situation leider das ziemlich genaue Gegenteil seiner geliebten Erinnerung an die Fahrt in Onkel Josefs Adler darstellte.

Gut dass sie bereits kurz vor Frankfurt eine Rast auf einem Parkplatz einlegten. Zwar waren auch Wolken am Himmel zu sehen, die meiste Zeit aber hatte die Sonne gelächelt.

Lieselotte Larisch steuerte mit großer Zielstrebigkeit auf eine freie Sitzgruppe aus Waschbeton zu und unterzog Tisch und Bänke einer gründlichen Reinigung; Putzlumpen und Seifenlauge hatte sie in weiser Voraussicht ebenso mitgenommen wie eine mehr als großzügige Auswahl verschiedenster Speisen und zwei Thermoskannen mit Kaffee.

Nachdem die Picknicktafel mit drei Sorten Käse, fünf Sorten Wurst, selbst eingelegter Saurer Rolle sowie Kommiss- und Weißbrot aufgebaut war, und auch noch Honig, zwei Marmeladen, Zuckerrübenkraut, Butter und ein halber Marmorkuchen mit Mühe und Not auf dem Tisch Platz gefunden hatten, begann unter freiem Himmel ein Essgelage, das den Vergleich mit allen vorangegangenen im Bauernhaus nicht zu scheuen brauchte. Genau wie dort wurde Cleos Betteln gerne und oft nachgegeben, sodass auch die Hündin in den Genuss der ungeheuren Speisenvielfalt kam und erstaunlicherweise beinahe alles gern zu fressen schien. Lediglich der Marmorkuchen wurde verschmäht, was der Dogge einen ebenso gekränkten wie strafenden Blick ihres Frauchens einbrachte.

Nachdem alle übersatt waren und Theo sich noch ein wenig die Füße vertreten und den Rücken gestreckt hatte, ging es weiter.

Derart vollgestopft war es allerdings noch viel schwieriger, Cleo irgendwie begreiflich zu machen, dass auch er, Theo, gern ein wenig Raum im Fond für sich beanspruchen wollte. Hin und wieder gelang es ihm, für einige Minuten zu dösen, jedoch nur, wenn Cleo ebenfalls schlief, und das war nicht ungefährlich. Erwachte die Dogge nämlich zuerst und sah, dass er sich in einen

Dämmerzustand befand, riss sie ihn unverzüglich aus selbigem heraus, indem sie ihm mit ihrer gewaltigen Zunge über das Gesicht leckte. In den allermeisten Fällen hatte diese ungewollte Form der Liebkosung einen Würgeanfall von Theo zur Folge, doch es ließ sich nicht ändern, und er konnte darauf wetten, dass sich schon in wenigen Stunden erste Herpesbläschen an seinen Lippen bemerkbar machen würden.

Die Schmerzen im Rücken waren nun ebenfalls schlimmer, was auch daran liegen mochte, dass Theo aufgrund des enorm frühen Aufbrechens auf seinen morgendlichen Gesundheitsmarsch hatte verzichten müssen. Lieselotte Larisch war partout nicht davon abzubringen gewesen, früh um halb vier von Lüdenscheid loszufahren. Natürlich war sie bereits um zwanzig nach drei bei ihm gewesen, nachdem sie zuvor bereits Sabine zu Hause abgeholt hatte, die für den Trip nach Bayern den Kioskdienst der nächsten drei Vormittage an ihre Mutter hatte abgeben müssen. Und auch eine Bandprobe der Hill Cats am morgigen Abend würde der „Dienstreise“ zum Opfer fallen.

Zwischen Nürnberg und dem Altmühltal legten sie eine zweite und letzte Rast ein. Noch gut gesättigt vom ersten Picknick brachte dieses Mal keiner von ihnen viel hinunter, nicht einmal Lieselotte Larisch.

Dafür hatte Theo Gelegenheit, heimlich zwei Spalt-Tabletten einzunehmen – heimlich deshalb, weil Lieselotte Larisch ihm sonst mit an Sicherheit grenzender Wahrscheinlichkeit eine Gardinenpredigt über Medikamentenmissbrauch halten und ihn darüber hinaus mit ebenso abstrusen wie sinnlosen gesundheitlichen Ratschlägen zur Weißglut bringen würde.

Sabine indes schien das vorgetäuschte Gähnen mit dem ungelenken Heben der Hand vor den Mund sowie dem anschließenden großen Schluck Florida Boy aus dem Campingbecher sehr wohl zu registrieren, wie sie ihm mit einem Augenzwinkern signalisierte.

Nachdem die Wirkung der Tabletten einsetzte, war der letzte Teil der Autofahrt für Theo zwar rückentechnisch zu ertragen, andere Dinge ließen die verbleibende Wegstrecke jedoch zu einem nicht enden wollenden Martyrium für ihn werden. Da Sabine die mittlere Etappe gefahren war, saß nun wieder Lieselotte Larisch hinter dem Steuer und fuhr gewohnt offensiv und schlecht. Immer wieder zog sie auf die linke Spur, obwohl sich von hinten ein Fahrzeug näherte. Den unumgänglichen Beinahe-Kollisionen sowie dem wilden Hupen und Fluchen der jeweils anderen Fahrzeugführer folgte meist die unvermeidliche Frage: „Wo kam der denn plötzlich her?"

Um diesem Horror irgendwie zu entfliehen, versuchte Theo, sich mit Lesen abzulenken. Dafür hatte er nicht nur die neueste „auto motor und sport" dabei, sondern auch die aktuelle Ausgabe der „top"-Schlagertexthefte sowie sein Langenscheidt-Taschenwörterbuch und für etwaige Notizen den alten, aber von ihm heiß geliebten Kugelschreiber mit dem Aufdruck „OPEL der Zuverlässige". Es gehörte zu Theos liebsten Freizeitbeschäftigungen, in diesen kleinen Heftchen die Texte der neuesten Pop- und Rocksongs zu lesen und sie ins Deutsche zu übersetzen.

Leider aber, das musste er ganz schnell feststellen, konnte er im Auto nicht lesen, ohne dass ihm schlecht wurde, zumindest nicht in Lieselotte Larischs Auto mit der bekannten Fahrweise.

Also packte er alles wieder zusammen und schaute mit einem Anflug von Neid und Missgunst nach vorne zu Sabine, die in ihre „BRAVO“ vertieft war, ohne dass auch nur die Spur einer Übelkeit in ihr aufzukommen schien.

Immerhin dröhnte dieses Mal, zumindest während zwei Dritteln der Fahrt, gute Musik aus dem Kassettenradio. Nach den auf dem Weg zur Beisetzung von Ute Reimer in Neu-Listernohl gemachten Erfahrungen hatten sich Sabine und Theo mit Lieselotte Larisch darauf geeinigt, dass immer abwechselnd sie selbst, dann Sabine und schließlich Theo das als nächstes abzuspielende Lied würde aussuchen dürfen. Zu diesem Zweck hatten sie insgesamt zwölf Kompaktkassetten mitgenommen, die sich in einem kleinen, von Sabine zur Verfügung gestellten Spezialköfferchen aus Kunststoff mit Blumenmotiv in Orange, Rot und Rosa befanden. Da immer wieder Titel aus der Mitte des jeweiligen Tonträgers ausgewählt wurden, nahm das Vor- und Zurückspulen zum Finden der gewünschten Aufnahme oft mehr Zeit in Anspruch als das Abspielen an sich. Von Pink Floyd über Led Zeppelin zu den Regensburger Domspatzen – der Mix der musikalischen Darbietungen hatte auf Theo nahezu bewusstseinserweiternde Auswirkungen.

Ziemlich exakt zur Mittagszeit erreichten sie ihr Ziel, und Theo war vorerst von seinem Martyrium erlöst. Nachdem sie ihre Zimmer bezogen hatten – natürlich in derselben Pension wie beim ersten Bayerntrip mit den Hill Cats – bestellten sie bei der Wirtin je ein kaltes Bier und zwei Weißwürstchen und setzten sich in den Garten. Nach fast siebenhundert unter fragwürdigen Bedingungen zurückgelegten Kilometern sagte keiner ein Wort. Stattdessen zuzelten sie alle drei unbeholfen an ihren Weißwürstchen, deren Genuss jetzt, um zwanzig nach zwölf, im Hinblick auf das bayerische Brauchtum gerade noch zu vertreten war.

Anschließend brachen sie zu einem kurzfristig ausgearbeiteten, aber dennoch strammen Nachmittagsprogramm auf. Als Erstes stand eine Besichtigung des Königsschlosses auf der Herreninsel auf dem Plan. Da sie bis zur Abfahrt des Schiffes, das den Namen „Edeltraud" trug, noch ein wenig Zeit hatten, spielten sie eilig eine Partie Minigolf auf der nahegelegenen Anlage. Wenig überraschend gewann Sabine, Lieselotte Larisch belegte Rang zwei, und Theo wurde weit abgeschlagen Letzter.

Später dann, nach der Ankunft auf Herrenchiemsee und der Kutschfahrt zum Schloss, wurde der Vortragende der Führung – ein älterer, dürrer Mann mit lichtem Haar – nicht müde, darauf hinzuweisen, dass dies das unbestrittene Lieblingsschloss von Ludwig dem Zweiten gewesen sei. Während Lieselotte Larisch und Sabine immer wieder neue Superlative bemühten, um ihrer Begeisterung Ausdruck zu verleihen und beim Anblick des Spiegelsaals beinahe in Ohnmacht gefallen wären, wünschte sich Theo, der exzentrische Ludwig hätte das Ganze etwas kleiner erbauen lassen, denn dann müsste er, Theo, sich nun, knapp hundert Jahre später, nicht gar so schlimm langweilen.

Am befremdlichsten war für ihn der Gang durch die unvollendeten Bereiche des Schlosses. Er fragte sich, warum man nicht wenigstens entschied, die rohen Ziegel ordentlich zu verputzen – Originalität hin oder her.

Nach kurzer Fahrt zur benachbarten Fraueninsel - dieses Mal hieß das Schiff „Barbara“ und war ein ganzes Stück kleiner als die „Edeltraud“ – umrundeten sie, da die Zeit knapp bemessen war, im Schweinsgalopp das kleine Eiland. Sie schafften es sogar noch, schnell einen Blick in das Kloster zu werfen und jeder eine Chiemseerenke im Brötchen hinunterzuschlingen – eine offenbar sehr beliebte Spezialität, die von den heimischen Fischern fangfrisch angeboten wurde.

Danach waren sie alle drei froh, auf der Rückfahrt über Seebruck einfach mal dasitzen zu können, um einerseits die wunderbare Landschaft zu genießen und andererseits das historische Schiff zu bestaunen. Von den heute genutzten war dieses das mit Abstand schönste – ein beeindruckender Raddampfer aus den 1920er Jahren mit dem Namen „Ludwig Fessler“.

Als sie wenig später von Bord gingen und über den großzügig breiten und langen Holzsteg das Festland betraten, waren sie wie schon bei der Ankunft am See vor viereinhalb Stunden wie erschlagen von der schier nicht zu fassenden Sortimentsfülle eines Händlers, der sein Geschäft direkt neben dem Anlegesteg hatte. Hier bekam man Schlauchboote, Schwimmringe und Luftmatratzen, aber auch Stofftiere, Werkzeugkoffer, Christbaumschmuck und viele, viele andere Waren, die so gar nichts mit einem Urlaub am See gemein zu haben schienen. Theo kam das Ganze vor wie eine bayerische Version des Krämerladens von Augustine Kurzscheid in Neu-Listernohl.

Etwa hundert Meter oberhalb des Parkplatzes für Erholungssuchende, auf dem auch Lieselotte Larisch ihren DAF – selbstredend schief – abgestellt hatte, bot ein Modegeschäft Trachtenbekleidung in unterschiedlichsten Ausführungen und Größen an. Jedoch nicht in unterschiedlichen Preisklassen. Das Niveau war durchweg gehoben; offenbar legten die Inhaber viel Wert auf das Anbieten gediegener und qualitativ hochwertiger Produkte.

Sabine hatte sich schon bei der Ankunft am See die Nase an den Schaufenstern plattgedrückt und die darin ausgestellten Dirndl bestaunt. Obgleich ihr Modegeschmack eigentlich alles andere als konservativ war, schienen die prächtigen Kleider es ihr ziemlich angetan zu haben - eine Vermutung, die sich nun bestätigte.

„Boah, sehen die dufte aus! Ob mir so ein Ding stehen würde?“

Theo bejahte wie aus der Pistole geschossen und bedauerte, dass er nicht einfach mit ihr reingehen und ihr ein solches „Ding“ kaufen konnte.

Erst nach zwei oder drei Sekunden wurde ihm klar, dass er es doch konnte, und nur mal wieder vergessen hatte, welche Reichtümer er besaß. Wenn er wollte, konnte er ihr das teuerste Kleid kaufen, das es hier gab.

Sie gingen hinein, und nach einer ziemlich nebulösen Beschreibung von Sabine – „Irgendwie … dufte soll es aussehen. Und rot soll es sein. Oder vielleicht auch blau oder grün. Aber dufte halt“ – brachte ihr die Verkäuferin Unmengen an Dirndln, von denen sie zuvor das Preisschild entfernt hatte, damit Sabine sich frei entscheiden konnte. Was immer sie aussuchte, würde unwiderruflich gekauft werden.

Nach langer, sehr langer Suche und unzähligen Anproben fiel die Wahl auf ein edel besticktes hellblaues Mieder mit kleiner Knopfleiste und passendem Rock. Die Schürze, ebenfalls mehr als sorgfältig ausgewählt, war aus Satin mit einem zart glänzenden Schleifenband. Dazu gab es noch eine weiße Bluse mit feiner Spitze an den Ärmelchen und einem großzügigen Herzausschnitt, der Sabines Dekolleté perfekt zur Geltung brachte.

Mit verblüffender Zielsicherheit hatte sie nicht nur eine der schönsten Kombinationen erwischt, sondern auch eine der teuersten im ganzen Laden. Als Sabine den Preis hörte – vierhundertdreißig Mark – wäre sie vermutlich gern im Erdboden versunken, denn sie bat Theo gebetsmühlenartig, „den ganzen Quatsch" doch einfach zu vergessen und wieder zu gehen.

Hätte sie gewusst, welch ungeheure Freude sie ihm machte – sie hätte ihre Abwehrversuche sofort eingestellt.

Theo schob vier Scheine mit dem Konterfei des Kosmographen Sebastian Münster über die Ladentheke, einen mit dem der Nürnberger Patrizier- und Kaufmannsfrau Elsbeth Tucher und einen, von dem ihn Albrecht Dürer ansah. Die Verkäuferin ließ die klugen Köpfe in der Kasse verschwinden und verstaute den kostspieligen Einkauf in einer schicken Tragetasche. Als sie diese mit einem Lächeln Sabine in die Hand drückte, bekam Theo einen dicken und laut geschmatzten Kuss auf den Mund. Er spürte, dass er rot wurde.

Und er fühlte sich wie ein König.

Im Garten der Pension war wenig los. Nur ein schon recht betagtes Ehepaar hatte sich an einem der Tische niedergelassen. Eigentlich freuten sich Theo, Sabine und Lieselotte Larisch darauf, hier den Tag gemütlich ausklingen zu lassen, doch die Wirtin hatte eine andere Empfehlung parat.

„Heit is Woidfest am Strandkurhaus, do rührt si gscheit wos!", erklärte sie und schob nach, dass sie aber natürlich gern hierbleiben könnten, sie würde niemanden zu seinem Glück zwingen.

Nach kurzer und wenig intensiver Beratung einigten sie sich darauf, dem für Nicht-Bayern aus kultureller Neugier dringend nachzukommenden Rat Folge zu leisten. Zwar waren sie nach dem frühen Aufstehen am Morgen, der langen Autofahrt und den nachmittäglichen Aktivitäten auf den Inseln des Chiemsees allmählich müde, doch erstens – so meinte Lieselotte Larisch – müsse man ja nicht „bis in die Puppen" bleiben, und zweitens wecke eine flotte Sohle auf dem Tanzboden gewiss wieder die Lebensgeister.

Theo hätte sich einerseits gern ins Bett gelegt, um seinem leidgeprüften Rücken etwas Ruhe zu gönnen, die Aussicht, gemeinsam mit Sabine bayerisches Bier zu trinken und deftiges Zeug zu essen, mit ihr zu rauchen und mit ihr zu lachen, hatte andererseits weiß Gott auch etwas – ebenso wie die bizarre Vorstellung, Lieselotte Larisch tanzen zu sehen.

Beim Blick auf die Uhr, die bereits kurz vor halb sieben anzeigte, wurde daher beschlossen, dass man sich – in Anbetracht der zweiten Gästedusche, die im letzten Frühjahr eingebaut worden war, worauf die Wirtin sie bei ihrer Ankunft sogleich stolz hingewiesen hatte, vermutlich in Rekordzeit – nur schnell noch ein wenig frisch machen und dann sofort aufbrechen wolle. Trotz der Beteuerung der Wirtin, man könne getrost mit dem eigenen Auto fahren, da Polizeikontrollen in der Region mit Rücksicht auf den wirtschaftlich so wichtigen Tourismus gänzlich unbekannt seien, entschied Lieselotte Larisch, ein Taxi zu nehmen und kündigte darüber hinaus großmütig an, dieses auch zu bezahlen.

Bevor es ans Frischmachen ging, hatte Lieselotte Larisch aber noch ein anderes Anliegen. „Sagen Sie, damals vor sechs Wochen, als Sabine und Theo hier zu Gast waren und diese schreckliche Sache mit der Frau vom Biggesee passiert ist – hat denn da wirklich niemand etwas mitbekommen? Hat niemand bemerkt, wie sie das Haus verließ oder etwas Verdächtiges gehört oder gesehen? Ich frage nur, weil mich das irgendwie gar nicht mehr loslässt. Ich stelle mir immer wieder die Frage, ob die Tragödie nicht vielleicht hätte verhindert werden können."

„Mei, des war scho furchtbar. Mir laffd's oiwei no koid an Buckel obi, wenn i dra denk." Die Wirtin deutete ein Schaudern an. „Aber es hot leider koana wos gspannd. Die Polizei hot ja net grad uns, sondern a olle Fremden gfrogt. De san erst munter worn, wia der Mo vo der oama Frau auf oamoi im Gang gschrien hot, ma sollt eam helfa."

„Nun ja, es hilft ja auch nichts. Was geschehen ist, ist geschehen, und wir wollen uns nun lieber auf das Waldfest freuen."

Lieselotte Larischs Bemühungen, das Bild der unbedarften Touristin aufrechtzuerhalten, waren nach Theos Meinung schon deshalb nicht stringent, weil sie die gleiche Frage nach der Ankunft am Mittag bereits der Tochter des Hauses gestellt hatte. Und falls er es als dem Bayerischen nicht mächtiger Sauerländer richtig verstanden hatte, war auch die Antwort darauf nahezu identisch gewesen.

Da keine weiteren Fragen bestanden, blies Lieselotte Larisch zum Sturm: „Nichts wie ab unter die schicke neue Brause, meine Lieben – oder wie man hier so schön sagt: Pack ma's!"

Das Waldfest wurde auf einer großen Liegewiese vor dem Strandkurhaus gefeiert, die seeseitig nur durch die schmale Promenade vom bayerischen Meer getrennt war. Rechts wurde das Gelände von einer wilden Wiese begrenzt, links von einem kleinen Laubwäldchen, das vermutlich der Grund für die Namensgebung der Veranstaltung war. Turnusgemäß hätte es eigentlich schon einige Wochen zuvor, inmitten der Hauptsaison, gefeiert werden sollen, doch gleich zweimal hatten die angesetzten Termine wegen einer Unwetterwarnung verschoben werden müssen. Dem Andrang schien das indes keinen Abbruch zu tun, die vielen Bänke der Bierzeltgarnituren waren dank der noch sommerlich milden Temperaturen mehr als gut besetzt. Neben den in der Spätsaison noch immer zahlreichen Touristen waren auch viele Einheimische gekommen, was der Authentizität der Veranstaltung nur förderlich sein konnte.

Die drei Sauerländer erinnerte die Szenerie an das Münchener Oktoberfest oder zumindest an Bilder davon, wie man sie jedes Jahr im Fernsehen sah. Kräftig zupackende Bedienungen in regionaltypischer Tracht brachten den Feiernden Bier und deftiges Essen, und in der Mitte der Festwiese war ein erhöhter Tanzboden aufgebaut worden, der bestens frequentiert war und auf dem es temperamentvoll und flott zuging. Als Sabine, Lieselotte Larisch und Theo angekommen waren, hatte noch eine Blaskapelle gespielt; mittlerweile war eine fünfköpfige Combo an der Reihe, die ziemlich gekonnt einen bunten Mix aus deutschen Schlagern und internationalen Popsongs darbot. Mit Mühe und Not hatten Theo, Sabine und Lieselotte Larisch noch drei zusammenhängende Plätze ganz am Rand der Wiese gefunden.

Hier war es wegen des etwas größeren Abstands zum Tanzboden und den Musikern möglich, Gespräche zu führen, ohne dass man sich dafür gegenseitig hätte anschreien müssen.

Sabine trug ihr neues Dirndl und sah darin sicher nicht nur in Theos Augen umwerfend aus. Hätte sie dazu passende Trachtenschuhe statt ihrer heiß geliebten und schon arg mitgenommen wirkenden Segeltuchturnschuhe angehabt, wäre sie ohne Wenn und Aber als Einheimische durchgegangen. Auch Lieselotte Larisch war im folkloristischen Stil gekleidet. Sie trug einen Leinenrock, eine Bluse mit gestickten Blümchen, darüber einen Blazer in Jägergrün und auf dem Kopf einen flachen braunen Hut.

Profan fiel dagegen die Abendgarderobe von Theo aus. Das kurzärmelige Hemd mit feinen blauen und weißen Streifen wirkte ziemlich bieder, was noch viel mehr für die graue Strickjacke galt, und seine uralten, ungemein bequemen, aber völlig ausgelatschten Adidas Rom hätten andere nicht einmal mehr zum Rasenmähen angezogen. Das Einzige, was einen gewissen Schick ausstrahlte, war die fast neue Jeans von Lois. Sie war identisch mit der von Cleo während der Fahrt vollgesabberten. In weiser Voraussicht hatte er nämlich gleich zwei Ersatzhosen in den Koffer gepackt.

Die Bedienung nahm die Bestellung auf und brachte ihnen kurze Zeit später drei Maß Helles. Theo, der bei feuchtfröhlichen Anlässen grundsätzlich irgendwann die Übersicht über die bislang zu sich genommenen Biere verlor, nahm sich wieder mal vor, gewissenhaft mitzuzählen, damit er am Ende genau sagen konnte, wie viele es waren. Bei Gläsern in Litergröße konnte das ja wohl so schwer nicht sein.

Erzählend, lachend und bei besonders stimmungsvollen Liedern der Tanzkapelle laut mitsingend, war die erste Maß erstaunlich schnell geleert, und es wurde rasch eine zweite geordert. Als auch in diesen Gläsern jeweils nur noch ein kläglicher Rest Helles vorhanden war – Theo staunte über Lieselotte Larischs Trinkfestigkeit – und die Kapelle „Juke Box Jive" von den Rubettes anspielte, hielt Sabine nichts mehr auf ihrem Platz.

„Wie war das mit der flotten Sohle, Frau Larisch? Kommen Sie – wer A sagt, muss auch B sagen."

Lieselotte Larisch ließ sich kein zweites Mal bitten und stürmte mit Sabine auf den Tanzboden, wo die beiden, wie Theo beeindruckt feststellte, zwar keinen Jive, aber dafür einen Discofox hinlegten. Wie er erst kürzlich im Fernsehen erfahren hatte, war das der neueste Schrei aus Amerika, und er war bass erstaunt, als Lieselotte Larisch nach einer nur Sekunden dauernden Einweisung durch Sabine auf Anhieb die Schritte konnte.

Nachdem der letzte Ton des Liedes verklungen war, wurde Lieselotte Larisch von einem etwa siebzigjährigen Touristen in kurzer Hose, Sandalen und gemusterten Socken abgeklatscht, sodass Sabine einen neuen Tanzpartner benötigte.

„Los, Theo, komm hoch – sonst verprimelst du uns da unten noch!", rief sie, die Hände auf das Geländer gestützt.

„Och, lass mal, Sabine. Ich kann ja überhau…"

„Nu sei nich so 'ne Transuse und komm hoch, Theo!"

Es half nichts. Sie würde sowieso nicht lockerlassen. Also schlurfte Theo widerwillig zum Tanzboden und stellte sich vor, wie er, der er nie auch nur eine einzige Tanzstunde genommen hatte, völlig ungelenk über seine eigenen Füße stolpern und sicherlich ein ums andere Mal auf Sabines treten würde.

Nachdem er die vier Stufen zum Parkett erklommen hatte und die Kapelle wieder spielte, musste er feststellen, dass das Ganze in der Realität beinahe noch schlimmer anmutete. Die Beschreibung „ungelenk" war in Bezug auf seine Darbietung ziemlich schmeichelhaft, und Sabine musste froh sein, eben keine teuren Trachtenschuhe anzuhaben, sondern ihre alten Sporttreter.

Endlich war auch „Kansas City" von den Les Humphries Singers vorüber, und die Musiker legten eine Pause ein, für die Theo überaus dankbar war.

Erleichtert beziehungsweise im Falle der Damen freudig beschwingt kehrten die drei zu ihrer Bank zurück. Der Platz neben ihnen, den vor der Tanzeinlage noch ein junges und intensiv turtelndes Pärchen innehatte, war in der Zwischenzeit von einem Mann besetzt worden.

Als der bei ihrer Ankunft den Blick von der Getränkekarte löste und aufsah, erkannten ihn Theo, Lieselotte Larisch und Sabine sofort.

Vor ihnen saß Georg Reimer.

Kapitel 15

„Warum sind Sie hier, am Chiemsee?“

Lieselotte Larisch war die Erste, die nach der unerwarteten Begegnung ihre Entgeisterung einigermaßen abgelegt hatte.

„Warum sind Sie hier?“, erwiderte Georg Reimer, ohne dabei irgendwie überheblich oder auf andere Weise unfreundlich zu wirken.

„Ach, wissen Sie, Theo und Sabine haben so sehr von dem See und dem Ort hier geschwärmt, dass sie der Region trotz der furchtbaren Sache mit Ihrer Frau quasi eine zweite Chance geben wollten. Und weil auch ich gerne einmal den Chiemgau kennenlernen wollte, bin ich kurz entschlossen mit.“

„Bei mir ist es ganz ähnlich. Ich habe hier die letzten gemeinsamen Tage mit meiner Frau verbracht, und es waren sehr schöne Tage.“ Georg Reimer machte eine kurze Pause. „Eigentlich bin ich hergekommen, um mit alldem abzuschließen“, ergänzte er. „Um einen Schlusspunkt zu setzen, ohne den ich irgendwie nicht weitermachen kann. Und es ist mir gelungen. Es war richtig und wichtig, noch mal hier zu sein.“

„Sie trinken doch bestimmt noch eine Maß mit uns?“, fragte Lieselotte Larisch, um das etwas bedrückende Schweigen zu beenden, dass sich an die Worte des Wittwers anschloss.

„Ach, ich weiß nicht so recht. Vielleicht sollte ich lieber ein Radl…“

„Unsinn, keine Widerrede! Wenn wir schon mal auf einem bayerischen Fest sind, dann sollten wir auch wie die Einheimischen feiern.“ Schon hatte Lieselotte Larisch der Bedienung die Bestellung zugerufen.

Es dauerte seine Zeit, bis Georg Reimer die anfängliche Reserviertheit abgelegt hatte, doch nach und nach entwickelte sich ein angenehmes und irgendwann auch humoriges Gespräch, was zum Teil auch daran liegen mochte, dass Lieselotte Larisch die kleine Runde durch häufiges Zuprosten zum schnellen Trinken animierte und bei leeren Gläsern gleich wieder für Nachschub sorgte.

Theo fiel es nicht nur immer schwerer, seine Müdigkeit zu unterdrücken, sondern auch, sich am Gespräch zu beteiligen. Das drehte sich zunächst noch um Listernohl, das Sauerland und die Bayerischen Alpen, und natürlich durften auch die Nordsee und die Ostfriesischen Inseln nicht fehlen. Dann wurden Erinnerungen an die Schulzeit ausgetauscht, und sogar auf politisches Terrain wagten sich seine Mittrinker vor. So ging es beispielsweise um das Für und Wider von Atomenergie und die Proteste gegen den Bau des Kraftwerks in Wyhl, um die Kontroverse zum Paragraphen 218 und den seit dem 30. April des Jahres beendeten Vietnamkrieg, ohne dass es dabei zu größeren Meinungsverschiedenheiten gekommen wäre.

Immer mal wieder versuchte Lieselotte Larisch kaum merklich, das Gespräch auf die schicksalhafte Nacht vom 10. August zu lenken, um vielleicht doch noch etwas herauszufinden.

Theo hatte es schon vor geraumer Zeit aufgegeben, etwas Essentielles zum Gespräch beizutragen. Als der stumme Beobachter, der er seither war, fiel ihm dabei irgendwann auf, dass Lieselotte Larisch immer dann, wenn Georg Riemer in eine andere Richtung sah oder anderweitig abgelenkt war, eilig etwas aus ihrer Maß auf den Boden schüttete. So dürfte sie höchstens ein Drittel von der Menge getrunken haben, die Georg Reimer und er selbst zu sich genommen hatten. Und weil Sabine es mit dem Vernichten des Alkohols ebenfalls so gehalten hatte, war auch sie noch relativ fit.

Etwas, das man von Theo nicht behaupten konnte. Längst hatte er doch wieder die Übersicht über die bislang konsumierten Biere verloren – anscheinend war das ab einem bestimmten Pegel bei Litergläsern auch nicht einfacher als bei den kleineren, die er gewohnt war. Nach eigener Einschätzung befand er sich derzeit in einem Zustand zwischen ziemlich knülle und sternhagelvoll.

In der Ferne sah man Wetterleuchten und hörte ein dumpfes Grollen. Tatsächlich war im Wetterbericht vor vereinzelten, teils starken Gewittern am späten Abend gewarnt worden.

„Auweia, hoffentlich bekommen wir hier nicht noch einen nassen Hintern“, sagte Lieselotte Larisch mit sorgenvoller Miene.

Georg Reimers Reaktion kam verzögert und etwas schwer verständlich; der Alkohol hatte seine Zunge schwer gemacht. „Vielleicht haben wir ja Glück, und es zieht vorbei.“

Und dann fügte er noch etwas hinzu. „Wie auch immer – ganz so schlimm wie in der Nacht, als ich mit meiner Frau runter an den See bin, wird es schon nicht werden.“

Das Gespräch erstarb. Trotz der lauten Musik der Kapelle, trotz der vielen lärmenden Menschen herrschte an ihrem Tisch auf einmal Totenstille.

Und die Zeit schien stillzustehen.

Lieselotte Larisch, Sabine und sogar der reichlich angetrunkene Theo sahen Georg Reimer mit großen Augen an. In dessen Blick legte sich Hektik, beinahe schon Panik, als er realisierte, was er da gesagt hatte.

„Ich meine … meine natürlich, wie … äh … ich allein raus bin, um zu sehen, ob ich meine Frau … ob ich sie finden kann."

Fortan war die Stimmung am Tisch wie ausgewechselt. Nur gelegentlich entstand etwas, das auf Außenstehende wie eine Unterhaltung wirken mochte. Dazwischen gab es immer wieder lange Pausen, in denen sich bleiernes Schweigen breit machte, und niemand rührte mehr sein Glas an.

Irgendwann begann Georg Reimer, mit zusammengepressten Oberschenkeln auf der Bank hin und her zu rutschen. Offenbar musste er nach dem vielen getrunkenen Bier dringend austreten, traute sich aber nicht, die anderen allein zu lassen. Schließlich ging es aber wohl nicht anders. Mit einem gemurmelten „Bin gleich wieder da" erhob er sich, eilte leicht schwankend zum Strandkurhaus und verschwand darin.

„Er war es, Frau Larisch, er hat seine Frau umgebracht!", presste Sabine aufgeregt hervor.

„Ja, er war es, er war es, Frau Larisch", lallte Theo.

„Das weiß ich selbst, natürlich war er es." Lieselotte Larisch lehnte sich mit den Unterarmen auf die Tischplatte und umfasste mit einem erstaunlich kräftigen Griff Sabines und Theos Hand. „Hört zu jetzt, wir haben nicht viel Zeit, bis er zurückkommt. Wir müssen versuchen, die Polizei zu informieren. Ich weiß nur noch nicht wie, er wird uns keine Sekunde aus den Augen lassen."

„Wir spielen einfach mit wahren Karten." Zwar war Sabine nicht ansatzweise so voll wie Theo, aber anscheinend dennoch zu alkoholisiert, um die korrekten Worte zu finden. „Wir sagen ihm, dass wir jetzt die Polizei verständigen. Ich meine, was soll uns schon passieren? Hier sind wer weiß wie viele Menschen um uns herum."

„Auf gar keinen Fall! Dann müsste einer von uns ein Telefon irgendwo in der Nähe suchen, und dort wären nicht mehr wer weiß wie viele Menschen um ihn herum. Der Mann hat seine Frau umgebracht, er ist sehr gefährlich und gewissermaßen unberechenbar." Lieselotte Larisch blickte zum Strandkurhaus – just in dem Moment, in dem Georg Reimer heraustrat und zu ihnen zurückkam. „Heilige Maria und a Stückla Josef, was können wir bloß tun? Überlegt! Denkt nach! Wir müssen uns etwas einfallen lassen."

In einer Mischung aus Unsicherheit und kindlich wirkendem Trotz setzte sich Georg Reimer wieder dazu, und es wurde noch einige Minuten lang entweder irgendein oberflächliches Gespräch geführt, dessen Alibifunktion nicht zu verkennen war, oder es herrschte Schweigen. Reimer rauchte aus Anspannung und Nervosität eine Zigarette nach der anderen, und Theo und Sabine standen ihm dabei aus denselben Gründen in nichts nach.

Drei oder vier Tische weiter wurde es auf einmal laut – lauter noch, als es ohnehin schon war. Erst war da nur ein Gewirr aus kaum vernehmbaren aggressiven Stimmen, dann konnte man wüste Beschimpfungen und Drohungen in bayerischem Dialekt heraushören. Grund für die Auseinandersetzung war anscheinend eine junge Frau; jeder der beiden testosterongetriebenen Streithähne war demnach der Ansicht, ein exklusives Anrecht auf die Gunst der Dame zu haben.

Theo hatte wie die anderen den Kopf gereckt, um etwas erkennen zu können. Dabei war sein Blick zuerst noch ausdruckslos, so wie es typisch für Betrunkene ist. Mit einem Mal aber signalisierten seine Augen eine für Theo höchst merkwürdige Entschlossenheit.

Langsam erhob er sich und wankte auf die Streitenden zu. Vor dem Tisch blieb er stehen, was zunächst niemand zur Kenntnis nahm, waren die beiden doch viel zu sehr mit dem noch immer rein verbalen Konflikt beschäftigt, der jeden Moment in eine handfeste Rauferei zu münden drohte.

Urplötzlich brüllte Theo los, wobei sein Timing erstaunlich exakt war. Mitten in eine ganz kurze Pause zwischen den Hasstiraden hinein schrie er: „Die Tussi sieht doch aus wie ein gerupftes Huhn. Wie kann man sich wegen so einem hässlichen Drachen bloß streiten? Schiech ist die, richtig schiech!"

Er hatte dieses bayerische Wort, das für hässlich und abscheulich stand, am Mittag von der Wirtin der Pension gelernt, und es hatte ihm sofort gefallen.

Zur Sicherheit legte er noch eine Schippe nach: „Was seid ihr doch für hirnlose, geschmacksverirrte Spinner!"

Theos Lallen war schwer zu verstehen. Nicht schwer genug jedoch, wie er im nächsten Moment feststellte. Die beiden jungen Männer, die sich gerade noch auf das Übelste angefeindet hatten, traten auf ihn zu, und sie schienen sich auf wundersame Weise miteinander versöhnt zu haben. Verbrüdert gegen einen neuen Widersacher. Immerhin gaben sie Theo noch eine faire Chance, heil aus der Nummer herauszukommen.

„Schleich di, Saupreiß elendiger! Wenn's di net glei verziagst, werst mi kennalerna!"

„Einen gottverdammten Scheißdreck werde ich. Ich mach was ganz anderes, mach ich jetzt ..." Theo holte weit aus und schlug, so fest er konnte, in Richtung eines der beiden Männer. Da er sein Ziel um mindestens einen halben Meter verfehlte, geriet er ordentlich ins Straucheln, und es gelang ihm nur mit Mühe, sich auf den Beinen zu halten.

Wieder holte er aus und versuchte zuzuschlagen – dieses Mal ging der Hieb in Richtung des anderen Mannes –, landete aber nur einen weiteren Lufttreffer.

Es war aussichtslos. Abgesehen davon, dass Theo schon im nüchternen Zustand der wohl am wenigsten geeignete Mensch für eine körperliche Auseinandersetzung war, ließ sein enormer Alkoholpegel seine Bemühungen nun auch noch extrem tragikomisch wirken. Während er verzweifelt versuchte, einen Treffer zu erzielen, und dabei immer wieder kläglich scheiterte, amüsierten sich seine beiden „Gegner" über das skurrile Schauspiel ebenso sehr wie die vielen Schaulustigen, die näher gekommen waren und einen Kreis um die drei Protagonisten gebildet hatten.

Nach einigem Gelächter beschlossen die jungen Männer, dem Ganzen nun ein Ende zu bereiten. Der eine packte Theo am Kragen und hielt ihn wie eine übergroße Puppe von hinten fest. Der andere begab sich in einen sicheren Stand und ballte die Hand zur Faust. Er holte aus, schlug zu – und traf.

Theo fiel wie ein nasser Sack zu Boden – wie Sonny Liston,

Jürgen Blin oder George Foreman, nachdem sie von Cassius Clay alias Muhammad Ali auf die Bretter des Boxrings geschickt wurden. Oder wie einer der Schurken aus den Plattfuß-Filmen, in denen Bud Spencer mit seinen fliegenden Fäusten die Bösewichte kampfunfähig machte. Und genau wie die meisten von Alis und Plattfuß' Opfern blieb er einige Sekunden lang wie tot liegen, ehe er sich langsam wieder aufrappelte.

Er sah furchterregend aus. Das Blut lief ihm aus Nase und Mund, und seine Augen, von denen das linke schon sehr bald völlig zugeschwollen sein würde, waren merkwürdig verdreht.

„Was habt ihr mit Theo gemacht, ihr blöden Arschlöcher?"

Sabine hatte sich zu ihm durchgekämpft. Sie fasste ihn unter und führte ihn, begleitet von hämischem Applaus, aus dem Kreis der Gaffer. Die Menge zerstreute sich, und man widmete sich wieder dem Feiern.

„Da hinten am Parkplatz steht ein Taxi, ich bringe ihn ins Krankenhaus, in Traunstein wird es bestimmt eins geben", sagte Sabine im Vorbeigehen zu Lieselotte Larisch, die zusammen mit Georg Reimer im äußeren Kreis der Schaulustigen gestanden und Sabine den rettenden Vortritt überlassen hatte.

„Tun Sie das, meine Liebe. Ich fürchte, für unseren armen Theo ist der Abend hier gelaufen."

„Wir sollten mitfahren", warf Georg Reimer mit viel Nachdruck in der Stimme ein.

„Ach was, das ist nicht nötig. Die beiden kommen sicher bestens ohne uns zurecht." Lieselotte Larisch packte Reimer am Arm und drängte ihn zum Tanzboden. „Ein flottes Tänzchen wird helfen, uns von dem Schrecken zu erholen."

Wie zur Bestätigung fing die Kapelle, die während des Schauspiels ihre Arbeit eingestellt hatte, wieder an zu spielen. Zu den Klängen von Connie Francis' „Die Liebe ist ein seltsames Spiel" wirbelte Lieselotte Larisch, ihren Partner fest im Griff, über die Tanzfläche. Während sie selbst dabei fröhlich und amüsiert wirkte, lag Georg Reimers Stirn in tiefen Falten.

Als das Stück zu Ende war, verfinsterte sich ihr Blick allerdings auch ein wenig. Georg Reimer war von einer anderen Dame abgeklatscht worden, und Lieselotte Larisch musste aufpassen, ihn nicht aus den Augen zu verlieren. Allein, aber deshalb nicht weniger dynamisch, tanzte sie schwungvoll über das Parkett, und schon beim nächsten Stück gelang es ihr – augenscheinlich sehr zu Georg Reimers Leidwesen –, ihn zurückzuklatschen. Allerdings spielte die Kapelle mit „Mamy Blue" nun ein recht langsames Stück, was, das verrieten sowohl die Gesichter als auch die Körpersprache von Lieselotte Larisch und Georg Reimer, beiden nicht sonderlich behagte. Möglicherweise war dies auch der Grund dafür, dass schon wieder eine andere Dame den Tanzpartner ziemlich dreist mitten im Lied abklatschte. Immerhin fiel es Lieselotte Larisch aufgrund des gemäßigten Tempos dieses Mal nicht besonders schwer, das Duo im Auge zu behalten.

„Entschuldigen Sie, gehört die Ihnen?" Ein leicht untersetzter Tänzer in den Fünfzigern hielt Lieselotte Larisch eine silberne Brosche entgegen.

„Oh ja, das ist meine, die muss ich beim Tanzen verloren haben. Wie aufmerksam von Ihnen."

Sie steckte das von ihrer Mutter geerbte Schmuckstück mit dem großen Rubin in der Mitte wieder ans Revers ihres Blazers und vergewisserte sich durch moderates Hin- und Herziehen, dass es nun auch wirklich festsaß.

Als sie den Kopf wieder hob, war Georg Reimer verschwunden, und dessen letzte Tanzpartnerin schwofte mit einem anderen Mann.

„Wo ist er?“

„Wo ist wer?“

„Na, der Mann. Der Mann von gerade. Ihr Tanzpartner.“ Die Musik war so laut, dass Lieselotte Larisch schreien musste.

„Was weiß ich, weg halt. Der hatte es plötzlich ganz eilig.“

Lieselotte Larisch ließ ihren Blick über die Wiese schweifen. Der Tisch, an dem sie, Sabine und Theo mit Georg Reimer gesessen hatten, war wie viele andere inzwischen verwaist. Immer mehr Gäste verließen das Fest, weil die Blitze und der Donner näherkamen, doch den Mann, den sie suchte, konnte Lieselotte Larisch nirgendwo ausmachen.

Einem inneren Impuls folgend, verließ sie den Tanzboden und ging zwischen den Bierzeltgarnituren hindurch zum Rand der Wiese. Sie überquerte die Promenade und trat zwischen zwei der unregelmäßig gewachsenen Bäume, die zusammen mit unzähligen hohen und halbhohen Büschen beinahe den gesamten See säumten, hindurch ans Ufer. Unter ihren Sohlen knirschte der Kies, als sie sich langsam auf das noch völlig ruhige Wasser zubewegte. Links blinkte hell und rot die Sturmwarnleuchte am Schiffsanleger; in einiger Entfernung konnte sie noch weitere ausmachen.

Außer einem einzelnen, stark angetrunken und laut vor sich hin pfeifenden Festbesucher war hier unten niemand zu sehen.

Der Mann im mittleren Alter wollte wohl die zwanzig Pfennige Gebühr sparen, die die Putzfrau im Strandkurhaus verlangte, und vergrößerte die Wassermenge des Chiemsees um einige Deziliter. Nachdem er alles wieder ordentlich verstaut und seine Hose geschlossen hatte, wankte er zurück zum Festgelände, und Lieselotte Larisch war allein.

Sie blickte sich nach allen Seiten um. Hier weiterzusuchen, machte absolut keinen Sinn. Georg Reimer war verschwunden, und die Aussicht, ihn wiederzufinden, war gleich Null.

„Sie können mir nichts nachweisen. Gar nichts."

Ruckartig drehte Lieselotte Larisch sich um. Der Mörder musste ihr hinter einem der Büsche aufgelauert haben, er stand höchstens zehn Meter von ihr entfernt und sah sie mit blitzenden Augen an.

Kapitel 16

„Ein kleiner Versprecher in Bierlaune. Glauben Sie wirklich, die Polizei wird das als Beweis oder auch nur als Indiz ansehen, dass ich meine Frau getötet habe?“

Lieselotte Larisch antwortete nicht sofort, sondern atmete zweimal tief durch, damit der Schrecken, der ihr durch die Glieder gefahren war, etwas nachließ.

„Natürlich ist das kein Beweis, Herr Reimer, und vermutlich haben Sie ganz recht. Es wäre wohl wirklich nicht ausreichend, um die Ermittlungen noch mal aufzunehmen.“

Bewusst oder unbewusst legte sie auch in dieser alles andere als entspannten Situation eine ihrer Kunstpausen ein und fuhr dann überaus selbstsicher fort: „Nichtsdestotrotz wird die Polizei ausgesprochen interessiert sein, wenn ich ihr von den diversen Anhaltspunkten erzähle, die nahelegen, dass Marion Nelling nicht tot ist. Weil sie sich vor rund zehn Jahren irgendwo auf der Welt niedergelassen hat und dort unbehelligt ein zweites Leben lebt – von dem Geld, das sie bei der mörderischen Raubserie ihrer Bande erbeutet hat.“

Georg Reimers Gesichtszüge entgleisten, das war auch im schwachen Schein der Lichter, die vom Waldfest herüberschienen, zu erkennen.

„Und Sie haben ihr zur Flucht verholfen. Sie beide konnten dieses zweite, dieses neue Leben ganz in Ruhe planen und organisieren, weil Marion Nelling sich vorübergehend als Ihre Frau ausgab, während Sie die arme Ute, schwerkrank, wie sie war, irgendwo …", Lieselotte Larisch suchte nach einem geeigneten Wort, „untergebracht haben."

Georg Reimer antwortete nicht, seine Miene war jetzt wie eingefroren.

„Ich glaube, nein, ich bin mir sogar ziemlich sicher, dass dieser Aspekt für die Polizei von großer Bedeutung sein wird, und dass die Ermittlungen hinsichtlich der Überfälle umgehend wieder aufgenommen werden. Die Polizei wird sicher alle Hebel in Bewegung setzen, national wie international, um Marion Nelling, von der man bislang glaubte, sie habe sich umgebracht, aufzuspüren und anzuklagen."

Noch einmal holte Lieselotte Larisch tief Luft. „Das Spiel ist aus, Herr Reimer!" Sie ließ dem Satz, den sie zu mögen schien, denn sie hatte ihn – natürlich unter Verwendung eines anderen Namens – bereits bei der Auflösung ihres ersten Falls ausgerufen, ein energisches Nicken folgen. „Sagen Sie mir, wohin sich Frau Nelling abgesetzt hat."

Der Angesprochene reagierte nicht, weder verbal noch mit Taten.

„Ist sie irgendwo in Südamerika, weit weg von allem, was hier passiert ist? Oder lebt sie in einem südeuropäischen Land? In einem kleinen idyllischen Fischerdorf vielleicht, in dem niemand ihre wahre Vergangenheit kennt? Oder muss man vielleicht gar nicht so weit reisen, um sie zu finden? Haben Sie ihre neue Identität so gewissenhaft angelegt, dass sie in einem Nachbarland leben kann? Raus mit der Sprache, Herr Reimer – wo steckt sie?"

Nun zeigte Lieselotte Larischs Gegenüber doch noch eine Regung. Ein merkwürdiges Grinsen umspielte seine Lippen. Hämisch. Verächtlich. „Sie können suchen, wo sie wollen. An den Orten, die Sie gerade genannt haben, und an allen anderen auch. Sie werden sie nicht finden – nirgendwo. An keinem Fleck auf der Erde."

„Nun, wir werden ja sehen, ob nicht viell…" Lieselotte Larisch verstummte mitten im Satz, und nun war es ihr Gesicht, das sich veränderte. Es spiegelte das Erlangen einer Erkenntnis wider. Einer harten, verstörenden Erkenntnis, die deutlich machte, dass die Wahrheit noch viel komplexer war, als sie bisher angenommen hatten. Komplexer, aber auch viel schlimmer und überaus perfide. „Großer Gott, das ist ja Wahnsinn."

Lieselotte Larischs Entsetzen hatte keine taktischen Gründe und war alles andere als gespielt.

„Sie haben die Frauen nach Marions Sanatoriumsaufenthalt kein zweites Mal getauscht. Weil Ute gar nicht mehr lebte. Sie haben sie getötet. Sie haben sie getötet und im Garten verscharrt oder in den Keller gebracht oder an irgendeinen anderen Platz im Haus. Es spielte ja keine große Rolle mehr, weil das Gebäude ohnehin bald abgerissen und eingeebnet werden würde. Und nach kurzer Zeit würde alles im Biggesee verschwinden. Ein perfektes Versteck für eine Leiche."

Lieselotte Larischs Stimme zitterte vor Aufregung und weil ihr ob der schrecklichen Vorstellung kalte Schauer über den Rücken liefen.

„Sie haben Frau Nelling zu Ihrer Komplizin beim Mord an deren Schwester gemacht. Oder war es vielleicht Marions Idee,

Ute umzubringen? Weil das zwar ein wenig Mühe und Geduld erforderte, aber die sicherste Art war, sich eine neue Identität zu verschaffen? Um als Ihre Ehefrau ins Sanatorium zu gehen, war etwas schauspielerisches Talent nötig, aber wie wir aus der Krankenakte erfahren haben, ist ihr die Darstellung der Schwerkranken mit einer zumindest zufriedenstellenden Leistung gelungen."

Georg Reimer hörte Lieselotte Larisch scheinbar seelenruhig zu. Doch er stand anders da als zuvor. Trotz des hohen Alkoholpegels war seine Körperhaltung nun fester und spiegelte mehr und mehr vor allem eines wider: Entschlossenheit.

„Und nach dem Klinikaufenthalt in Warstein konnten sie beide endlich ein unbeschwertes Leben führen. Denn darum ging es doch, nicht wahr? Sie beide wollten zusammen sein, Ute und der unsägliche Umstand, dass Marion in jüngster Zeit ein paar sehr falsche Entscheidungen getroffen hatte, sind Ihnen dabei im Weg gewesen. Doch mit beidem war es durch die scheinbare Wunderheilung nun vorbei. Ihre neue Frau musste sich nicht mehr verstellen. Sie konnte fröhlich sein, zeigen, dass ihr das Leben Spaß machte. Denn immer, wenn jemand fragte, warum es ihr so gut gehe, konnte sie antworten, dass dies eine Folge der erfolgreichen medizinischen Behandlung im Sanatorium sei. Und dass sie sich in dem neuen Ort jetzt so viel wohler fühle als im alten Listernohl, wo sie immer so traurig und niedergeschlagen gewesen war."

Georg Reimer ging – ganz langsam – zwei Schritte auf Lieselotte Larisch zu.

„Schon als Jugendlicher mochten Sie beide Mädchen sehr gern, wie man hört, sowohl Ute als auch Marion. Doch Sie mussten sich entscheiden, und als Ihre Frau krank wurde, als all das, wofür Sie sie geliebt hatten, immer mehr verschwand, da verstärkte sich mit jeder schlimmen Depression das Gefühl, dass Sie sich das falsche Mädchen ausgesucht hatten. Und schließlich kam Ihnen die Idee, die Frauen zu tauschen. Den Fehler, den Sie als junger Mann begangen hatten, wieder wettzumachen."

Erneut war Georg Reimer einen Schritt näher an Lieselotte Larisch herangetreten. Sie hatte ihrerseits drei Schritte nach hinten gemacht, konnte nun aber nicht mehr zurückweichen, weil sie mit den Füßen bereits im Wasser stand. Unbeirrt fuhr sie fort.

„Doch Depression ist eine heimtückische Erkrankung, nicht wahr? Sie kann jederzeit ausbrechen, erst recht, wenn es eine familiäre Vorbelastung gibt. Und so fing alles wieder an, von dem Sie dachten, es wäre ein für alle Mal vorbei. Als auch Marion depressiv wurde, muss es Ihnen vorgekommen sein, als wäre die Frau, die Sie Monate zuvor getötet hatten, auf einmal wieder da. Als hätte sie aus Rache Besitz von Marions Körper ergriffen. Sie haben das alles ein zweites Mal ertragen müssen und auch jahrelang durchgehalten, bis bei Ihnen erneut der Punkt gekommen war, an dem Sie nicht mehr läng…"

„Halten Sie Ihr verdammtes Maul!"

Georg Reimer hatte so laut geschrien, dass Lieselotte Larisch hoffte, man möge dies bis zum Festplatz gehört haben. Doch die Musik war einfach zu laut, und so verhallten die Worte ungehört. Dort oben, fünfzig oder sechzig Meter entfernt, waren mindestens noch zweihundert Menschen, doch sie war hier unten allein mit einem Doppelmörder. Gern hätte sie Cleo in dieser misslichen Lage an ihrer Seite gewusst. Die aber war mehr als vier Kilometer weit weg – in der Pension, deren hundeliebhabende Inhaberin sich bereiterklärt hatte, die Dogge für einige Stunden in ihre Obhut zu nehmen.

„Sie haben schon alles gesagt. Die ganze Wahrheit." Georg Reimer sprach jetzt wieder leise. So leise, dass er in der Geräuschkulisse, die vom Festplatz herüberdrang, für Lieselotte Larisch gerade noch zu verstehen war. „Nur zwei Menschen kennen die Wahrheit – Sie und ich."

Seine Stimme hatte nun endgültig einen düsteren und äußerst bedrohlichen Ton angenommen.

„Und mehr werden es auch nicht. Im Gegenteil, nur noch zwei oder drei Minuten, dann werde ich wieder der Einzige sein, der weiß, wie sich alles zugetragen hat."

Den Stein, den Georg Reimer die ganze Zeit über in der Hand gehalten hatte und den er nun mit einer abrupten, kraftvollen Bewegung auf sie niederschnellen ließ, hatte Lieselotte Larisch nicht gesehen. Sie sank zu Boden und versuchte benommen, sich schnell wieder zu erheben, jedoch erfolglos.

Der Mörder umfasste ihren rechten Arm und begann, ihren der Ohnmacht nahen Körper in den See zu zerren, der an dieser Stelle sehr flach war. Erst nach zwanzig oder dreißig Metern, als ihm das Wasser bis zu den Oberschenkeln ging, ließ Reimer los und drückte im nächsten Moment Lieselotte Larischs Kopf unter Wasser.

Überraschend schnell gelang es ihr, sich zu lösen. Als sich ihr Kopf wieder über der Oberfläche befand, rang sie panisch nach Atem. Höchstens drei Sekunden konnte sie auf diese Weise Luft in ihre Lungen pressen, dann drückte Georg Reimer sie erneut nach unten.

Dieses Mal dauerte es länger, bis Lieselotte Larisch wieder nach oben kam, und noch schneller als zuvor wurde sie nach unten gedrückt.

Zwei weitere Male gelang es ihr noch, sich gegen ihn zur Wehr zu setzen, ganz kurz aufzutauchen. Dann blieb ihr Kopf unter Wasser, und auch die hektischen Bewegungen ihrer Arme wurden weniger, bis sie gänzlich zum Erliegen kamen.

Sekunden vergingen.

Das Lachen und die Musik, die von der Wiese herüberwehten, schienen sich mehr und mehr zu entfernen.

Ein Knacken ertönte.

„Lassen'S sofort die Frau los, oder ich schieß!"

Der Polizist, der zwischen den Bäumen am Ufer hervorgetreten war und einen uniformierten Kollegen sowie Sabine und Theo Kettling im Schlepptau hatte, zielte mit seiner Walther PPK auf Georg Reimer.

„Oh mein Gott, sie stirbt. Jetzt schießen Sie doch endlich!", rief Sabine panisch.

Im nächsten Moment durchschlug ein Neun-Millimeter-Geschoss die Schulter von Georg Reimer, der laut aufschrie und endlich von seinem Opfer abließ.

Alle rannten gleichzeitig ins Wasser. Der Polizist, der geschossen hatte, legte Georg Reimer ohne zu zögern Handschellen an, während der andere zusammen mit Sabine und Theo den leblosen Körper von Lieselotte Larisch ans Ufer zog und sie auf den harten Kies legte.

Sabine ging auf die Knie und begann mit zitternden Händen, auf Lieselotte Larischs Oberkörper zu drücken, wobei sie nicht nur mehrere Male die Position des Druckpunktes suchen musste, sondern auch den Rhythmus ihrer Bewegungen nicht gleichmäßig hinbekam.

„Scheiße, Scheiße, Scheiße! Wie macht man das richtig?"

Immer weniger koordiniert drückte sie auf Lieselotte Larischs Brustkorb herum, versuchte zwischendurch eine Mund-zu-Mund-Beatmung, stellte diese aber sofort wieder ein, um weiter wirre Druckimpulse abzusetzen. Tränen tropften aus ihren Augen auf Lieselotte Larisch herab.

Dann stellte sie ihre Versuche ein und sackte laut weinend in sich zusammen.

Ein Loch des Entsetzens tat sich in Theo auf. Er sah sich hilfesuchend um und bemerkte erst jetzt, dass neben ihm, Sabine, den zwei Polizisten und Georg Reimer auch die halbe Festgesellschaft dem so dramatischen Moment beiwohnte. Am Ufer und zwischen den Bäumen hatte sich ein großer Menschenauflauf gebildet. Obwohl die Blitze und der Donner über dem See sich nach und nach entfernten, als das Unwetter vorbeizog, begann es zu regnen, doch den sensationslüsternen Gaffern machte das nichts aus.

„Sie dürfen nicht sterben! Los, atmen Sie!" In einer Mischung aus Verzweiflung, Trauer und Wut schlug Sabine mit der Faust auf Lieselotte Larischs Bauch.

Auf einmal war ein schwaches Husten zu vernehmen, dann ein Röcheln, und schließlich spuckte die schon tot Geglaubte unter fürchterlichem Ächzen und Schnauben eine Mischung aus Schaum und Seewasser aus. Erst nur einen kleinen Schwall, dann mehr und mehr.

Als sie wieder atmen konnte und ihre erbarmungswürdigen Laute ein Ende hatten, öffnete sie langsam die Lider.

Ihre Lippen bewegten sich, und nach zwei oder drei erfolglosen Versuchen gelang es ihr, etwas Verständliches zu sagen.

„So schnell werdet ihr mich nicht los!“

Kapitel 17

„Das gibt's doch gar nicht – wir haben die wirkliche Ute Reimer nie kennengelernt."

„Nein, meine Liebe. Die Frau, mit der Sie und Theo kurz vor ihrem Tod gesprochen haben, war Marion Nelling, die Bankräuberin."

Gerade hatte Lieselotte Larisch den beiden anderen Hobbydetektiven erzählt, wie sich alles zugetragen hatte. Unliebsame Zuhörer musste sie dabei nicht fürchten, denn sie residierte in einem Einbettzimmer der Kreisklinik Traunstein, was ihr aufgrund ihres Status als Privatpatientin zustand. Der etwa zwanzig Quadratmeter große Raum wies zwar keinerlei nennenswerten Komfort auf, aber wenigstens waren sie hier unter sich.

Die am Vorabend beinahe Ertrunkene mampfte genüsslich eine dicke und großzügig mit Schmalz bestrichene Scheibe frisches Bauernbrot. Sabine hatte ihr in weiser Voraussicht und mit den besten Wünschen der Wirtin aus der Pension gleich drei davon mitgebracht. Wie kaum anders zu erwarten gewesen war, wurde dem Krankenhauskoch von der Patientin ein schlechtes Zeugnis ausgestellt. Das Essen hier schmecke nicht nur absolut fad, es sei auch viel zu mager und „gehaltlos" und somit per se nicht geeignet, Kranke wieder gesund zu machen.

Es klopfte einmal kurz an der Tür, die beinahe zeitgleich aufgerissen wurde. Noch schneller aber als die Krankenschwester war Lieselotte Larisch. In Sekundenbruchteilen hatte sie Sabine die Brotstulle in die Hand gedrückt, die hastig ein Stück abbiss und mit unschuldiger Miene darauf herumkaute. Einen mindestens ebenso unschuldigen Blick hatte Lieselotte Larisch aufgesetzt und ihre Kaubewegungen schlagartig eingestellt.

Die Schwester warf beiden einen etwas misstrauischen Blick zu, verzichtete aber auf Fragen oder Kommentare, und nachdem sie Temperatur, Blutdruck und Puls der Patientin gemessen hatte, war sie auch schon wieder verschwunden.

„Was hatte es aber mit diesen ‚bösen Menschen' auf sich, von denen sie sich verfolgt und bedroht fühlte?", fragte Sabine.

„Ich nehme an, sie hat geglaubt, dass ihre ehemaligen Komplizen sich an ihr rächen wollen. Allerdings ist es unwahrscheinlich, dass diese Furcht wirklich begründet war. Ich kann mir vorstellen, dass die beiden Unholde, die ja ebenfalls irgendwo untergetaucht sind, Besseres zu tun haben, als sich bei uns im Sauerland, ganz in der Nähe ihrer früheren Missetaten, herumzutreiben und sich dabei zwangsläufig verdächtig zu verhalten."

„Hm, dann war wohl doch nichts dran an Sabines und meinen Beobachtungen", murmelte Theo.

„Wie ich schon bei unserer ausführlichen Analyse im Bauernhaus sagte – manchmal fokussieren wir uns allzu sehr auf eine scheinbare Bedrohung und können nicht mehr klar denken. Das ergeht selbst uns so, die wir doch gesund sind. Wie viel einschneidender muss dies dann bei einem psychisch kranken Menschen sein? Denn es steht ja völlig außer Frage, dass Marion Nelling nicht nur depressiv war, sondern auch von schlimmen Wahnvorstellungen heimgesucht wurde. Und das ist ein mögliches Symptom bei einer psychotischen Depression, wie mir der Chefarzt heute Morgen bei der Visite erklärt hat."

Sabine nickte nachdenklich. Dann fragte sie Lieselotte Larisch: „Sie hatten das so geplant, oder? Sie haben Georg Reimer betrunken gemacht, weil Sie genau wussten, dass er der Mörder war und sich im Suff verraten würde."

„Aber wo denken Sie hin, woher hätte ich das denn wissen sollen? Sagen wir mal so: Ich hatte die vage Hoffnung, dass er etwas Unbedachtes von sich gibt, das uns weiterhelfen könnte. Diese unerwartete Begegnung bei dem Fest war seit Langem die beste Gelegenheit, aus erster Hand etwas mehr über die Todesnacht der vermeintlichen Ute Reimer zu erfahren. Und es war mir klar, dass er mit steigendem Alkoholpegel immer unvorsichtiger werden würde."

Lieselotte Larisch bedachte Theo Kettling mit einem anerkennenden Blick. „Aber unser großartiger Ermittlungserfolg wäre ohne jeden Beweis ganz sicher ausgeblieben, wenn Sie nicht … wie soll ich sagen … sich nicht geopfert hätten."

Der so Gelobte gab trotz rund neun Stunden Schlaf und nun wieder ordentlicher Garderobe noch immer ein furchterregendes Bild ab. Das rechte Auge war zugeschwollen, der Bluterguss, der sich fast bis zur Schläfe hinzog, schimmerte in Rot-, Blau- und Grüntönen wie ein fleischgewordener Regenbogen. Noch schlimmer sah seine Nase aus, die mit einem mächtigen Pflasterverband versehen war. Blutdurchtränkte Tamponaden lugten aus beiden Nasenlöchern. Und aufgrund seines mächtigen Katers war ihm nicht nur übel, er hatte auch schlimmes Kopfweh. Umso erstaunlicher war es, dass er in diesem Zustand tatsächlich noch eine sinnvolle Frage beisteuern konnte.

„Woher wusste der Reimer eigentlich, dass wir am Chiemsee sind? Ich meine, das wird doch wohl kein Zufall gewesen sein, dass er ausgerechnet jetzt hier aufgetaucht ist.“

„Das war es in der Tat nicht.“ Lieselotte Larisch legte eine ihrer Kunstpausen ein und brachte ihre für die Einnahme am Abend auf dem Beistelltischchen bereitliegenden Tabletten in eine optisch ansprechende geometrische Ordnung. Offenbar war sie schon fast wieder ganz die Alte. „Ich habe heute Morgen das öffentliche Telefon unten in der Halle benutzt und bei der Wirtin unserer Pension angerufen.“

Das ist so etwas von typisch, dachte Theo und fing mal wieder an, sich insgeheim über Lieselotte Larisch aufzuregen. Gerade erst dem Tod von der Schippe gesprungen, musste sie schon wieder Alleingänge unternehmen, um am Ende als großartige … ach was, als legendäre Kriminalistin dazustehen.

„Sie hat mir verraten, dass Herr Reimer sich vor einiger Zeit bei ihr gemeldet und darum gebeten habe, sie möge ihn bitte anrufen, wenn mal wieder Leute aus dem Sauerland zu Gast seien. In diesem Fall würde er vielleicht auch noch mal einen Kurzurlaub am Chiemsee machen wollen. Ich denke, er hat herausgefunden, dass wir gerne mal ermittelnd tätig sind, und war besorgt, dass wir anfangen könnten, in seiner Vergangenheit und der seiner beiden Frauen herumzustöbern.“

Sie setzte ein süffisantes Lächeln auf und fügte dann hinzu: „Nun, so ganz unbegründet war dieser Verdacht ja auch nicht.“

„Wie geht es denn jetzt weiter? Weil, das ist ja echt ‘n Riesenbrett, was die Polizei nun alles zu untersuchen hat.“ Sabine massierte sich mit Zeige- und Mittelfinger die Schläfen, auch bei ihr war der gestrige Alkoholkonsum nicht ganz ohne Folgen geblieben.

„Also ich bin wirklich der Meinung, dass die Polizei und die Staatsanwaltschaft ruhig auch mal etwas tun können. Wir haben nun wirklich mehr als genug Vorarbeit geleistet.“

Alle drei lächelten, und dann griff Lieselotte Larisch nach Theos und Sabines Hand. „Wir können stolz auf uns sein. Wir sind wahrlich ein tolles Team.“

Theo stellte überrascht fest, dass ihm das gerade Gesagte unerwartet nahe ging, und er sah Sabine an, dass sie ähnlich fühlte.

Nach einigen Sekunden des Schweigens erkundigte sie sich: „Hat man Ihnen schon gesagt, wann Sie hier entlassen werden?“

„Ganz exakt nicht. Aber der Chefarzt war zuversichtlich, dass ich diese heiligen Hallen schon morgen wieder verlassen darf.“

„Na, wie auch immer. Wir lassen Sie auf jeden Fall nicht allein, sondern werden gemeinsam mit Ihnen nach Hause fahren.“

„Ja, genau“, ergänzte Theo. „Sabine und ich haben keine unaufschiebbaren Verpflichtungen, und die Gegend hier ist einfach einsame spitze.“

„Eben! So dolle einsame spitze, dass wir uns gedacht haben, wir drei könnten vielleicht nächstes oder übernächstes Jahr noch mal wiederkommen. Was halten Sie davon?“

Erst schien Lieselotte Larisch erfreut lächeln zu wollen, doch dann ließ sich nach hinten in das schwere weiße Kissen sinken und seufzte tief. „Ach, wisst ihr, hier ist es zwar in der Tat sehr, sehr schön. Aber mir persönlich ist der Chiemgau etwas zu mörderisch. Da ermittle ich dann doch lieber zu Hause. In unserem guten alten Sauerland …“

Epilog

Seine Armbanduhr zeigte sechs vor halb neun, als sich das Tor der Justizvollzugsanstalt in Werl öffnete.

Wieder und wieder hatte man ihn darauf hingewiesen, dass die Welt da draußen sich verändert habe – dramatisch verändert. So furchtbar verschieden sah es, freilich auf den allerersten Blick, aber gar nicht aus. Die Menschen kleideten sich anders als damals, sie fuhren andere Autos, die allerdings alle irgendwie gleich aussahen, und manche von ihnen hatten Telefone, die sie überall hin mitnehmen konnten.

Gewusst hatte er das schon vorher, schließlich hatte er zwar im Gefängnis, aber nicht hinter dem Mond gelebt. In seiner Zelle gab es einen kleinen Fernseher, außerdem hatte er alle paar Wochen Besuch von Hansi bekommen, der ihn jedes Mal mit allerhand Neuigkeiten versorgt hatte. Hansi war so etwas wie der Dorftrottel und der einzige Mensch überhaupt, der den Kontakt zu ihm nicht abgebrochen hatte.

Nein, so schlimm würde es schon nicht werden, so schwer nicht sein, sich in dieser „neuen“ Welt hier draußen zurechtzufinden.

Und vielleicht würde es ihm ja gelingen, eine liebe Frau zu finden. Von dem, was mal war, musste sie nichts wissen. Und sie musste ja auch keine Schönheitskönigin sein oder eine Professorin.

Nein, perfekt brauchte sie nicht sein. Er würde sogar damit zurechtkommen, wenn sie vielleicht seelisch etwas labil wäre. Zwar war er zuvor zweimal daran gescheitert, doch seitdem war eine Ewigkeit vergangen.

Er hatte so viel gelernt im Gefängnis. Die Psychologen und Sozialarbeiter hatten ihm in vielen Gesprächen bewusstgemacht, welch großes Leid er angerichtet hatte, und ihn angehalten, darüber nachzudenken, wie er sich stattdessen richtig hätte verhalten sollen.

Nun wusste er, wie es ging – daran bestand absolut kein Zweifel.

Ja, da draußen wartete jemand auf ihn. Eine Frau, die seine Hilfe brauchte. Er musste nur seine Augen und sein Herz weit öffnen und etwas Geduld haben.

Dann würde er sie sicher finden …

Danksagung
(und noch mal ein kurzer Trip in die Siebziger)

So, liebe Leser und Leserinnen – hoffentlich freuen Sie sich ebenso sehr wie ich, dass nach Theo Kettling im letzten Buch nun auch Lieselotte Larisch einen Angriff auf ihr Leben überstanden hat, und dass unser ungleiches Ermittlerteam weiterhin in der Lage sein wird, verzwickte Kriminalfälle aufzuklären. Falls dem so ist, halten Sie bestimmt auch noch bis zur (aller)letzten Seite durch, um gemeinsam mit mir eine abschließende kurze Zeitreise in die bunten und verrückten siebziger Jahre zu unternehmen.

Zuvor aber gilt es, einer ganzen Reihe von Menschen Danke zu sagen, ohne deren Engagement und Expertenwissen dieses Buch so nicht hätte erscheinen können.

Den Anfang mache ich mit den Mitarbeiter/-innen des LV. Buch-Verlags, der in der Kettling & Larisch-Reihe großes Potenzial sieht (da will ich an dieser Stelle jetzt mal nicht widersprechen). Stellvertretend für das ganze Team in Münster möchte ich Programmleiterin Kristin Sommer und Marketingchefin Jana Steghaus erwähnen, die mich sensationell unterstützen und wenn Fragen auftauchen oder mal irgendetwas hakt, immer ein offenes Ohr für mich haben.

Vielen herzlichen Dank auch an meine tolle Lektorin Marit Obsen. Es war unsere erste Zusammenarbeit, und wir haben uns nicht nur auf Anhieb hervorragend verstanden, das gesamte Manuskript ist nach Marits Lektorat sprachlich noch mal viel schöner und flüssiger geworden. Und natürlich hat sie jede Menge – zum Teil echt peinliche – Fehler entdeckt und ausgemerzt.

Apropos peinlich: Ich hatte mich schon bei den ersten zwei Romanen ziemlich schwergetan, dem Verlag einen knackigen Titel vorzuschlagen. Dieses Mal aber fiel mir gar nichts ein. Nüscht, nothing, niente, Nullinger! Also habe ich im Freundes- und Bekanntenkreis eine kleine Umfrage gestartet. Ausgerechnet Alexander Tinter, der mich zwar schon bei einer Vielzahl von Eigenmarketingmaßnahmen unterstützt, ansonsten aber absolut keine enge Bindung zu Kriminalliteratur hat, ausgerechnet er also setzte sich hin, bekam einen merkwürdig geistesabwesenden Gesichtsausdruck (fast so wie Lieselotte Larisch, wenn sie angestrengt grübelt) und sagte dann ganz langsam: „Still ruft der See …“
Welcher Geist da auch immer in dich gefahren ist, lieber Alex – dieser gleichermaßen geheimnisvolle wie doppeldeutige Titel ist so genial, dass auch der Verlag auf Anhieb begeistert war und es gar keinen anderen mehr geben konnte. Ganz herzlichen Dank!
Die Faszination um die im Biggesee versunkene Welt spielt in diesem Buch eine zentrale Rolle. Hans-Werner Scharioth ist Vorsitzender des Dorfvereins Neu-Listernohl und ein absoluter Kenner dieses faszinierenden Teils Sauerländer Geschichte. Seine Unterstützung war einfach unglaublich. Egal ob im persönlichen Gespräch, am Telefon oder per Mail: Hans-Werner Scharioth konnte nicht nur wie aus der Pistole geschossen auf jede Frage die passende Antwort geben, sondern hatte nicht selten auch Ideen, wie die jeweilige Szene noch etwas authentischer und greifbarer gemacht werden könnte. Auch Stefan Aschauer-Hundt gebührt mein Dank. Der Journalist hat mich ebenfalls mit vielen wertvollen Hinweisen über die Region rund um den Biggesee versorgt.

Wie Sie gelesen haben, sind es gleich zwei Seen, die in diesem Buch still rufen. Größer noch als die Biggetalsperre ist der Chiemsee. Das bayerische Meer war in meiner Kindheit das unbestrittene Lieblings-Urlaubsziel meiner Eltern, und damit war es ungefragt auch meines. Die Sandkastenfreundschaft zu Claudia Eberherr hat all die Jahrzehnte überdauert, und Claudia war mir (heute allerdings ohne Sandkasten) eine unschätzbare Hilfe beim Beschreiben und Ausschmücken der am Chiemsee spielenden Szenen.
Dort unten, ganz im Süden Deutschlands, ist vieles anders als im Sauerland, was ganz besonders für die Sprache gilt. Karin Christ hat sich darum gekümmert, dass sich das Bayerisch in „Still ruft der See" auch wirklich bayerisch anhört und nicht etwa wie weißblau eingefärbtes Hochdeutsch.
Natürlich wird ein Großteil der Ermittlungsarbeit wieder zu Hause im Sauerland geleistet, vor allem in und um Theos Heimatstadt Lüdenscheid. Auch dieses Mal konnte ich auf das geballte heimatgeschichtliche Fachwissen von Gerhard Geisel bauen, Sabine Draeger hat mich als Kind der Lüdenscheider Siebziger mit vielen tollen Tipps versorgt, aber auch die Mitglieder der einschlägigen Web-Communitys, insbesondere „Du bist Lüdenscheider, wenn …" und „Lüdenscheid – Gestern, heute, morgen" waren mir eine große Hilfe. Ganz herzlichen Dank euch allen.
Damit ich all diese Errungenschaften der neuen Medien nutzen kann, bin ich auf funktionierende Hard- und Software angewiesen. Mir bei diesbezüglich auftretenden Problemen selbst helfen zu können, ist in etwa so wahrscheinlich wie das Eingeständnis eines Irrtums von Lieselotte Larisch. Gut, dass Florian Goos mir bei allem, was in irgendeiner Form mit Computerzeugs zu tun hat, zur Seite stand.

Musik spielt in allen Kettling & Larisch-Abenteuern eine Rolle, doch so sehr präsent wie in „Still ruft der See“ war sie bislang noch nie. Während Wolfgang Rehborn wieder für sämtliche Fragen rund um die „U-Musik“ zuständig war, und sich somit auch um das passende Equipment der Hill Cats bei ihrem Auftritt im Chieminger Strandkurhaus gekümmert hat, galt Mark Adels Aufmerksamkeit der „E-Musik“, die für mich ein Buch mit sieben Siegeln war und ist und vermutlich auch auf ewig bleiben wird. Ihm ist es zu verdanken, dass das Ensemble der (zunächst noch) vornehmen Hochzeitsgesellschaft auf der MS Bigge die passenden Stücke auf den richtigen Instrumenten fehlerfrei gespielt hat.
Was wären die siebziger Jahre ohne die kultigen Autos von damals? Die hatten noch richtige Gesichter, und alle sahen anders aus. „Classic Doc“ Michael Wichmann hat mich auch dieses Mal fachkundig beraten und sich zum Beispiel darum gekümmert, dass Theos Traum – der alte Lamborghini-Traktor – wieder fachgerecht zum Leben erweckt wird.
Ein technisches Wunderwerk wie Theos Lamborghini, nur viel, viel kleiner, ist die Minox-Kamera, die unsere drei Detektive bei ihrem nervenzerfetzenden Einsatz im Sanatorium benutzen. Frank Feisel hat zu Hause noch einen alten Filmstreifen im Format 8 x 11 mm gefunden und mir alles zur Spionagekamera erklärt, was ich wissen musste.
In allen anderen technischen Fragen hat mich wieder Rainer Dippel beraten. Im Gegensatz zu mir trägt er den Titel „Dipl.-Ing“ nicht nur auf dem Papier, sondern tief in seinem technikbegeisterten Herzen.
Dass die Polizei bei den verzwickten Fällen der Kettling & Larisch-Romane nie so recht zum Zuge kommt, liegt nicht etwa da-

ran, dass das Auge des Gesetzes – zynische Zeitgenossen könnten dies behaupten – zu langsam, zu kompliziert oder gar unfähig ist. Vielmehr sind Lieselotte, Sabine und Theo (die Reihenfolge ist nicht zufällig gewählt) ganz einfach zu genial, als dass irgendwer anders auch nur den Hauch einer Chance hätte, im Ermittlungsrennen gegen die drei Land zu sehen. Dennoch tauchen bei der Arbeit an einem Krimi immer mal wieder Fragen zur Polizeiarbeit auf, und die hat mir Steffy Spellner beantwortet, während mich bei allem, was speziell unter den Sammelbegriff Rechtsmedizin fällt, Heike Freiling aufgeschlaut hat – herzlichen Dank euch beiden!

Medizin ohne „Rechts-" am Anfang ist eine von zwei Berufungen, denen Thomas Klausnitzer folgt. Als Anästhesist konnte er mir alle aufkommenden Fragen fachmännisch erläutern. Thomas' zweite Berufung ist übrigens das Fliegen. Als Verkehrspilot im Hauptberuf und als Notarzt nebenberuflich hat er einen Weg gefunden, beide Passionen zu leben. Dass du dir bei alldem auch noch Zeit für mich genommen hast, dafür ganz herzlichen Dank, Thomas.

Tja, so ist das – der eine hat zwei Berufe, der andere gar keinen, weil er nämlich Frührentner ist. Dass Theo dennoch mehr Geld hat, als er auszugeben in der Lage ist, verdankt er nicht nur seiner Erbtante Gertrud, sondern auch Rechtsanwältin Carolin Gut, die mich in allen Erbschafts- und sonstigen juristischen Fragen beraten hat.

Theologie ist auch so ein Thema, das wohl jeden Krimiautor immer wieder mal tangiert. Christina Brudereck hat mich an ihrem Fachwissen ebenso teilhaben lassen wie Historiker Bernd Plaum an seinem – auch euch beiden ein dickes Dankeschön!

Eine enorm große Hilfe beim Schreiben des Buches war Lisa Dörr für mich. Lisa war quasi meine … wie soll ich sagen, meine Allzweckwaffe. Egal ob ein hübsches Dirndl für Sabine kreiert werden musste, ein gleichermaßen lustiges wie beleidigendes Schimpfwort gesucht wurde (das sind genau die Sachen, bei denen sie besonders gerne hilft), oder ob ich einfach nur wissen wollte, ob ein Absatz gut klingt oder nicht: Lisa half und hilft immer, und Lisa fällt auch immer etwas ein – tausend Dank für die tolle Unterstützung!

Und noch eine Allzweckwaffe: Heike Schäfer (nein, es ist nicht die mit den Glocken von Rom) lässt keine Möglichkeit aus, mich bei der Vorbereitung von Events zu unterstützen und entwickelt immer wieder neue, tolle Ideen. Ich erwähne sie hier auch stellvertretend für alle anderen, die mich auf die vielfältigste Weise dabei unterstützen, in Kontakt zu meinen Lesern zu treten.

Wie nervig es sein kann, mir zu helfen, musste Ralf Koch erfahren. Ralf hat den verhängnisvollen Fehler gemacht, mir davon zu erzählen, dass er noch den alten Mengenlehrekasten aus seiner Schulzeit habe. Er war sich da völlig sicher, was freilich nur für die bloße Existenz des guten alten Stücks galt. Wo genau im Haus … nein, falsch – wo auch nur ganz annähernd es sich im Haus befand, das wusste er nicht. Da ich mir aber fest in den Kopf gesetzt hatte, diese Ikone einstmals so fortschrittlicher Wissensvermittlung in den Roman einzubauen (das Ding ließ sich im Netz einfach nicht finden), hat Ralf gesucht, hat in allen drei Etagen seines schmucken Reihenhäuschens jeden Schrank inspiziert, jedes Türchen und jede Schublade geöffnet. Als er schließlich fündig wurde und mir Fotos des Logimat per WhatsApp schickte, war ich nicht sicher, ob er es vielleicht bereute, mich jemals kennengelernt zu haben. Nicht nur mein Dank, auch der von vielen Leser/-innen, die als Folge deines Einsatzes zurück in ihre Schulzeit katapultiert wurden, ist dir sicher, Ralf.

Ich mag mir gar nicht vorstellen, wie aufwendig es vor den Zeiten des Internets gewesen sein muss, alle möglichen Recherchen für einen Kriminalroman anzustellen. Heute findet man manchmal schon etwas in der allseits bekannten Online-Enzyklopädie mit W, und wenn nicht, wird man meist nach mehr oder weniger langem Suchen in den Tiefen der drei w fündig. Falls nicht, gibt es ja immer noch die unzähligen Foren – zu fast jedem denkbaren Interessengebiet findet sich eines. An alle Teilnehmer, die – manchmal nach nur ein oder zwei Minuten – auf meine Fragen geantwortet haben und mich an ihrem oft unfassbaren Wissen teilhaben ließen ebenfalls ein großes Dankeschön!

Nun gilt es noch zwei Gruppen von Menschen zu adeln, die für meine Arbeit unverzichtbar sind. Zunächst darf ich all jene nicht vergessen, die ich vergessen habe. ‚Warum hat er denn mich nicht erwähnt?', fragt sich vielleicht die beziehungsweise der eine oder andere, und in der Tat bekomme ich auch in den verschiedensten Smalltalk-Situationen immer wieder Hinweise, die sich für die spätere Arbeit an dem Buch als sehr segensreich erweisen. Allen vergessenen Helfern ein aufrichtiges Dankeschön!

Der goldene Abschluss dieser Dankorgie gebührt auch dieses Mal euch, den Hardcorefans. Ja, da habe ich tatsächlich einige von, liebe Leser/innen. Diese Leute nehmen weite Anfahrten in Kauf, um Lesungen zu besuchen, und manche tun sich das auch zwei- oder dreimal an. Sie liefern sich stets einen Wettkampf um den ersten Gefällt-mir-Daumen für einen neuen Facebook-Post, und hin und wieder scheinen sie geradezu hellseherische Fähigkeiten zu besitzen. Immer dann nämlich, wenn ich mal ein Tief habe, weil kaum etwas aus der Feder fließen will, kommt irgendein aufmunternder Kommentar, der neue Kräfte verleiht und die Kreativität wieder in Gang bringt. Euch allen ein Dankeschön aus tiefstem Herzen – ihr seid großartig!

Nun aber gehen wir wie angekündigt noch mal zurück in die bunten und verrückten Siebziger. Bei Lesungen werde ich immer wieder ermahnt, auch weiterhin kultige und beinahe schon in Vergessenheit geratene Produkte dieses aus heutiger Sicht reichlich abgedrehten Jahrzehnts mit in die Handlung aufzunehmen. Bei so viel Begeisterung würde ich vorschlagen, wir schauen uns einige der in „Still ruft der See“ verwendeten Erzeugnisse etwas genauer an.
Weil sich bei Lieselotte Larisch so viel um kulinarische Genüsse dreht, starten wir mal mit der selbst eingelegten Sauren Rolle der Chefin. Zwar gibt es auch heute noch Saure Rolle, in den Siebzigern war sie aber irgendwie präsenter. Ich erinnere mich noch daran, dass man beim Metzger sagen musste: „Hundert Gramm Aufschnitt ohne bitte!“ Mit dem „ohne“ war die Saure Rolle gemeint, die dann doch so speziell ist, dass sie selbst manche Sauerländer nicht anrühren. Für alle noch unwissenden Leser/-innen aus anderen Regionen: Im Prinzip handelt es sich um eine Art Bierschinken, der in Essigsud eingelegt wird und folglich einen ungewohnten, säuerlichen Geschmack aufweist. Das Problem ist, dass die mit Abstand beste Saure Rolle überhaupt – die von Lieselotte Larisch nämlich – heute fast unmöglich zu bekommen sein dürfte.

Eine ganz andere Art des Genießens stellt das Rauchen dar, und weil dies in den Siebzigern noch kaum umstritten und nahezu überall erlaubt war, wird auch in diesem Roman wieder gefluppt, bis Nikotin-Abstinenzlerin Lieselotte Larisch Atemnot bekommt. Theos Lieblingszigarette „Krone“, mit dem etwas sperrigen Slogan „Im Rauch nikotinarm“ beworben, war schon damals eher uncool (damit passt sie zweifellos ziemlich perfekt zu ihm) und ist heute gänzlich vom Markt verschwunden.
Wie ich bei Lesungen und auch nach Beiträgen auf meinen Social-Media-Kanälen stets wieder erfahre, habe ich deutlich mehr Leserinnen als Leser. Die Männer aber, die Theo, Lieselotte und Sabine ebenfalls gern bei ihren Abenteuern begleiten, erfreuen sich zu einem hohen Prozentsatz an den kultigen Fahrzeugen, die kreuz und quer durch die Handlung brausen. Besonders der DAF der Chefermittlerin kann hohe Sympathiewerte verbuchen. Kein Wunder: Der niederländische Kleinwagen in schnittiger Coupéform sieht nicht nur hübsch aus, mit ihm kann man auch rückwärts genauso schnell fahren wie vorwärts. Kann man machen, sollte man aber nicht.
Einen kometenhaften fahrzeugtechnischen Aufstieg hat Theo seit dem letzten Buch erfahren. Angefangen mit dem supercoolen Bonanzarad, das in „Im Grab ist noch ein Eckchen frei“ den Showdown leider nicht überstanden hat, über das Mars-Mofa aus dem Quelle-Katalog (das war zwar überhaupt nicht cool, aber halt motorisiert), ist er nun Lamborghini-Fahrer. Falls Sie sich ein möglichst realistisches Bild von Theos italienischem Stier machen möchten, googeln Sie einfach mal Lamborghini DL 30 …

Obwohl Theo selbst Ermittler ist – oder vielleicht auch deshalb –, schaut er leidenschaftlich gern Fernsehkrimis. Seine absolute Lieblingsserie ist „Der Kommissar“. Herbert Keller, der von Erik Ode gespielte „Chef“, ermittelt nicht nur mit großer Akribie, sondern auch mit viel Fingerspitzengefühl und, je nachdem, wen er gerade verhört, teils väterlich-fürsorglich, teils jovial-überheblich. Und aus irgendeinem unerfindlichen Grund entdeckt Theo immer wieder Gemeinsamkeiten zwischen ihm und Lieselotte Larisch. Im Vergleich zu heutigen Fernsehkrimis sind die „Der Kommissar“-Folgen übrigens enorm gemächlich, dafür aber mit großer Kreativität und beinahe virtuos gedreht. Wenn Sie noch keine gesehen haben, sollten Sie sich eine DVD-Box kaufen oder mal bei YouTube suchen. Dann müssen Sie auch nicht wie Theo bis zum nächsten Freitag um 20.15 Uhr warten, um den nächsten Fall sehen zu können.

Eine von Theos weiteren großen Leidenschaften ist die Musik. Immerhin gab es zum Zeitpunkt der Handlung von „Still ruft der See“ schon die Möglichkeit, Lieder aus dem Radio aufzunehmen. Vom sechsjährigen Erstklässler bis zur rüstigen Rentnerin hat das damals jeder gemacht (doch wehe, der Sprecher quatscht das Ende des Songs kaputt), und fast jeder hatte einen oder mehrere von diesen hübsch-hässlichen Köfferchen aus PVC, mit denen es möglich war, seine Lieblingsmusik überallhin mitzunehmen. Der, den Sabine mit auf die Ermittlungstour zum Chiemsee nimmt, hat ein Blumenmotiv in Orange, Rot und Rosa. Meiner war mehr grün und mit eher kubischen Elementen. Falls Sie Ihren alten Kassettenkoffer aus den Siebzigern noch haben, machen Sie doch mal ein Foto und mailen es mir – je nachdem, wie viele Einsendungen kommen, gäbe das eine nette und kultige Bildergalerie auf Facebook …

Haben Sie sich in Augustine Kurzscheids schier undurchdringlichem Gemischtwarenladen auch so wohl gefühlt wie ich? Solche Geschäfte gab es in den Siebzigern noch in beinahe jedem Ort. Heute sind sie fast ausgestorben, aber eben nur fast. Ganz vereinzelt gibt es sie noch – die tapferen gallischen Krämerladeninhaber, die den römischen Supermarktimperien furchtlos die Stirn bieten (wir hier in unserer Kleinstadt haben noch einen), und bei denen man in aller Regel eben auch die Dinge findet, die kein noch so großer Erlebnis-Einkaufsmarkt führt.

Schauen wir uns doch einige Produkte, die im Laufe der Handlung dieses Buches über Frau Kurzscheids Verkaufstheke gehen, etwas genauer an – und beginnen wir mit dem umstrittensten. Der Logimat-Mengenlehre-Kasten gehörte zur Erstausrüstung damaliger i-Männchen genauso dazu wie das grüne Kunststofftäfelchen – vorne mit Linien drauf und hinten kariert –, das zumindest in den ersten Tagen noch sorgsam eingeräumte Federmäppchen und die Schultüte mit allerhand Süßigkeiten. Der Logimat war das Symbol für die Mengenlehre, und die wiederum war das Symbol für progressiven Schulunterricht in den Siebzigern. Für Traditionalisten jedweder Ausprägung ging mit dem Logimat der Untergang des abendländischen Bildungswesens einher. Wie ich übrigens erfahren habe, gab es nicht nur gelbe Logimats, sondern auch blaue. Und wenn Sie, liebe Leser/innen, noch andere Versionen zu Hause finden, schicken Sie mir doch ebenfalls ein Foto davon – dann sind die PVC-Köfferchen nicht so alleine.

Naturgemäß gilt die Begeisterung des kleinen Klausi bei seinem Einkauf aber weniger dem Logimat als vielmehr dem neuen YPS-Heft. Zumindest männliche Leser, die sich heute zu den berühmten Silver Agern zählen, dürften dafür großes Verständnis haben. YPS war schon damals Kult. Das Comic war eigentlich ziemlich egal, aber die Gimmicks ... Für uns Kinder war eines faszinierender und begehrenswerter als das andere. Der Solar-Zeppelin, die Propeller-Pistole mit Doppelschuss oder die Maschine, „die eckige Eier macht“: Man hat es kaum erwarten können, bis das neueste Heft erhältlich war und hat sich zu Hause sofort an den gar nicht immer so leichten Zusammenbau der technischen Wunderwerke gemacht. In diesem Moment war es einem dann auch egal, dass selbige eine bedenklich kurze Halbwertszeit hatten. Oft schon nach einigen Tagen lösten sich die Gimmicks in ihre Bestandteile aus Plastik auf, was aber nicht weiter schlimm war, da durch das wöchentliche Erscheinen des Heftes für zügigen Nachschub gesorgt war. Übrigens hat sich die fragwürdige Qualität der Gimmicks sogar in der Umgangssprache niedergeschlagen. Unsolide und fragil wirkende Teile wurden gerne – und werden vereinzelt noch immer – mit dem Kommentar „Sieht ja aus wie aus'm Yps“ oder ganz einfach mit dem Adjektiv „ypsig“ bedacht.
Ich weiß gar nicht, ob es, vom Internet mal abgesehen, noch irgendwo Stinkbomben zu kaufen gibt. In den Siebzigern jedenfalls waren die Dinger bei den Kids furchtbar beliebt. Natürlich nur bei solchen der Rotzlöffelfraktion. Der kleine Klausi beispielsweise würde sein Taschengeld niemals für einen solchen Mist ausgeben. Dann schon eher für ein Tütchen voll mit einer süßen bunten Mischung aus Frau Kurzscheids großen Bonbongläsern. Heute fin-

det man ganz langsam zu solch umweltschonenden Verpackungslösungen zurück, weil es nicht mehr zeitgemäß ist, mit fast jedem gekauften Supermarktartikel Plastikmüll zu erzeugen. Zur Zeit der Handlung dieses Romans verhielt es sich eher gegenteilig: Kunststoff war praktisch, hygienisch und modern (und der Sprung auf ausgetrunkene Sunkist-Tüten mit dem dadurch verursachten Knall immer wieder lustig). An negative Folgen für die Umwelt dachten damals nur ganz wenige, und die wurden für ihre Weitsicht vielfach als linke Spinner abgetan. Das Fehlen eines ökologischen Bewusstseins war in den Siebzigern eine der wohl größten gesellschaftlichen Krankheiten – und eine, deren Spätfolgen die nachfolgenden Generationen vor gewaltige Herausforderungen stellen werden.

Und wo wir nun beinahe schon beim Philosophieren sind: Was ist eigentlich die größte gesellschaftliche Krankheit unserer Zeit? Vielleicht, dass wir – vom Grundschüler bis zum rüstigen Rentner – alle fünf Minuten auf ein kleines leuchtendes Kästchen namens Smartphone schauen müssen. Dass wir schon ein Störgefühl haben, wenn wir nur schnell mal einkaufen sind und unser Handy zu Hause vergessen haben. Wir haben den Zwang, ständig online und erreichbar zu sein, und verpassen aus Angst, irgendetwas zu verpassen, so viele stille Momente des Glücks.

Bevor Sie nun aber vielleicht auf die Idee kommen, Ihre Onlinezeit zu reduzieren, besuchen Sie unbedingt erst noch meine Homepage www.michaelwagner-krimi.de. Schauen Sie sich in Ruhe um und schreiben Sie mir gern ein paar Zeilen ins Gästebuch.

Neuigkeiten über Veranstaltungen und die Arbeit an den nächsten Abenteuern von Theo, Lieselotte und Sabine poste ich regelmäßig

bei Facebook unter www.facebook.com/michaelwagner.krimi. Mit einem nach oben gereckten Daumen helfen Sie mir, meine jetzt schon gar nicht so schlechte Reichweite weiter zu erhöhen.
Vielleicht haben Sie ja auch noch Lust, mir auf Instagram zu folgen. Dort heiße ich michiwagner_official, und weil ich erst seit Kurzem auf diesem für mich doch reichlich jugendlich daherkommenden Medium vertreten bin, freue ich mich über jeden neuen Follower.
Fotos von PVC-Kassettenköfferchen, Logimat-Sets und allen anderen Siebziger-Jahre-Kultprodukten können Sie mir – ebenso wie Kommentare und Kritik – über die Mailadresse info@michaelwagner-krimi.de zukommen lassen.
So, das soll es aber nun endgültig gewesen sein. Jetzt müssen wir Theo, Lieselotte und Sabine fast zwei Jahre lang allein lassen, bevor wir erfahren, was sie in der Zwischenzeit ohne uns getrieben haben. Ein kleiner Hinweis sei aber schon gestattet: Theo gerät in seinem vierten Abenteuer in Verdacht, als junger Mensch schlimme Dinge getan zu haben. Eine große Belastung für ihn selbst, aber auch für Lieselotte und Sabine, die immer weniger wissen, ob sie ihrem Detektivkollegen und Freund noch vertrauen können.
Drücken wir den dreien also schon heute die Daumen, dass alles gut ausgeht und sie weiterhin als chaotisch-geniales Trio durch die wilden Siebziger ermitteln können …

Deutsche Originalausgabe:
LV.Buch im Landwirtschaftsverlag GmbH, 48084 Münster

1. Auflage 2020

Gestaltung: LV.Buch im Landwirtschaftsverlag GmbH

Titelbild: Shanina/iStockphoto.com;
subjug/iStockphoto.com

Lektorat: Marit Obsen, Berlin

Korrektorat: Melanie Suttarp, Landwirtschaftsverlag GmbH

Druck: GGP Media GmbH, Pößneck

ISBN: 978-3-7843-5651-8

www.lv-buch.de